바스커빌 씨네 사냥개

THE HOUND OF THE BASKERVILLES

아서 코난 도일 지음
인트랜스 번역원 옮김
승영조 감수

현대문학

| 차례 |

머리말 — 7

머리말

불멸의 한마디 말, "홈즈 씨, 그건 아주 커다란 사냥개 발자국이었어요!"는 20세기 어느 문헌에서도 느껴보지 못할 공포를 자아낸다. 역대 가장 뛰어난 추리소설로 불리는 이 작품은, 검은 개들과 복수를 꿈꾸는 유령에 대한 지역의 전설을 기초로 하여 영국의 환상적인 황야에서 펼쳐지는 고딕풍의 공포소설로서, 기묘한 경고와 단서들, 영악한 다수의 용의자들 때문에 (이 이야기가 연재되었던)《스트랜드 매거진》의 독자들을 단숨에 사로잡았다. 이 이야기에서 왓슨의 활약은 눈부시다. 홈즈가 현장을 급습해 드라마를 한층 더 고조시킬 때까지 왓슨은 이야기의 서술자로, 그리고 주요 조사관으로 활약한다. 이 소설은 20세기의 첫 베스트셀러라고 널리 인정되지만, 1893년 「마지막 문제」에서 살해당한 것으로 되어 있는 홈즈가 혹시 악랄한 모리아티 교수 때문에 죽음을 가장한 것은 아닌가 하는 문제에 대한 해답을 기다리고 있던 독자들의 실망을 잠재울 수는 없었다. 충실한 독자들은 안타깝게도 이 소설이 홈즈가 죽은 것으로 알려진 시기보다 먼저 일어난 사건이라는 점을 인식할 수밖에 없었다. 홈즈가 확실히 살아 돌아왔다는 소식을 듣기 위해 대중들은 1903년 「빈집」이 출판될 때까지 기다려야 했다.

Mr. Sherlock Holmes

제1장 셜록 홈즈

셜록 홈즈는 이따금 밤을 새워 일하는 경우를 제외하면 대개 아주 늦게야 잠자리에서 일어난다. 그런 홈즈가 웬일로 이른 아침 식탁에 앉아 있었다. 난로 앞 양탄자에 서 있던 나는 지팡이를 집어 들었다. 어젯밤 방문객이 놓고 간 지팡이였다. 질 좋은 나무로 된 묵직한 지팡이는 머리 부분이 둥글게 생겼는데 이런 걸 흔히 '페낭 로이어'라고 부른다. 머리 바로 아랫부분에 1인치 정도 너비의 은테가 둘러져 있었다. 그 위에는 '왕립외과의사협회원 제임스 모티머에게, C.C.H. 동료들이'라는 글귀가 '1884'라는 연도와 함께 새겨져 있었다. 옛날 가족 주치의들이 들고 다니던 그런 위엄 있고 견고하고 안정감을 주는 지팡이였다.

"그래, 왓슨. 그 지팡이에서 뭐 좀 알아낸 게 있어?"

나는 흠칫 놀랐다. 홈즈는 내게 등을 돌린 채로 앉아 있어서 내가 무얼 하고 있는지 알 리가 없었기 때문이다.

"아니, 내가 뭘 하고 있는지 어떻게 알았어? 자넨 뒤통수에도 눈이 달린 게 틀림없군."

"눈은 없어도 잘 닦아놓은 은도금 주전자는 내 앞에 있지" 하고 홈즈가 대꾸했다. "그건 그렇고 왓슨, 말해봐. 우리 방문객의 지팡이에서 뭘 알아냈는지. 그 사람을 만나지 못한 게 안타깝군. 무슨 볼일로 왔는지도 모르겠으니, 우연히 남기고 간 그 기념품이 중요한 단서인 셈이야. 지팡이를 살펴보고 그 방문객이 어떤 사람일지 한번 얘기해봐."

"그러니까 내 생각엔 말이지." 나는 최대한 내 친구의 방법을 빌

려서 얘기했다. "모티머 박사는 나이가 상당히 지긋하고 성공한 의사야. 이런 감사 표시를 받은 걸 보면 두루 존경을 받는 인물이라고 볼 수 있지."

"오호!" 홈즈가 말했다. "아주 훌륭해!"

"또 내 생각에 이 사람은 걸어서 왕진을 많이 다니는 시골 의사일 가능성이 커."

"왜?"

"이 지팡이가 처음에는 멀끔하게 생겼을 텐데 지금은 상처가 아주 많이 나 있거든. 이 정도라면 시내에서 일하는 의사의 것은 아니라고 봐. 끝의 두꺼운 쇠 덮개도 많이 닳은 걸로 봐서

이걸 들고 엄청 걸어다닌 게 분명해."

"완벽하게 들어맞는군." 홈즈가 말했다.

"또 거기다가 'C.C.H. 동료들'이라고 했으니까 아마 무슨 사냥 Hunt 모임이겠지. 지역 사냥 모임의 멤버들에게 뭔가 치료를 해주거나 도움을 준 거야. 그래서 그들이 답례로 작은 선물을 한 거고."

"왓슨, 정말 많이 발전했군." 이렇게 말하며 홈즈는 의자를 제자리에 밀어 넣고 담배에 불을 붙였다. "이 말을 꼭 해야겠어. 왓슨 자네는 늘 별것 아닌 내 성과들은 높이 평가해주면서 정작 자신의 능력은 습관적으로 과소평가하지. 그래, 어쩌면 자네는 스스로 빛을 내는 사람은 아닐 수도 있지만, 빛의 안내자임에 틀림없어. 어떤 사람들은 천재성을 갖고 있지는 않지만 천재성을 자극하는 데는 놀라운 능력을 타고나지. 친구, 고백건대, 내가 자네한테 진 빚이 많아."

홈즈가 그렇게까지 말해준 것이 처음이었기 때문에 나는 그의 말에 기분이 붕 떠올랐다. 내가 그를 칭찬하든, 또는 그의 방법론을 출판해보려 애를 쓰든, 홈즈는 언제나 무관심해 보여서 마음이 상했던 적도 많기 때문이다. 또 내가 자랑스러웠던 것은, 내가 이만큼이나 그의 방식을 익혀서 이제 그 방법을 적용해 인정을 받을 만한 실력이 되었다는 사실 때문이었다. 그는 지팡이를 건네받아 맨눈으로 몇 분간 관찰하기 시작했다. 호기심 어린 표정으로 담배를 내려놓고 지팡이를 창가로 가져가더니 돋보기로 다시 살폈다.

"재밌는데. 그래도 기초적이군"이라고 말하며 그는 자신이 가장 좋아하는 소파 끝자리로 갔다. "이 지팡이는 분명 한두 가지 정보를 알려주고 있어. 우리는 그걸 기반으로 여러 가지를 추리해볼 수 있지."

"내가 놓친 게 있어?" 내가 다소 거들먹거리며 물었다. "뭐 중요한 걸 놓치진 않았을 것 같은데?"

"미안하지만 자네의 결론은 대부분 좀 빗나갔어, 왓슨. 자네가 날 자극한다는 얘기는 솔직히 말하면 자네의 실수를 보고 가끔 진실을 파악하는 경우가 있다는 얘기야. 물론 이번 경우에는 자네가 완전히 틀렸다는 건 아니야. 시골 의사인 건 확실하니까."

"그렇다면 내 추리가 맞은 거잖아."

"거기까지는."

"그게 전부가 아니야?"

"절대로 그게 다가 아니지. 예를 들면, 의사한테 선물을 한다면 사냥 클럽보다는 병원일 가능성이 더 크다고 볼 수 있어. 그러면 병원Hospital 앞에 C.C.가 있는 거니까 채링크로스Charing Cross 병원이 자연스럽게 떠오르지."

"그럴 수 있겠군."

"가능성이 그쪽에 있다고 봐야 해. 그리고 그게 맞는다면 거기서부터 새롭게 이 의문의 방문객을 구성해볼 수 있어."

"그래, 그러면 'C.C.H.'가 채링크로스 병원을 가리킨다고 치고, 뭘 더 알 수 있는 거야?"

"절로 떠오르는 거 없어? 내 방법 잘 알잖아? 적용을 해보란 말이야."

"내 생각에, 분명한 건 이 사람이 시골로 가기 전에 시내에서 일했었다는 사실뿐이야."

"조금 더 나아갈 수도 있지 않겠어? 이런 식으로 생각해보자고. 도대체 언제 이런 걸 선물하겠어? 동료들이 모두 뜻을 모아 그에게 감사를 표시하고 싶은 게 언제일까. 당연히 모티머 씨가 병원을 그만두고 개업을 하려고 할 때가 아니겠어? 그는 시내 병원에서 시골로 내려갔어. 그러면 그 변화가 일어난 시기에 선물을 받은 거라고 추리하면 무리일까?"

"일리 있는 말이야."

"이제, 이 방문객은 병원 정규직 의사가 아니었다는 걸 알 수 있어. 런던에 자리를 제대로 잡은 사람들만 그런 위치를 차지할 수 있고, 또 그랬다면 시골로 갈 필요가 없지. 그러면 이 사람은 어떻게 된 걸까? 병원에 있었지만 정규직은 아니었으니까 아마 연수 중이었을 거야. 갓 졸업한 상태에서. 그리고 지팡이의 날짜는 5년 전이잖아. 그러니 중년의 가족 주치의라는 자네의 추리는 공기 중으로 흩어지는 거지. 이 사람은 서른이 안 된 젊은이고 상냥하고 별 야망이 없으며 정신없는 사람이야. 아끼는 개가 한 마리 있는데, 대충 내가 그려보자면 테리어보다는 크고 마스티프보다는 작겠군."

나는 믿을 수가 없어서 너털웃음을 쳤다. 셜록 홈즈는 소파 뒤로 몸을 젖히더니 담배 연기로 도넛을 만들어 천장으로 날렸다.

"자네 추리의 그 마지막 부분은 확인할 방법이 없군." 내가 말했다. "그래도 그 방문객의 나이나 직업에 대해 몇 가지는 어렵지 않게 알아낼 수 있어."

나는 내 의료 선반에서 의사 명부를 꺼내 이름을 찾았다. 모티머는 여러 명 있었지만 우리의 방문객일 만한 사람은 한 명뿐이었다. 나는 그의 기록을 크게 읽었다.

제임스 모티머, 왕립외과의사협회원, 1882, 데번 주 다트무어 시 그림펜 교구. 채링크로스 병원에서 1882–1884년 의학 연수. 논문 「질병은 격세유전 하는가」로 비교병리학 부문 잭슨상 수상. 스웨덴 병리학회 통신회원. 「격세유전의 변종」(《랜싯》, 1882), 「우리는 진보하는가?」(《심리학 저널》, 1883년 3월호) 저술. 그림펜 교구, 소슬리 교구, 하이배로 교구 의료 담당자.

"왓슨, 사냥 클럽 얘기는 없어." 홈즈가 장난스러운 미소를 지으며 말했다. "그렇지만 자네가 날카롭게 관찰한 대로 시골 의사는 맞는군. 내 추론은 이제 증명이 된 것 같고. 내가 아마 그 사람이 상냥하고 야망이 없고, 정신없다고 했지? 왜냐면 경험상 기념 선물을 받는 사람들은 항상 상냥한 사람들이잖아. 런던의 일자리를 버리고 시골로 갔다면 야망이 없는 사람일 테고. 또 자네 방에서 한 시간을 기다려놓고는 명함 대신 지팡이를 두고 간 걸 보면 분명히 정신없는 사람이지."

"개 얘기는 무슨 소리야?"

"개가 주인을 따라다니면서 이 지팡이를 물고 다니는 버릇이 있었어. 꽤 무거운 지팡이인데도 가운데 부분을 꽉 물어서 이빨 자국이 선명하게 났잖아. 이 자국들의 간격을 보면 이 개의 턱은 내 생각에 테리어라고 보기에는 너무 넓고 마스티프라고 보기에는 좁아. 아마도…… 그래 맞았어. 털이 곱슬곱슬한 스패니얼이야."

홈즈는 말을 하면서 자리에서 일어났다. 그는 담배를 피우며 방 안을 거닐다 이제 창가에 서 있었다. 그의 목소리가 너무 확신에 차 있는 것이 놀라워서 나는 그를 힐끔 올려다보았다.

"대체 어떻게 그렇게 확신하는 거지?"

"간단해. 지금 그 개가 우리 집 계단을 오르는 걸 보고 있거든. 그리고 주인이 벨을 누르는군. 왓슨, 부탁이야. 여기 함께 있어줘. 이 사람은 자네처럼 의사니까 자네가 있는 게 도움이 될 거야. 운명의 순간이 다가오는군. 계단을 오르는 저 발자국 소리가 들리나. 자네 삶으로 걸어 들어오는 소리지. 좋은 일일지 나쁜 일일지 알 수 없지만, 과연 과학자인 제임스 모티머 박사가 범죄 전문가인 셜록 홈즈에게 무얼 부탁하려는 걸까? 아, 들어오십시오!"

우리 방문객의 모습은 내게 놀라움 그 자체였다. 나는 전형적인 시골 의사를 예상하고 있었지만 그는 매우 큰 키에 마르고, 긴 매부리코를 가진 남자였다. 날카로운 회색 눈은 가까이 모여 있었고 금테 안경 뒤에서 영리하게 반짝이고 있었다. 의사다운 복장이었지만 깔끔하지는 못했는데 프록코트는 때가 타고 바지는 닳아 있었다. 젊은 사람이지만 긴 허리가 벌써 굽어 있는 데다, 목을 빼고 걸어 들어오는 품으로 보아 대체로 주변을 잘 도와주는 관대한 사람일

것 같았다. 들어서면서 그는 홈즈의 손에 들린 지팡이를 발견하고는 기뻐서 감탄을 지르며 달려왔다.

"아, 정말 다행이에요." 그가 말했다. "이걸 여기에 두고 갔는지 선적 사무실에 두고 왔는지 확신이 서질 않았거든요. 절대 잃어버리면 안 되는 물건인데."

"선물 받으신 거죠?"라고 홈즈가 말했다.

"네, 맞습니다."

"채링크로스 병원에서?"

"제가 결혼할 때 친구 한두 명이 마련해준 거지요."

"저런, 저런, 아깝군!" 홈즈가 머리를 흔들며 내뱉었다.

모티머 박사는 약간 놀라서 안경 너머로 눈을 깜박거렸다.

"그게 왜 아까운 일이죠?"

"선생이 우리 추론을 헝클어놓았어요. 결혼 때문이었단 말씀이군요?"

"네, 선생님. 제가 결혼을 해서 병원을 떠나야 했어요. 전문의가 되려던 희망도 버려야 했고요. 가정을 이루려면 필요한 일이었죠."

"흠, 그러면 우리가 그렇게 많이 틀린 건 아니군요." 홈즈가 밀했다. "그러면 제임스 모티머 박사님."

"그냥 씨라고 불러주십시오, 선생님. 왕립외과의사협회원에 불과합니다."

"정확한 걸 좋아하는 분이군요, 분명."

"과학에 잠깐 몸담아본 정도입니다, 홈즈 씨. 위대한 미지의 바다를 앞에 두고 해변에서 조개껍데기를 줍고 있는 것에 불과하지요. 제가 지금 말씀을 나누는 분이 셜록 홈즈 씨가 맞는지요? 아니면……."

"맞습니다. 그리고 이 사람은 내 친구 왓슨 박사입니다."

"만나 뵙게 되어 반갑습니다. 박사님의 친구를 통해서 성함을 들은 적이 있습니다. 홈즈 씨도 정말 흥미로운 분이시군요. 이렇게 골상 구조가 장두이고 뚜렷하게 발달한 안와를 갖고 계실 줄은 몰랐네요. 혹시 제가 손가락으로 두정열을 좀 만져봐도 폐가 되지 않을까요? 인류학 박물관에서 진짜 모형을 입수하기 전에 홈즈 씨 두개골 모형을 가져다 놓아도 멋질 거예요. 호들갑을 떨려는 게 아니고요, 정말이지 홈즈 씨의 두개골은 탐나네요."

셜록 홈즈는 우리의 이상한 손님에게 의자에 앉으라고 손짓을 했다.

"생각에 빠지면 아주 열정적이 되시는군요. 저도 생각에 빠지면 그렇게 되곤 하죠." 홈즈가 말했다. "검지를 보니 궐련을 피우는 분이 틀림없군요. 한 대 피우시죠."

방문객은 종이와 담배를 당기더니 놀라운 솜씨로 말았다. 그는 곤충의 더듬이처럼 민첩하며, 쉬지 않고 떨리는 긴 손가락을 갖고 있었다.

홈즈는 가만히 있었지만 그의 쏜살같은 눈초리로 봐서 이 궁금한 친구에게서 뭔가 재미있는 점을 발견한 것 같았다.

"제 생각에는" 하고 홈즈가 마침내 입을 열었다. "어젯밤과 오늘 다시 여길 방문하신 이유가 제 두개골을 칭찬해주려는 목적 때문만은 아니지요?"

"아, 아닙니다. 골상을 관찰하게 된 것도 물론 기쁩니다만, 제가 홈즈 씨를 찾은 이유는 제가 감당할 수 없는 아주 심각하고 이상한 문제에 갑자기 부닥뜨렸기 때문입니다. 홈즈 씨가 유럽에서 두 번째로 존경받는 범죄 전문가라는 것도 알고 있고……."

"정말입니까, 영광의 첫 번째는 누구인지 좀 여쭤봐도 될까요?" 홈즈가 약간 격앙되어 물었다.

"엄밀한 과학 정신의 소유자인 베르티용 선생님(알퐁스 베르티용은 1880년부터 파리 경찰서 범죄감식반 반장을 지냈으며, 신체 측정을 통해 범죄자를 분류하는 법을 고안했다 — 옮긴이)이시죠."

"그렇다면 그분의 조언을 구하는 게 낫지 않았을까요?"

"말씀드렸다시피 엄밀한 과학적 정신이라는 측면에서 그렇다는 것이고, 실제 사건을 다루는 데는 홈즈 씨가 가장 뛰어난 걸로 알려져 있지 않습니까. 제가 혹시 경솔하게……."

"뭐, 조금 그렇군요"라고 홈즈가 대답했다. "모티머 박사님, 제 생각에는 이런저런 얘기보다도 그냥 저의 도움이 필요한 문제가 정확히 어떤 것인지 말씀해주시는 편이 좋을 것 같습니다."

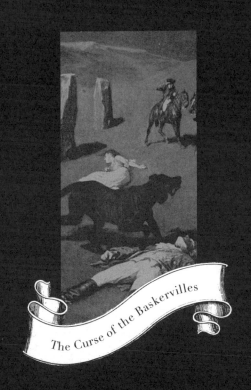

The Curse of the Baskervilles

제2장 바스커빌 가문의 저주

"편지를 하나 가져왔습니다." 제임스 모티머 박사가 말했다.

"방에 들어오실 때부터 봤지요." 홈즈가 말했다.

"손으로 쓴 오래된 문서입니다."

"18세기 초에 만들어진 것이군요. 위조된 게 아니라면 말입니다."

"아니, 도대체 어떻게 아신 겁니까?"

"말씀하시는 내내 편지가 조금 삐져나와 있어서 관찰할 수 있었습니다. 10여 년 오차 범위 내에서 문서의 작성일을 추측할 수 없다면 전문가라고 할 수 없죠. 아마 그것을 주제로 한 저의 작은 논문을 보신 적도 있을 겁니다. 편지는 1730년대 것이 아닌가요?"

"정확히 1742년에 쓰인 것입니다." 모티머 박사가 안주머니에서 그것을 꺼냈다. "이것은 찰스 바스커빌 경이 저에게 보관을 맡긴 가족 문서입니다. 찰스 바스커빌 경은 석 달쯤 전에 갑작스럽게 비극적인 죽음을 맞으셔서 데번셔가 발칵 뒤집혔죠. 저는 그분의 주치의일 뿐 아니라 개인적으로 친구이기도 합니다. 그분은 강한 정신의 소유자이자 판단이 빠르고 현실적인 분이셨습니다. 저도 그렇지만, 상상력은 부족했어요. 그런데도 바스커빌 경은 이 문서를 심각하게 받아들이셨고, 결국은 자신에게 다가올 바로 그런 결말을 예상하고 있었습니다."

홈즈는 손을 뻗어 문서를 집어 자신의 무릎 위에 놓고 폈다.

"왓슨, 여기 좀 봐. 짧은 S와 긴 S를 번갈아가며 썼어. 연대를 짐작할 수 있게 해주는 요소 중의 하나지."

나는 그의 어깨 너머로 노란 종이와 색이 바랜 글씨를 볼 수 있었다. 머리 부분에는 '바스커빌 저택'이라고 쓰여 있었고 아래쪽에는 흘림체로 '1742'라고 쓰여 있었다.

"무슨 진술서 같군요."

"네, 바스커빌 가문에 내려오는 어떤 전설에 대한 설명입니다."

"저한테 자문을 구하시려는 문제는 전설이라기보단 훨씬 근래의, 실용적인 문제에 대한 것인가요?"

"네, 아주 최근의 일입니다. 실제적이고 심각한 문제고요. 24시간 내에 결정을 내려야 하는 일입니다. 하지만 이 글이 길지도 않고 또 결정 사항과도 밀접한 관련이 있으니 허락하신다면 읽어드리겠습니다."

홈즈는 그러라는 듯 의자에 등을 기대고 양손의 손끝을 맞댄 채 눈을 감았다. 모티머 박사는 문서를 불빛 쪽으로 돌리더니 고음의 카랑카랑한 목소리로 흥미진진한 옛날이야기를 읽어 내려갔다.

바스커빌 씨네 사냥개의 기원에 대해서는 많은 얘기들이 있다. 하지만 나는 휴고 바스커빌의 직계 후손으로서 이 이야기를 아버지로부터 들었고, 아버지께서는 할아버지께 이 이야기를 들으셨다. 그러니 나는 여기 적는 그대로 그 일이 일어났었다는 완전한 믿음을 갖고 이 글을 쓰는 바이다. 죄를 벌하는 정의의 신은 또한 가장 자비롭게 죄를 용서하기도 하신다는 것을, 그리고 기도와 회개로써 끊을 수 없을 만큼 무거운 악연이란 없다는 것을 내 아들들이 믿어주었으면 한다. 이 이야기를 전하는 것은 과거의 결과를 두려워하라는 뜻에서가 아니다. 이 이야기를 통해 우리 가문이 고통 받았던 통탄할 욕정에 다시 사로잡히지 않도록 교훈을 얻으라는 뜻에서다.

청교도 혁명 시절에 대해 알아본다면 그 당시 바스커빌 영지를 지배한 사람은 휴고 바스커빌이라는 것을 알게 될 것이다(청교도 혁명 시절에 대해서는 클래런던 경이 쓴 역사를 꼭 읽어보라).

휴고 바스커빌이 매우 거칠고 세속적이며 불경한 사람이었다는 것은 부인할 수 없다. 사실 그의 이웃들은 그냥 그가 성인은 아닌가 보다라고 이해하고 넘어갔을지 몰라도, 분명 휴고 바스커빌에게는 무자비하고 잔인한 면이 있었기에, 말 그대로 그의 이름이 잉글랜드 남서부 전체에 악명을 떨치게 되었던 것이다. 그런데 이 휴고 바스커빌이 근처에 살던 소지주의 딸을 사랑하게 되는 일이 벌어졌다(이렇게 어두운 열정에 사랑이라는 아름다운 이름을 붙여도 될지 의문이다). 그러나 조심스럽고 참하기로 소문난 젊은 처녀는 휴고 바스커빌의 악명을 들었기에 줄곧 그를 피해 다니려고만 했다. 결국 성 미카엘 축일에 사건은 벌어지고 말

앉다. 휴고는 게으르고 사악한 자신의 친구 대여섯 명과 함께 농장으로 잠입해 처녀를 납치했다. 그녀의 아버지와 오빠들이 집에 없다는 사실을 잘 알고 있었던 것이다. 휴고 일당은 그녀를 바스커빌 저택으로 데려와 2층 방에 가두고는 밤마다 늘 그랬듯이 진탕 술을 마시기 시작했다. 아래층에서 들려오는 노랫소리, 고함 소리에 섞여 드는 욕설을 듣자, 2층의 불쌍한 아가씨는 기지를 발휘해야겠다고 마음먹었다. 휴고 바스커빌이 술에 취했을 때 나오는 욕설의 수준이란, 말하는 사람이 혼비백산할 정도였다고 한다. 겁에 질려버린 아가씨는 끝내 용기백배한 사내들도 못할 일을 감행했다. 남쪽 벽을 따라 자란 담쟁이덩굴을 타고(이

담쟁이들은 아직도 벽을 덮고 있다) 처마 밑으로 내려와 황야 건너편에 있는 집을 향해 뛰기 시작한 것이다. 집까지는 15킬로미터의 거리였다. 하지만 우연찮게도 그녀가 도망친 지 얼마 되지 않아 휴고는 그녀에게 음식과 술을—어쩌면 더 나쁜 것들도—가져다주게 되었다. 친구들을 두고 2층으로 간 휴고는 새는 날아가고 새장은 비었다는 사실을 알게 된다. 그다음 벌어진 일은 짐작 가능할 것이다. 악마로 돌변한 휴고는 우당탕 계단을 뛰어 내려와 식당의 큰 테이블 위로 뛰어올랐다. 술병과 트렌처(고기를 내놓는 데 쓰는 접시 또는 쟁반—옮긴이)가 날아가고 휴고는 그 처녀를 잡아 올 수만 있다면 악마에게 자신의 몸과 마음이라도 바치겠다며 친구들을 보고 울부짖었다. 술 취한 다른 이들이 휴고의 울분에 놀라 입을 떡 벌리고 있을 때 그중 더 사악한, 아니면 더 취한 누군가가 사냥개를 풀어야 한다고 소리쳤다. 그러자 집 밖으로 뛰쳐나간 휴고는 마부에게 안장을 얹으라고 소리를 지르고, 사냥개들을 풀어 그녀의 스카프 냄새를 맡게 했다. 휴고는 사냥개들을 일렬횡대로 세운 후 출발시켰다. 달빛 아래 황야는 개 짖는 소리로 가득 찼다.

이제 흥청거리던 이들은 그토록 다급하게 무슨 짓을 하고 만 것인지 이해하지 못한 채 한동안 멍하니 서 있었다. 하지만 어안이 벙벙해 있던 그들도 곧 황야에서 무슨 일이 벌어질지 사태를 파악했다. 한바탕 소동이 일었다. 몇몇은 총을 찾고, 몇몇은 말을 찾고, 다른 이들은 술병을 집어 들었다. 그러나 한참이 지나자 정신없이 날뛰던 자들도 차츰 정신이 들고, 모두 합쳐 열세 명이 말을 타고 추적에 나서게 되었다. 머리 위에서는 달빛이 훤하게 빛나는데 일당은 일사불란하게 말을 몰고 처녀가 집으로 가려면 거쳐 갈 수밖에 없는 길을 따라갔다.

2-3킬로미터를 지나자 황야에서 밤을 지키고 있는 양치기를 만났다. 일당이 자신들의 사냥감을 본 적이 있느냐고 소리를 지르자 소문에 의하면, 겁에 질린 양치기는 말도 제대로 못하고 다만 불쌍해 보이는 처녀를 본 적이 있다고, 사냥개들이 뒤따르고 있었다고 겨우 내뱉었다고 한다. "그런데 다른 것도 보았어요"라고 양치기가 말했다. "검은 말을 탄 휴고 바스커빌이 저를 지나쳐 가고 나서, 바로 뒤에 꼭 지옥에서 온 것 같은 사냥개 한 마리가 조용히 그를 따르고 있었어요."

술 취한 일당은 양치기에게 욕설을 퍼붓고는 계속 말을 달렸다. 얼마 가지 않아 일당의 피부가 싸늘해졌다. 황야를 가로질러 검은 말이 달려오고 있었던 것이다. 입에 하얀 거품을 문 말이 고삐를 땅에 늘어뜨리고 빈 안장을 얹은 채 일당을 지나쳐 갔다. 잔치판을 벌였던 일당은 잔뜩 겁에 질려 서로 바싹 붙어 말을 몰았다. 혼자였다면 진작 말 머리를 돌렸겠지만, 어쩔 수 없이 계속해서 황야를 가로질러 뒤쫓아 갔다. 서로 뭉쳐서 어기적어기적 말을 몰던 이들은 마침내 사냥개들을 만났다. 용맹하기로 유명한 혈통을 가진 개들이 깊은 협곡의 입구에 모여 낑낑거리고 있었다. 몇 놈은 협곡에 들어서지 못한 채 슬금슬금 뒷걸음질을 치고, 몇 놈은 털을 곧추세우고서 눈앞의 좁은 골짜기를 내려다보고 있었다.

출발할 때보다 술이 좀 깬 일당은 말을 세웠다. 아무도 앞서고 싶지 않았지만 그래도 더 용감한, 또는 더 취한 세 명이 골짜기를 따라 말을 몰아가기 시작했다. 곧 좀 더 넓은 공터가 나타나고, 지금도 그 자리에 가면 볼 수 있는, 고대인들이 세워놓은 두 개의 큰 바위가 나타났다.

달이 훤하게 비추고 있는 공터 한가운데에 그 불쌍한 처녀가 공포와 피로에 지쳐 죽은 채 쓰러져 있었다. 하지만 세 명의 겁 없는 술꾼들의 머리털을 쭈뼛 서게 만든 것은 처녀의 시신도, 그 옆에 누워 있는 휴고 바스커빌의 시신도 아니었다. 그들이 놀란 것은 휴고 위에 버티고 선 거대한 검은 짐승이 휴고의 목덜미를 물어뜯고 있었다는 것이었다. 모습은 마치 사냥개 같았지만 이 세상 누구도 본 적이 없을 만큼, 그 어떤 사냥개보다 큰 놈이었다. 그 짐승이 휴고 바스커빌의 목을 물어뜯고 있는 것을 지켜보던 세 사람은, 짐승이 활활 타는 눈과 피가 뚝뚝 흐르는 턱을 이쪽으로 돌리자 공포에 질려 비명을 지르며 말을 달려 달아났다. 입에서는 여전히 비명 소리가 멈추지 않았다. 전해지는 바에 의하면 한 명은 그날 목도한 광경으로 인해 밤을 넘기지 못하고 숨을 거두었고, 나머지 두 명은 폐인으로 생을 마쳤다고 한다.

아들들아, 이것이 바로 그 후로 가문을 그토록 쓰라리게 괴롭혀왔다고 전해지는 사냥개의 출현에 대한 이야기다. 내가 일부러 이렇게 적어두는 이유는, 추측과 짐작보다는 명확히 아는 편이 공포를 덜 수 있다고 생각하기 때문이다. 우리 가문의 많은 사람들이 갑작스럽게 피를 흘리며 의문의 불행한 죽음을 맞이했다는 것은 부인할 수 없는 사실이니 말이다.

우리는 무한히 자비로운 신의 섭리 아래 몸을 피할 수 있을 것이다. 신께서는 성경에 쓰인 대로 3대, 4대까지 무고한 후손들이 벌을 받는 일은 없도록 하실 것이다.

신의 섭리에 따라 너희에게 미리 이르노니, 악의 기운이 피어오르는 어둠의 시간에는 그 황야를 지나는 일을 삼가라. [이것은 휴고 바스커빌이 그의 두 아들 로저와 존에게 전한 것으로, 그들의 여동생 엘리자베스에게는 비밀에 부칠 것을 당부했다.]

모티머 박사는 이 희한한 이야기 읽기를 끝내고는 안경을 이마 위로 밀어 올리고 셜록 홈즈를 건너다보았다. 홈즈는 하품을 하며 끄트머리만 남은 담배를 난로에 던져 넣었다.

"그래서요?" 홈즈가 말했다.

"흥미로운 이야기 아닌가요?"

"설화 수집가한테는 그렇겠지요."

모티머 박사는 주머니에서 꼬깃꼬깃 접혀 있는 신문 조각을 하나 꺼냈다.

"홈즈 씨, 이제 좀 더 최근의 일을 들려드리겠습니다. 이건 올해 6월 14일 자 《데번 주 크로니클》입니다. 신문 날짜보다 며칠 전에 벌어진 찰스 바스커빌의 죽음에 관한 사실을 간략하게 설명하고 있습니다."

내 친구는 몸을 살짝 앞으로 기울이며 관심을 보였다. 우리의 방문객은 다시 안경을 고쳐 쓰고는 쭉 읽어 내려갔다.

최근 찰스 바스커빌 경의 갑작스러운 죽음으로 데번 주에는 어둠이 드리우고 있다. 찰스 바스커빌 경은 자유당의 데번 중부 구역 차기 국회의원 후보로 거론되기도 했었다. 찰스 경은 바스커빌 저택에 살기 시작한 지는 얼마 되지 않았으나, 친근하고 매우 후덕한 성품으로 인해 그를 알게 된 모든 이들로부터 사랑과 존경을 한 몸에 받아왔다. 벼락부자들이 판치는 요즘 같은 시대에 쇠락한 지역 명문가의 자손이 스스로 일군 재산을 가지고 돌아와 가문의 영광을 재건하려 한 것은 신선한 충격이었다. 찰스 경은 익히 알려진 바와 같이 남아프리카 투자를 통해 큰돈을 모았다. 운이 다할 때까지 끝까지 가보는 사람들과는 달리 찰스 경은 현명하게도 자신이 얻은 것에 만족했고, 거기서 모은 재산을 가지고 영국으로 돌아왔다. 찰스 경이 바스커빌 저택에 자리를 잡은 것은 불과 2년 전이다. 사람들은 그의 재건 및 개발계획이 얼마나 원대했었는지를 이야기하며, 이제 그의 죽음으로 그 계획이 중단된 것에 대해 아쉬움을 표하고 있다.

자녀가 없었던 찰스 경은 자신의 생애 동안 시골 구석구석까지 자신의 재산으로 인한 혜택이 미치도록 하겠다고 공공연하게 밝혀왔던 터라, 그의 뜻하지 않은 죽음을 애통해할 사람들이 많을 것으로 예상된다. 그가 지역 자선 기관에 거액을 기부한 사례들은 우리 신문에도 자주 실리던 단골 기사였다.

찰스 경의 죽음을 둘러싼 상황에 대한 의혹들이 낱낱이 밝혀졌다고 할 수는 없지만, 적어도 이 지역의 미신으로 인한 루머들을 불식시킬 만큼은 조사가 이루어졌다. 타살이라고 의심할 이유는 전혀 없으며 자연사 외의 다른 사인은 상상할 수 없다. 찰스 경은 아내와 사별했으며 다소 기이한 사고방식을 가졌다고 할 수 있는 인사였다.

상당한 부를 축적했음에도 불구하고 그는 검소한 생활 습관을 유지해서, 바스커빌 저택 내의 하인이라고는 집사와 가정부로 일한 배리모어 부부가 전부였다. 친구들의 증언에 의하면 찰스 경은 건강이 악화되고 있었는데 특히 심장에 이상이 있어서 혈색이 변하거나 숨이 가빠지고 갑자기 우울해하고 예민해지기도 했다고 한다. 고인의 친구이자 주치의인 모티머 박사도 같은 증언을 했다.

사건의 경위는 간단하다. 찰스 바스커빌 경은 매일 저녁 잠자리에 들기 전에 바스커빌 저택의 유명한 주목나무 길을 걸어 내려가는 습관이 있었다고 한다. 배리모어 부부의 증언에 의하면 그에게 이것은 하나의 규칙이었다. 6월 4일 찰스 경은 다음 날 런던에 가겠다고 말하며 집사 배리모어에게 짐을 꾸려두라고 했다. 그날 밤 찰스 경은 보통 때처럼 밤 산책에 나섰는데 그는 산책하는 동안 시가를 피우는 버릇이 있었다. 그는 돌아오지 않았다.

12시에 저택의 문이 아직도 열려 있는 것을 발견한 배리모어는 놀라서 등불을 켜고 주인을 찾아 나섰다. 그날은 축축하고 추운 날이었는데 찰스 경의 발자국을 주목나무 길에서 쉽게 찾을 수 있었고, 그 끝에서 그

의 시신이 발견되었다. 아직 설명되지 않
은 한 가지 사실은 황야로 통하는 문을
지나서부터 주인의 발자국이 달라졌다
는 배리모어의 진술에 관한
것이다. 거기서부터는 찰스
경이 발뒤꿈치를 들고 걸어
간 것 같다는 것이다. 그때 거
기서 멀지 않은 황야에 말 장
수인 집시 한 명이 있었는데
그는 술에 많이 취한 상태였
다고 진술했다. 그는 고함 소
리를 듣기는 했지만 어느 방

향에서 났는지는 모르겠다고 말했다.

찰스 경의 시신에는 폭행의 흔적은 없었으며 의사는 그의 얼굴이 믿을
수 없을 만큼 일그러져 있었다고 증언했다. 너무 심하게 일그러져서 모
티머 박사는 처음에 자기 앞에 놓인 시신이 자신의 친구이자 환자라고
는 도저히 믿을 수 없었다고 한다. 이것은 심장 탈진과 호흡곤란으로 사
망한 경우 드물지 않게 일어나는 현상이다. 이 사실은 부검을 통해 입증
되었으며 검시 배심도 의학적 증거에 따라 평결을 내렸다. 따라서 사건
은 이대로 인정되어야 할 것으로 보이며 가장 중요한 문제는 찰스 경의
상속인이 바스커빌 저택에 정착하여, 찰스 경이 시작한 사업을 계속 이
어갈 것인가 하는 문제다. 검시관의 일반적인 조사로는 이 사건과 관련

해 회자되던 허무맹랑한 이야기까지 종식시킬 수는 없었으므로, 바스커빌 저택의 새로운 주인을 찾는 일은 쉽지 않을지도 모른다. 만약 살아 있다면, 가장 가까운 친척은 찰스 바스커빌 경의 남동생의 아들인 헨리 바스커빌 씨인 것으로 알려졌다. 가장 최근 소식에 의하면 이 젊은이는 미국에 있다고 하며, 그에게 상속재산 정보를 제공하기 위해서 현재 조사가 진행 중이다.

모티머 박사는 신문을 접어 주머니에 도로 넣었다.

"이것이 찰스 바스커빌 경의 죽음에 관한 공식 발표입니다, 홈즈 씨."

"감사드려야겠군요." 홈즈가 입을 열었다. "이런 사건을 알려주시다니. 분명히 이 사건에는 몇 가지 흥미로운 요소가 있습니다. 저도 당시에 신문에서 몇 줄 읽은 기억이 납니다. 하지만 그때는 교황께 의무를 다하고 싶은 마음에 바티칸 보석 사건으로 너무 정신이 없어서 흥미로운 영국 사건을 여러 건 놓쳤지요. 모티머 박사님 말씀은, 공개된 것으론 이 기사가 전부라는 말씀이시죠?"

"네, 그렇습니다."

"그러면 공개되지 않은 것을 말씀해주시죠." 홈즈는 몸을 뒤로 기대며 손끝을 맞대고 특유의 냉철하고 진지한 표정을 취했다.

"그러려면" 하며 모티머 박사는 감정이 격해지는 것 같았다. "아무에게도 말하지 않은 사실을 털어놓아야겠군요. 검시관의 조사 과정에서 이 얘기를 하지 않은 이유는, 과학을 믿는 사람으로서 대중들에게 공공연히 미신을 부추기고 싶지 않았기 때문입니다. 그리고 지금도 꽤나 암울한 소리를 듣고 있는 바스커빌 저택에 또다시 의혹이 더해진다면, 신문에 언급된 것처럼 이제 아무도 바스커빌 저택으로 오려고 하지 않을까 봐 걱정도 되었고요. 이런 이유로 제가 아는 것을 좀 감춰도 괜찮을 거라고 여겼습니다. 말한다고 해서 좋을 일이 하나도 없으니 말입니다. 하지만 홈즈 씨에게야 전부 다 털어놓지 못할 이유가 없습니다.

황야에는 거주민이 드물어서, 가까이 사는 사람들끼리는 왕래가 잦습니다. 같은 이유로 저도 찰스 바스커빌 경과 상당히 자주 만났습니다. 근방에 교육을 받은 사람이라곤 래프터 저택의 프랭클랜드 씨와 박물학자 스테이플턴 씨밖에 없거든요. 찰스 경은 내성적인 성격이었지만 저희는 병 때문에 가까워지게 되었고, 또 과학에 대한 관심을 공유하고 있어서 친분을 쌓게 되었습니다. 찰스 경은 남아프리카에서 많은 과학 정보를 얻어 오신 터라, 부시먼과 호텐토트족의 인체 구조 차이에 대해 토론하면서 멋진 저녁을 보낸 적도 많았지요.

그런데 지난 몇 달간 이상하게 찰스 경의 신경 상태가 날카로워져서 금방이라도 폭발할 것처럼 보였습니다. 그분은 제가 여러분께 읽어드린 바스커빌 가문의 전설에 대해 과도하게 마음을 쓰셨어요. 그래서 밤에 산책을 할 때도 절대 황야에는 나가려고 하지 않으셨습니다. 홈즈 씨, 믿기 힘드시겠지만 찰스 경은 무시무시한 운명이 자신의 가문에 드리워져 있다고 믿었습니다. 더구나 조상들로부터 전해 내려오는 이야기 때문에 더욱 확신할 수밖에 없었지요.

어떤 섬뜩한 존재에 대한 생각으로 찰스 경은 계속해서 괴로워하고 있었고, 저에게 밤에 왕진을 다니면서 이상한 동물을 보거나 사냥개가 으르렁대는 소리를 들은 적이 없느냐고 물으신 적도 한두 번이 아니었습니다. 사냥개에 대한 질문을 꽤 여러 번 하셨는데, 그 얘기를 하실 때는 어쩐지 목소리가 파르르 떨리고 있었습니다.

아직도 찰스 경의 집으로 마차를 몰고 갔던 그날 저녁이 생생하게 기억납니다. 사고가 나기 3주쯤 전이었죠. 저택 입구에 나와 계시더군요. 저는 제 기그(말 한 필이 끄는 가벼운 이륜마차―옮긴이)에서 내려 그분 앞에 섰습니다. 하지만 제가 그분을 보았을 때 그 눈빛은 저를 지나쳐서 제 어깨 뒤편을 뚫어져라 쳐다보는 것이었습니다. 그 두 눈에는 뭐라 형언할 수 없는 끔찍한 공포가 서려 있었습니다. 그래서 저도 휙 돌아서 뒤를 보았는데 아주 잠깐이었지만 분명히 무언가를 보았습니다. 커다랗고 시커먼 송아지 같은 게 진입로 끄트머리를 지나치는 것이었습니다. 찰스 경이 너무나 놀라고 흥분한 상태여서 저는 어쩔 수 없이 그 짐승이 있던 지점까지 내려가 둘러봐야 했어요. 짐승은 이미 사라지고 없었지만, 그 사건으로 찰스 경은 최악의 심리적 충격을 받았던 것 같습니다.

제가 저녁 내내 경의 곁을 지키고 있자, 경은 자신이 겁을 먹은 이유를 설명하려고 제가 여러분께 읽어드린 그 쪽지를 저에게 보관해달라며 보여주셨어요. 이 얘기를 말씀드리는 이유는, 그 후 일어난 비극을 생각하면 이것도 뭔가 의미가 있을 것 같아서예요. 하지

만 당시에는 정말 별일 아닌 것 같았기 때문에 찰스 경이 아무 이유도 없이 흥분한다고 생각했지요.

찰스 경이 런던에 갈 예정이었던 것도 제가 권해드렸기 때문입니다. 저는 찰스 경의 심장에 무리가 갔다는 것을 알 수 있었죠. 하루 종일 불안 속에서 생활하시니 그게 아무리 터무니없는 이유 때문이라 해도 분명히 건강에 심각한 이상이 생기고 있었어요. 저는 몇 달 정도 시내에서 기분 전환을 하면 말끔해져서 돌아오실 거라고 생각했어요.

우리 친구인 스테이플턴 씨도 찰스 경의 건강을 많이 염려하던 터라 저와 같은 의견이었죠. 바로 그 마지막 순간에 이런 재앙이 발생한 겁니다.

찰스 경이 죽던 날 밤 집사 배리모어는 주검을 발견하고 곧장 저에게 마부 퍼킨스를 보냈습니다. 저는 늦게까지 깨어 있던 터라 사건이 일어난 지 한 시간도 안 되어서 바스커빌 저택에 도착했지요. 제가 모든 것을 검사하고 확인했습니다. 사인조사서에 나와 있는 그대로입니다. 저는 주목나무 길에 나 있는 발자국 흔적을 따라 내려갔습니다. 황야로 통하는 문 앞에서 찰스 경이 기다렸던 것으로 보이는 장소를 발견했습니다. 그 지점부터는 발자국 모양이 달라진 것이 눈에 띄었습니다. 자갈흙 길 위에 나 있는 배리모어 집사의 발자국 외에 다른 발자국은 없다는 것도 알 수 있었습니다. 그러고 나서 저는 시신을 주의 깊게 살펴보았습니다. 제가 도착할 때까지 시신에 손을 댄 사람은 없었습니다.

찰스 경은 엎드린 채 죽어 있었는데 팔을 벌리고 손가락은 땅을 파고 있었습니다. 얼굴은 어떤 감정 때문에 완전히 뒤틀려 있었는데, 얼마나 일그러졌던지 저도 그게 찰스 경인지 알아보지 못할 뻔했습니다. 분명히 외상은 전혀 없었습니다. 하지만 사인조사서에 있는 배리모어의 진술 중에 한 가지는 거짓입니다. 배리모어는 시신 주변의 땅에 아무 흔적도 없다고 했지만 그가 못 알아보았을 뿐, 저는 분명히 확인했습니다. 약간 떨어진 곳이었지만 틀림없이 새로 생긴 흔적이 있었습니다."

"발자국이?"

"발자국이."

"남자였나요, 여자였나요?"

모티머 박사는 잠시 우리를 묘한 눈길로 바라보더니, 소곤거리듯 나직이 대답했다.

"홈즈 씨, 그건 아주 커다란 사냥개 발자국이었어요!"

The Problem

제3장 문제

그 말에 전율이 내 온몸을 훑고 갔음을 고백하지 않을 수 없다. 의사는 우리에게 말하면서도 스스로 동요되어 떨린 목소리였다. 홈즈는 흥분해서 몸을 앞으로 숙였다. 홈즈의 두 눈은 그가 진짜 흥미를 느꼈을 때에만 발하는 엄숙하고 진지한 빛을 번뜩이고 있었다.

"그걸 보셨단 말인가요?"

"지금 제 앞에 계신 두 분을 보듯이 똑똑히 보았습니다."

"그런데 아무 말씀을 안 하셨습니까?"

"말해 무엇하겠습니까?"

"어째서 다른 사람들은 아무도 못 본 거죠?"

"그 발자국들은 시신에서 20미터 정도 떨어져 있어서 아무도 신경을 쓰지 않았을 겁니다. 아마 저도 이 전설을 몰랐다면 그랬을 겁니다."

"황야에는 양치기 개가 많지 않습니까?"

"물론이죠. 하지만 그건 분명히 양치기 개가 아니었습니다."

"크기가 컸다는 말입니까?"

"네, 어마어마하게요."

"하지만 그 개가 시신에 다가간 건 아니란 말씀인가요?"

"네."

"그날 밤 날씨는 어땠나요?"

"춥고 축축했죠."

"하지만 비가 온 것은 아니었고요?"

"네."

"길이 어떻게 생겼습니까?"

"오래된 주목나무 울타리 길입니다. 높이는 3.5미터 정도 되고 빽빽해서 누가 통과할 수는 없습니다. 가운데 나 있는 산책로는 2.5 미터 정도 폭이고요."

"울타리와 산책로 사이에는 뭐가 있나요?"

"양쪽으로 풀이 나 있는데 각각 폭이 2미터 가까이 됩니다."

"주목나무 울타리 한쪽에 문이 있어서 통과할 수 있다는 말씀이 시죠?"

"네, 기둥 셋으로 이루어진 문인데 황야 쪽으로 통합니다."

"다른 문은 없나요?"

"전혀요."

"그렇다면 주목나무 길에 들어서려면 저택에서 걸어 내려오든 지, 황야의 문으로 들어오는 방법밖에 없겠군요?"

"멀리 길 끝에는 여름에 쓰는 별장을 통해서 들어오는 문이 있습니다."

"찰스 경이 거기까지 갔나요?"

"아뇨, 거기까지 50미터 정도 남은 거리에 시신이 있었습니다."

"그러면 모티머 박사님, 이건 아주 중요한 문제인데, 박사님이
보신 발자국은 산책로에 나 있었던 겁니까? 풀밭이 아니고요?"

"풀밭에는 발자국이 찍히지 않았습니다."

"그 발자국은 산책로 양편 중 황야의 문 쪽에 있었나요?"

"네, 황야의 문이 있는 편으로 산책로 가장자리를 따라 나 있었
습니다."

"정말 흥미로운 얘기군요. 또 하나, 황야의 문은 닫혀 있었나
요?"

"닫혀 있고 자물쇠가 채워져 있었습니다."

"황야의 문은 높이가 얼마나 되나요?"

"1.2미터 정도 됩니다."

"그러면 누구든지 뛰어넘을 수도 있겠군요?"

"네."

"황야 문 옆에서는 어떤 발자국을 보셨습니까?"

"특별한 것은 없었습니다."

"오, 이런. 아무도 확인해보지 않았나요?"

"아뇨, 제가 살펴보았지요."

"아무것도 못 보셨고요?"

"아주 이상하긴 했습니다. 찰스 경이 분명히 거기에 5분에서 10

분 정도 서 있었던 것 같거든요."

"왜 그렇게 생각하시죠?"

"같은 장소에 시가 담뱃재가 두 번 떨어져 있었거든요."

"훌륭하시군요! 왓슨, 이분을 동료로 대접해드려야겠어. 우리와 비슷한 감각을 지녔어. 그런데 발자국은 어땠나요?"

"찰스 경이 자갈흙 위에 온통 발자국을 남겨놓으셨더군요. 하지만 다른 발자국은 못 봤습니다."

셜록 홈즈는 못 참겠다는 듯이 손으로 무릎을 탁 쳤다.

"내가 거기 있었어야 했는데, 아쉽군요. 확실히 정말 흥미로운 사건입니다. 전문가에게는 엄청난 기회이기도 하고요. 그때 자갈흙길을 내가 봤더라면 많은 걸 읽어낼 수 있었겠지만, 이제 비에 전부 뭉개지고 구경 나온 농부들 신발 자국에 다 지워졌을 테지요. 이런, 모티머 박사님, 혹시 그날 저를 부를 생각을 못 하셨나요! 그 부분은 박사님의 책임이 크군요."

"이런 것들을 세상에 공개하지 않고서 홈즈 씨를 부를 방도는 없었습니다. 그리고 공개하고 싶지 않았던 이유는 이미 말씀드렸고요. 게다가, 게다가……."

"뭘 망설이시는 건가요?"

"아무리 예리하고 경험 있는 탐정이라도 어쩔 수 없는 영역이라는 것이 있으니까요."

"이게 초자연적 현상이라는 말씀이신가요?"

"꼭 그렇게 말씀드린 것은 아닙니다."

"하지만, 그렇게 믿고 계신 거군요."

"홈즈 씨, 이 비극적인 사건이 발생한 이후로 제 귀에 들어온 이야기는 한두 가지가 아닙니다. 엄연히 자연의 질서에 위배되는 그런 일들이요."

"예를 들자면?"

"끔찍한 그 사건이 일어나기 전에 몇몇 사람들이 황야에서 이 바스커빌 악마와 일치하는 모습의 짐승을 봤다는 거예요. 과학적으로 알려진 다른 어떤 짐승이라고는 도저히 말할 수 없는 그런 짐승을요. 그걸 본 사람들은 한결같이 이렇게 말했습니다. 그 짐승이 어마어마하게 클 뿐만 아니라 번쩍이는 빛을 발하는 것이, 섬뜩한 유령 같았다고요. 제가 그들을 각각 따로 만나보았는데 한 명은 고지식한 촌부였고 한 명은 편자공, 또 한 명은 황야에서 농사를 짓는 사람이었습니다. 그런데 하나같이 전설 속에 나오는 지옥에서 온 사냥개를 들먹이며 무시무시한 유령을 봤다고 말하는 겁니다. 분명히 말씀드릴 수 있지만, 이 지역 전체가 공포에 휩싸여서 밤에는 아무도 황야에 나가려 하지 않을 겁니다."

"그리고 과학을 공부하신 모티머 박사님도 그게 초자연적 현상이라고 믿는다, 이 말씀이군요?"

"도무지 뭘 믿어야 할지 모르겠습니다."

홈즈는 어깨를 으쓱했다. "저는 지금까지 이 세상의 사건들만 조사해왔습니다. 어떻게 말하면 악에 대항해서 싸워왔다고 할 수 있겠지만, 악마 자체를 조사한다는 건 아무래도 무리한 욕심일 것 같군요. 그래도 박사님 역시 그 발자국이 물리적인 것이라는 건 인정하시겠지요."

"전설 속의 사냥개도 사람 목을 뜯어놓을 만큼 물리적인 존재였지만 여전히 사악한 존재였지 않습니까."

"모티머 박사님은 이미 초자연주의 쪽으로 넘어가셨군요. 하지만 박사님, 그렇다면 말입니다. 그런 시각을 고집하실 거면서 애초에 저한테 상담을 하러 오신 이유가 뭔가요? 박사님은 찰스 경의 죽음을 조사하는 것이 무의미하다고 하시고는 또 동시에 저한테 그걸 조사해달라고 하시는군요."

"홈즈 씨가 사건을 조사해주기를 바라는 게 아닙니다."

"그럼 무얼 도와드릴까요?"

"제가 헨리 바스커빌 경과 함께 어떻게 해야 할지 말씀을 해주셨으면 합니다. 헨리 경은 워털루 역에" 모티머 박사는 시계를 보며 말했다. "정확히 한 시간 15분 후에 도착할 예정이에요."

"그분이 상속자인가요?"

"네. 찰스 경이 돌아가시고 이 젊은 신사분을 찾아냈어요. 캐나다에서 농업을 하고 계시더군요. 저희가 전해 들은 바로는 모든 면에서 매우 빼어난 분입니다. 의사로서 드리는 말씀이 아니고 찰스 경의 신탁 관리자이자 유언 집행자로서 드리는 말씀입니다."

"다른 청구인이 있는 것은 아니겠지요?"

"전혀요. 그 외 우리가 찾을 수 있었던 유일한 친척이라고는 로저 바스커빌이 있는데 찰스 경의 3형제 중 막내인 분입니다. 둘째는 젊은 시절 죽었는데 바로 헨리 경의 아버지이지요. 막내인 로저는 집안의 골칫거리였습니다. 그는 바스커빌 가문의 거만한 성격을 물려받았는데, 사람들이 말하는 바로는 마치 전설 속의 휴고처럼 생겼다고 해요. 그는 영국이 마음에 안 든다며 중앙아메리카로 건너가서 거기서 1876년에 황열병으로 죽었습니다. 헨리 경이 바스커빌 가문의 마지막 후손인 거지요. 한 시간 5분 후면 저는 그분을 워털루 역에서 만나게 됩니다. 오늘 아침에 그분이 사우샘프턴에 도착했다는 전보를 받았어요. 이제 저는 그분과 함께 어쩌면 좋을까요?"

"왜, 조상들이 머물던 저택으로 가면 안 되나요?"

"아무래도 그게 자연스럽겠지요? 하지만 저택으로 간 바스커빌 가문 사람들은 모두 악운을 만났으니 말입니다. 제 느낌으로는 찰스 경이 죽기 전에 저와 이야기를 할 수 있었다면, 아마 마지막 남은 후손을 그런 죽음이 드리운 장소에 데리고 오지 말라고 하셨을 것 같아요. 하지만 이 가난하고 황량한 시골 전체의 번영이 헨리 경의 존재에 의존한다는 것 또한 부인할 수 없는 사실입니다. 찰스 경이 여태껏 해오신 훌륭한 일들은 바스커빌 저택에 주인이 없다면 모두 물거품이 되고 말 것입니다. 이런 저 자신의 직접적인 이해관계 때문에 제 생각이 휘둘리고 있는 건 아닌지 두렵더군요. 그래서 홈즈 씨에게 조언을 구하는 겁니다."

홈즈는 잠시 생각에 잠기더니 입을 열었다. "간단히 말해서 문제는 이거군요. 모티머 박사님 생각으로는 악마의 사도가 있어서 다트무어는 바스커빌 가문 사람에게 안전한 장소가 아니다, 이 말씀이죠?"

"적어도 그렇다고 볼 수 있는 증거들이 조금은 있다는 정도로 말해두고 싶군요."

"제 말이 그 말입니다. 그런데 만약 모티머 박사님의 초자연적 현상이라는 이론이 맞는다면, 그 초자연적 힘은 런던에서도 이 젊은 헨리 경에게 얼마든지 악을 행할 수 있지 않을까요? 데번셔에서처럼요. 일정 지역에서만 힘을 행사할 수 있는 악마라는 것은 무슨 지역 교구 나누기도 아니고, 생각하기 힘들지 않습니까."

"홈즈 씨, 문제를 너무 가볍게 보고 계시는군요. 직접 이것들을 겪으셨다면 아마 다르게 보셨을 텐데요. 그러면 홈즈 씨의 말씀은 헨리 경이 데번셔에서도 런던에 있는 것만큼이나 안전할 거라는 거죠? 헨리 경이 50분 후면 도착할 겁니다. 어떻게 하면 좋을까요?"

"모티머 박사님, 이렇게 하시지요. 택시를 잡으시고 스패니얼은 떼놓고 가세요. 저희 집 현관을 긁고 있군요. 그리고 워털루 역으로 가서 헨리 바스커빌 경을 만나십시오."

"그러고 나서는요?"

"그러고 나서는 그분께 아무 말씀도 마시고 제가 결정을 내릴 때까지 기다려주십시오."

"결정하는 데 얼마나 걸리시겠습니까?"

"24시간이면 됩니다. 모티머 박사님, 내일 10시에 여기로 저를 찾아오시면 훨씬 더 잘 도와드릴 수 있을 것 같습니다. 그리고 헨리

바스커빌 경과 함께 오신다면 향후 계획을 세워드리는 데 도움이
될 겁니다."

"말씀하신 대로 하겠습니다."

그는 셔츠 소맷자락에 약속 내용을 휘갈겨 쓰고는 그 이상하고
정신없는 차림새 그대로 서둘러 나갔다. 홈즈가 계단 앞에서 그를
세웠다.

"마지막으로 질문이 하나 있습니다, 모티머 박사님. 찰스 바스커
빌 경이 죽기 전에 몇몇 사람이 황야에서 유령을 봤다고 말씀하셨
죠?"

"세 사람입니다."

"그 후에도 유령을 다시 봤다고 하던가요?"

"그런 얘기는 못 들었습니다."

"감사합니다. 즐거운 하루 되십시오."

홈즈는 다시 자기 자리로 돌아와서 짐짓 만족스러운 표정을 지었다. 마음에 드는 일을 맡았다는 의미였다.

"나갈 거야, 왓슨?"

"딱히 내가 도울 일이 없다면."

"지금은 없어. 자네 도움이 필요한 건 행동을 취할 때지. 그런데 이 사건은 정말 근사해. 어떤 면에서 보면 아주 독특하기도 하고. 브래들리 가게를 지나게 되면 브래들리에게 나한테 제일 독한 담배로 1파운드만 보내라고 얘기해주겠어? 고마워. 자네가 불편하지만 않다면, 저녁까지 집을 비워주는 것도 역시 도움이 되겠고 말이야. 그러면 이 흥미진진한 문제를 맘껏 곱씹어볼 수 있을 것 같거든."

나는 내 친구가 극도로 집중하고 싶을 때는 혼자 틀어박혀 있는 게 필요하다는 것을 알고 있었다. 그 시간 동안 그는 모든 증거들을 가늠해보고 가능한 대안들을 구성해보고, 서로 견주어본다. 그러고는 어떤 점이 핵심이고, 어떤 점이 무시해도 좋은 것인지를 결정하는 것이다. 그래서 나는 그날 종일 클럽에서 시간을 보냈다. 그리고 저녁에야 베이커 스트리트로 돌아왔다. 다시 거실에 앉은 후 시계를 보니 9시가 다 된 시각이었다.

우리 집 문을 열고 들어섰을 때 처음에 나는 불이 난 줄 알았다. 방 안이 온통 연기로 자욱해서 테이블 위 램프에서 나오는 빛이 희뿌옇게 보일 지경이었다. 하지만 방으로 들어서자 걱정은 사라졌다. 투박하고 강한 담배에서 뿜어내는 매캐한 연기에 불과했다. 그 연기가 내 목으로 밀려들자 기침이 났다. 그 연무 속에서 홈즈가 실내복을 입고 안락의자에 앉아 입술 사이에 검정 파이프를 물고 있는 것이 어렴풋이 보였다. 종이 몇 장이 주변에 놓여 있었다.

"감기라도 걸렸어, 왓슨?" 그가 말했다.

"아냐, 이 독한 공기 때문에 그래."

"자네 말을 듣고 보니 연기가 좀 자욱하긴 한 것 같군."

"좀 자욱해? 참을 수 없을 지경이야."

"그러면 창문을 열어! 척 보니, 하루 종일 클럽에 있었구먼."

"홈즈 자넨 역시!"

"내 말이 맞지?"

"당연하지. 그런데 어떻게 알았어?"

그는 어리둥절해하는 나를 보고 재미있다는 듯 웃어 보였다.

"왓슨, 자넨 볼수록 매력적이라니까. 아무리 작은 능력도 자네 앞에서 발휘하면 즐거워지거든. 소나기가 퍼부어서 진창인 날에 한 남자가 외출을 했어. 그가 저녁에 돌아왔는데 옷에는 흙이 튄 자국 하나 없고, 모자랑 신발이 여전히 반짝거려. 그러니깐 하루 종일 한 군데 틀어박혀 있었다는 얘기지. 친한 친구도 별로 없는 사람이야. 그러면 어디 있었겠어? 뻔하지 않아?"

"글쎄, 그런 것 같기도 하고."

"세상은 한 번도 관찰된 적이 없는 분명한 사실들로 가득 차 있지. 나는 어디 있었을 것 같아?"

"자네도 틀어박혀 있던 것
아냐?"

"천만에. 나는 데번셔에 다
녀왔지."

"마음속으로?"

"그렇지. 유감스럽게도 내
몸은 이 안락의자에 남아서
커피 두 주전자와 엄청난 양
의 담배를 소모하고 있었어.
자네가 나간 뒤에 스탬퍼드
가게에 사람을 보내 황야 이
쪽의 군용지도를 구해 왔지. 하루 종일 내 영혼은
이 지역을 거닐었는데, 내가 발견한 것들이 스스로도 자랑스러워."

"대축척 지도겠지?"

"그것도 아주 큰." 그는 무릎 위로 한쪽을 펼쳐 보였다. "여기가
우리의 관심 지역이야. 저기 가운데 있는 것이 바스커빌 저택이지."

"나무로 둘러싸여 있고?"

"그렇지. 주목나무 길이라는 이름은 없지만 상상을 해보자면 이
쪽 선을 따라서 길이 나 있을 거야. 그렇다면 보다시피 오른쪽에 황
야가 있는 게 되지. 건물들이 모여 있는 이 작은 지역이 그림펜 마
을인데 우리 친구 모티머 박사의 본거지도 여기 있어. 여기 보이는
것처럼 반경 8킬로미터 이내에는 가옥들이 아주 드문드문 흩어져

있어. 이게 래프터 저택이야, 이야기 속에 나왔던. 그리고 여기 집이라고 표시된 것이 하나 있는데 아마 그 박물학자의 집인 것 같아. 내 기억이 맞는다면 이름이 스테이플턴이었지. 여기 황야 지역에 두 농가가 있어. 하이 토어와 파울마이어지. 그리고 22킬로미터를 더 가야 프린스타운의 중죄수 교도소가 나와. 이 흩어진 점들 주변은 아무도 살지 않는 황량한 황야야. 그러니 여기가 비극이 상연된 무대고, 어쩌면 다시 재연되도록 우리가 도와야 할지도 몰라."

"사나운 곳이겠군."

"그래, 무대가 그럴듯하지. 진짜로 악마가 사람들의 일에 끼어들고 싶은 거라면 말이야."

"자네도 그 초자연적 현상이라는 설명 쪽으로 마음이 기우는 거야?"

"악마의 사도들도 아마 뼈와 살로 되어 있겠지, 그렇지 않아? 먼저 우리를 기다리는 건 두 가지 질문이야. 도대체 범죄가 일어나기는 했나 하는 문제와, 어느 부분이 범죄이고 어떻게 저지른 것인가 하는 문제야. 물론 모티머 박사의 추측이 맞는다면 우리는 자연의 법칙을 벗어난 어떤 것과 싸우고 있는 셈이 되지. 그렇다면 조사도 끝인 거고. 하지만 그런 결말에 도달하자면 그 전에 먼저 가능한 다른 가정들을 모두 검증해야 해. 자네만 괜찮다면 저 창문을 다시 닫아도 되겠지? 단순한 일이지만 생각을 집중하려면 공기도 집중되는 편이 좋은 것 같아서. 아직은 생각을 좁히지 못했지만 아무튼 논리적인 결론은 일단 그래. 자네도 이 사건을 생각해봤겠지?"

"응, 하루 종일 많이 생각해봤지."

"자네 결론은 뭐야?"

"너무 어리둥절할 뿐이야."

"그래도 분명히 특징이 있어. 몇 가지 두드러진 점이 있다고. 예를 들면 그 발자국의 변화 같은 것 말이야. 그건 어떻게 된 거라고 생각해?"

"모티머 얘기로는 찰스 경이 주목나무 길에서 어느 부분은 까치발을 하고 갔다고 했지."

"모티머는 그냥 사인 조사 때 어느 바보가 한 얘기를 그대로 한 것뿐이야. 뭣 때문에 까치발을 하고 길을 걸어가겠어?"

"그러면 뭐란 말이야?"

"달리고 있었던 거야, 왓슨. 필사적으로, 살기 위해서 도망치고 있었던 거야. 그러다가 심장이 터져서 고꾸라져 죽게 된 거야."

"뭐로부터 도망을 쳤다는 거지?"

"그게 바로 우리가 해결해야 할 문제지. 찰스 경은 달리기 전부터도 이미 공포에 질려 있었다는 걸 알 수 있어."

"어떻게 알아?"

"내 생각으로는 찰스 경의 공포의 원인이 된 것은 황야를 건너서 그에게 접근했을 거야. 그랬을 경우 제정신인 사람이라면 집 쪽을 향해서 뛰지, 반대편으로 뛰지는 않았을 거야. 집시가 한 얘기가 사실이라고 가정한다면, 찰스 경은 도무지 도움을 줄 사람이 없는 쪽을 향해서 도움을 외치면서 뛰어갔던 거라고. 그렇다면 그날 밤 그는 누구를 기다리고 있었을까? 그는 왜 자기 집이 아니라 주목나무 길에서 그 사람을 기다리고 있었을까?"

"찰스 경이 누구를 기다리던 중이었다고 생각하는 거야?"

"찰스 경은 늙고 쇠약한 상태였어. 그가 저녁 산책을 한다면 이해할 수 있는 일이기도 하지만 그날 땅은 축축하고 밤에는 추웠잖아. 모티머 박사가 시가에서 떨어진 재를 가지고 추정한 것처럼 5분에서 10분 정도 찰스 경이 누군가를 기다려야 했다고 보는 게 자연스럽지 않겠어? 그러고 보니 모티머의 실용적 사고 능력을 좀 더 인정해줬어야 했는데."

"하지만 찰스 경은 매일 저녁 나가지 않았나?"

"그가 황야 문에서 매일 저녁 누군가를 기다렸을 것 같지는 않아. 반대로 증거를 보면 그는 황야를 피하려고 했어. 그런데 그날 밤은 거기서 기다렸단 말이야. 그리고 그날은 런던으로 떠나기로 한 바로 전날이었고. 사건이 형체를 갖춰가는군, 왓슨. 앞뒤가 맞아들어가려고 해. 내 바이올린을 좀 건네주겠어? 이 문제에 대해 그 이상은 아침에 모티머 박사와 헨리 바스커빌 경을 만난 다음에 생각해도 될 것 같아."

Sir Henry Baskerville

제4장 헨리 바스커빌 경

일찌감치 아침상이 치워지고 홈즈는 실내복을 입은 채 약속된 면담을 기다렸다. 의뢰인들은 정확히 약속 시간에 맞춰 왔다. 시계가 막 10시를 쳤을 때 모티머 박사가 나타났고 뒤이어 젊은 준남작이 나타났다. 준남작은 검은 눈에 작고 기민한 사람이었다. 서른 살 전후로 보였고 다부진 체격에 검은 눈썹이 짙고, 호전적으로 보이는 강한 얼굴을 하고 있었다. 붉은빛이 도는 트위드 정장을 입었는데 집 밖에서 평생을 보낸 사람답게 외모가 거칠었지만, 흔들림 없는 눈빛과 차분하고 확신에 찬 태도에는 신사로서의 면모가 아직 남아 있었다.

"이쪽은 헨리 바스커빌 경입니다." 모티머 박사가 소개했다.

"네, 그렇습니다." 바스커빌 경이 말했다. "신기한 것이, 홈즈 씨, 만약 여기 이 친구가 오늘 아침에 홈즈 씨한테 가자고 제안하지 않았다면 아마 저 혼자서라도 여기에 왔을 겁니다. 홈즈 씨가 이상한 사건들을 잘 해결하신다는 것을 알고 있습니다. 오늘 아침에 저도 도저히 이해가 안 되는 이상한 사건을 하나 겪었네요."

"부디 앉으십시오, 헨리 경. 런던에 도착하신 다음에 기이한 체험을 하셨다는 말씀인가요?"

"중요한 일은 아닙니다, 홈즈 씨. 그냥 장난일 수도 있겠지만 아닐 수도 있고요. 바로 이 편지 입니다. 편지라고 해야 할지 어떨지 모르겠지만 오늘 아침 제게 전달되었습니다."

바스커빌 경은 봉투 하나를 테이블 위에 놓았다. 우리는 모두 몸을 숙여 봉투를 들여다보았다. 그냥 평범한 종이로 된 회색 봉투였다. 주소는 '노섬벌랜드 호텔, 헨리 바스커빌 경' 이라고 거칠게 쓰여 있고, 우편 소인은 '채링크로스', 보낸 날짜는 전날 저녁으로 되어 있었다.

"경이 노섬벌랜드 호텔로 갈 거라는 것을 아는 사람이 누가 있습니까?" 홈즈는 상기된 표정으로 방문객을 건너다보며 물었다.

"알 수 있었던 사람은 아무도 없습니다. 모티머 박사와 제가 만난 다음에야 결정한 일이니까요."

"하지만 모티머 박사님은 이미 거기에 머물고 계셨던 거겠죠?"

"아닙니다. 저는 친구 집에서 묵었는걸요." 의사가 말했다. "누군가 우리가 이 호텔에 갈 거라고 추측할 만한 이유는 전혀 없었습니다."

"흠! 누군가 헨리 경의 행보에 깊은 관심을 기울이고 있는 것 같군요." 홈즈는 봉투에서 풀스캡지(방울 달린 어릿광대의 모자 모양의 비침무늬가 찍혀 있는 데서 유래한 이름의 종이—옮긴이) 반 장을 네 번 접은 종이를 꺼냈다. 홈즈는 그것을 테이블 위에 펼쳐놓았다. 한가운데에 인쇄된 글자를 오려 붙여서 만든 한 줄의 문장이 쓰여 있었다. 내용은 다음과 같았다.

삶이나 이성의 가치를 믿는다면 황야를 멀리하라.

'황야' 라는 글자만은 잉크로 쓰여 있었다.

"이제" 하고 헨리 바스커빌 경이 입을 열었다. "홈즈 씨께서 도대체 이게 무슨 의미인지 말씀해주시겠지요? 제 일에 이렇게 관심이 많은 사람이 누구인지 말입니다."

"모티머 박사님은 어떻게 보십니까? 이 편지에 대해서는 초자연적인 측면이 전혀 없다고 인정하시겠죠?"

"물론입니다. 하지만 이 일이 초자연적 현상이라고 확신에 찬 사람이 편지를 보낸 것일 수는 있겠지요."

"무슨 일 말입니까?" 헨리 경이 예리하게 물었다. "여기 계신 분들 모두가 제 일에 대해서 저보다도 훨씬 많이 알고 계시는 것 같군요."

"헨리 경, 당신도 이 방을 떠나기 전에 우리가 아는 모든 걸 알게 되실 겁니다. 약속드리지요." 셜록 홈즈가 말했다. "경께서 허락하신다면 일단은 지금 이 순간에 집중했으면 합니다. 아주 흥미로운 문서에 말입니다. 분명히 어제 만들어서 부친 걸 텐데요. 왓슨, 자네 혹시 어제 날짜《타임스》있어?"

"여기 구석에 있어."

"수고스럽지만 안쪽의 사설 좀 건네주겠어?" 홈즈는 아래위로 눈을 움직이며 잽싸게 사설을 훑었다. "자유무역에 대한 사설이군요. 몇 줄 읽어드리겠습니다.

보호관세가 있으면 무역이나 산업에 도움이 될 거라고 믿는 사람이 많지만 장기적으로 보면 그런 규제는 오히려 국가의 부를 멀리하고, 수입물의 가치를 감소시키며, 국내의 일반적인 삶의 조건을 악화시킨다고 보는 것이 이성적이다.

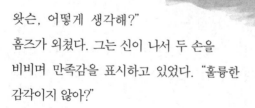

왓슨, 어떻게 생각해?" 홈즈가 외쳤다. 그는 신이 나서 두 손을 비비며 만족감을 표시하고 있었다. "훌륭한 감각이지 않아?"

모티머 박사는 전문가로서의 흥미를 나타내며 홈즈를 바라보았다. 헨리 바스커빌 경은 무슨 일인지 모르겠다는 표정으로 나를 보았다.

　"관세라든지 그런 쪽은 저는 잘 모릅니다만" 하고 헨리 경이 입을 열었다. "편지와 관련해서는 주제에서 조금 벗어난 것 같은데요."

　"정반대입니다. 정확히 편지와 관련된 얘기를 하는 중입니다, 헨리 경. 여기 있는 왓슨은 경보다 저의 방법론에 대해 잘 압니다만, 안타깝게도 왓슨조차 제가 읽은 문장의 중요성을 아직 파악하지 못한 것 같군요."

　"파악 못했어. 사실 무슨 연관이 있는지 전혀 모르겠군."

　"하지만 이봐 왓슨, 잘 봐봐. 한쪽 글이 다른 쪽에서 짜깁기해낸 거잖아. '삶', '이성', '가치', '멀리', '믿는'. 진짜 이 단어들을 어디서 봤는지 모르겠어?"

　"오 이런, 홈즈 씨 말씀이 맞네요. 정말 영악하군요!" 헨리 경이 외쳤다.

　"아직도 못 믿겠다면 '멀리하' 가 한 조각으로 잘린 걸 보면 분명하지요."

　"와, 정말 그렇군!"

　"홈즈 씨는 정말 제 상상을 초월하시는군요." 모티머 박사가 경이로운 표정으로 내 친구를 바라보며 말했다. "누가 이 글자들을 신문에서 오려낸 거라고 하면 수긍할 수도 있었을 겁니다. 하지만 홈즈 씨는 어느 신문인지 아시고 거기다가 사설에서 오려낸 거라고까지 말씀하시다니, 이렇게 놀라운 일은 처음이네요. 대체 어떻게 하신 겁니까?"

"박사님께서는 흑인의 두개골과 에스키모의 두개골을 구분할 수 있으시죠?"

"그럼요."

"하지만 어떻게 하시는 겁니까?"

"그게 제 유일한 취미니까요. 차이가 아주 뚜렷하지요. 눈 위의 돌출된 뼈라든지, 얼굴 각도, 상악골 선, 또……."

"그런데 이쪽은 제 취미 분야인 거지요. 마찬가지로 저도 차이들이 뚜렷이 보이거든요. 제 눈에는 《타임스》가 사용하는 버조이스 활자(9포인트 크기의 구문 활자를 가리키는 말—옮긴이)와 싸구려 석간신문이 사용하는 조잡한 활자의 차이가 모티머 박사님 눈에 보이는 흑인과 에스키모의 차이만큼이나 크게 보이거든요. 범죄 전문가에게 활자의 식별은 아주 기본적인 지식 분야니까요. 하지만 저도 아주 어렸을 때는 《리즈 머큐리》와 《웨스턴 모닝 뉴스》를 헷갈리곤 했답니다. 하지만 《타임스》의 사설이라면 구별을 하고도 남죠. 또 이런 단어들을 다른 어디서 따오겠습니까? 게다가 이건 어제 꾸며진 편지니까 어제 날짜 신문을 찾는 게 가장 확률이 높겠죠."

"지금 말씀하신 대로라면 홈즈 씨." 헨리 바스커빌 경이 말했다. "누군가 이것을 가위로 오려내서……."

"손톱 가위입니다." 홈즈가 말했다. "날이 아주 짧은 가위라는 걸 알아채실 수 있을 겁니다. '멀리' 라는 글자를 자르면서 가위질을 두 번이나 했으니까요."

"정말 그렇군요. 그러면 누군가 날이 짧은 가위로 메시지를 오려내서 풀로 붙여서……."

"고무풀이죠." 홈즈가 말했다.

"고무풀로 종이에 붙인 거군요. 하지만 '황야' 라는 글자는 왜 직접 써야 했는지 궁금하네요."

"신문에서 찾을 수가 없었기 때문이죠. 다른 단어들은 간단한 단어라서 아마 어느 기사에서든 쉽게 찾을 수 있었을 겁니다. 하지만 '황야' 라는 단어는 흔한 단어가 아니죠."

"그러네요. 그렇게 된 거군요. 홈즈 씨, 혹시 이 편지에서 다른 것도 알아내신 것이 있나요?"

"한두 가지 단서들이 더 있습니다만, 흔적을 남기지 않으려고 엄청나게 노력한 것이 보이는군요. 보시다시피 주소가 상당히 거칠게 쓰여 있습니다. 하지만 《타임스》라는 것이 아무나 보는 신문은 아니지 않습니까. 많이 배운 사람들이나 보는 거죠. 그러니 이 편지는 많이 배웠지만 무식한 사람인 척하고 싶은 사람이 작성한 겁니다. 그리고 자기 필체를 숨기려고 노력한 걸로 보아, 아마 헨리 경이 아는 필체이거나 앞으로 알게 될 필체라는 뜻이죠. 또 단어들이 줄을 잘 맞춰 붙여진 것이 아니고 어떤 것은 다른 것보다 높이 붙어 있다는 것을 보실 수 있습니다. 여기 '삶' 같은 단어는 완전히 자리를 벗어나 있죠. 그건 부주의 때문일 수도 있겠지만 불안하거나 서둘렀다는 뜻일 수도 있습니다.

제 생각은 후자 쪽으로 기우네요. 사안이 분명히 중요한 일이고, 이런 편지를 작성하는 사람이 부주의할 것 같지도 않으니까요. 만약 그가 서둘렀다면 왜 서둘러야 했는가 하는 재미있는 문제가 남죠. 왜냐하면 이른 아침까지 편지를 부쳐야 헨리 경이 호텔을 떠나기 전에 받아 볼 수 있었으니까요. 작성자는 방해를 받을까 두려웠던 걸까요? 그렇다면 누가 방해할 예정이었던 것일까요?"

"이젠 추측 단계로 들어가는 거군요." 모티머 박사가 말했다.

"추측이라기보단 가능성을 가늠해보고 가장 확률이 높은 것을 고르는 거죠. 상상력을 과학적으로 사용하는 거예요. 하지만 언제나 추측에는 물리적인 근거가 있게 마련이죠. 모티머 박사님은 분명 추측이라고 말씀하시겠지만 저는 거의 확신하는 사항이 하나 있습니다. 바로 이 주소를 쓴 장소가 호텔이라는 겁니다."

"도대체 그걸 어떻게 아신 겁니까?"

"자세히 보시면, 펜과 잉크가 모두 글쓴이를 번거롭게 만들었다는 것을 알 수 있습니다. 한 개의 단어를 쓰는데 펜이 두 번이나 멈칫거렸고 짧은 주소를 쓰는데 세 번이나 잉크가 말라버렸죠. 잉크병에 잉크가 거의 없었다는 뜻입니다. 개인용 잉크병이나 펜이 그런 상태인 경우는 거의 없지요. 더구나 펜도 잉크도 둘 다 그 지경일 수는 없는 거죠. 하지만 호텔 잉크와 호텔 펜은 항상 그런 상태이지 않습니까? 그러니 저는 망설임 없이 이렇게 말씀드리겠습니다. 우리가 채링크로스 근처의 호텔 폐지함들을 조사해본다면 분명

히 오려내고 남은 《타임스》 사설 종
잇조각을 찾을 수 있을 겁니다. 그
러면 이 편지를 누가 보냈는지 곧
장 알 수 있겠죠. 워! 워! 이건 뭐
지?"

홈즈는 글자가 붙어 있는 종이
를 코앞까지 가까이 들고는 면밀
히 살피고 있었다.

"뭐야?"

"아무것도 아냐." 홈즈가 종이를 내
려놓으며 말했다. "풀스캡지 반 장인데 비
침무늬도 없어. 내 생각에 이 흥미로운 편지
에서 끄집어낼 수 있는 건 다 끄집어낸 것 같아. 그러면 헨리 경, 런던
에 도착한 이후 이 밖에 다른 흥미로운 일은 없었나요?"

"예, 홈즈 씨. 없었던 것 같습니다."

"누가 경을 따라온다거나 지켜본다는 걸 눈치챈 적은 없으신가
요?"

"제가 마치 싸구려 소설 속의 주인공이 돼버린 것 같군요." 방문
객이 말했다. "도대체 뭣 때문에 다른 사람이 저를 미행하거나 지켜
봐야 한다는 말씀이신가요?"

"그 얘기는 이따가 해드리겠습니다. 이 문제에 본격적으로 들어
가기에 앞서, 저희에게 알려주실 이야기는 전혀 없으신가요?"

"글쎄요. 어떤 게 말할 가치가 있는 애기인지에 따라 다른데요."

헨리 경은 미소를 지었다. "제가 아직 영국 생활에 대해 잘 모르긴 합니다. 거의 평생을 미국과 캐나다에서 보냈으니까요. 그래도 신발 한 짝을 잃어버리는 일이 여기서도 일상적인 일은 아니겠지요?"

"신발을 한 짝 잃어버리셨나요?"

"하지만 헨리 경!" 모티머 박사가 외쳤다. "그건 그냥 어디 있는지 모르는 것일 뿐이에요. 호텔에 돌아가시면 찾으실 수 있을 겁니다. 그런 하찮은 일로 홈즈 씨를 귀찮게 해드릴 필요는 없겠지요."

"뭐, 홈즈 씨가 뭐든 일상적이지 않은 일이 없냐고 물어보셨으니까요."

"맞습니다." 홈즈가 말했다. "아무리 바보 같은 일이라고 해도요. 신발 한 짝을 잃어버리셨다고요?"

"네, 엉뚱한 데 놓아둔 것일 수도 있겠죠. 어젯밤에 양쪽을 다 문밖에 내놓았는데 아침에는 한 짝뿐이더군요. 그걸 닦은 녀석은 도무지 말도 안 되는 애기뿐이고요. 운수가 사나운 것이, 그 신발은 제가 어젯밤에 스트랜드 가에서 산 것이라서 한번 신어보지도 못했어요."

"아직 한 번도 신지 않았다면 왜 닦으려고 내놓으셨나요?"

"무두질을 한 신발인데 한 번도 광택을 낸 적이 없었거든요. 그래서 내놓은 거지요."

"그렇다면 어제 런던에 도착하신 후에 갑자기 밖에 나가서 구두를 사셨다는 말씀인가요?"

"쇼핑을 좀 많이 했습니다. 여기 모티머 박사님이 함께 돌아다녀 주셨고요. 아시다시피 저는 저쪽 마을에서 대지주가 될 텐데 그에 맞춰서 차림새를 갖추어야겠죠. 서부에 있을 때는 차림새에 별로 신경을 안 쓰는 편이었거든요. 다른 물건들과 함께 갈색 신발을 샀는데, 6달러를 주었습니다. 한번 발에 끼워보기도 전에 한 짝을·도둑맞은 거지요."

"훔쳐 가봐야 쓸모도 없을 것 같은데요." 셜록 홈즈가 말했다. "모티머 박사가 믿는 것처럼 머지않아 신발은 돌아올 걸로 생각이 되는군요."

"그러면 이제 신사분들." 준남작이 결연하게 말했다. "제가 아는 몇 안 되는 일들은 모두 말씀드린 것 같군요. 이제 약속을 지키시지요. 우리가 지금 추진하고 있는 일이 뭔지 죄다 설명해주십시오."

"지당한 요구십니다." 홈즈가 대답했다. "모티머 박사님, 앞서 얘기해주셨던 것처럼 설명해주시는 게 최상의 방법일 것 같군요."

우리의 과학 애호가 친구는 홈즈의 말에 고무되어, 주머니에서 종이를 꺼내 그 전날처럼 사건의 전말을 소개했다. 헨리 바스커빌 경은 완전히 몰입해서 이야기를 경청했다. 중간중간 놀라움에 감탄사를 연발하기도 했다.

"복수의 대물림에 휘말린 것 같군요." 긴 설명이 끝났을 때 헨리 경이 말했다. "물론 저도 어릴 적부터 그 사냥개 얘기를 들어왔습니다. 집안사람들이 좋아하는 이야기지요. 하지만 한 번도 그 이야기를 진지하게 생각해본 적은 없었습니다. 하지만 백부님이 그렇게 돌아가시고 나니, 정말 혼란스럽군요. 아직 정확히 파악이 안 되네요. 홈즈 씨도 이게 경찰서로 갈 일인지 교회로 갈 일인지 아직 결정을 못 하신 듯 보입니다만."

"그렇습니다."

"그리고 이젠 호텔에 있는 저한테 온 이 편지 사건까지 생겼네요. 어쩐지 벌어질 일이 벌어진 것 같은 생각도 드는군요."

"황야에서 무슨 일이 벌어지고 있는 건지, 우리보다 더 많이 알고 있는 누군가가 있는 것 같아요." 모티머 박사가 말했다.

"그뿐만 아니라" 홈즈가 말했다. "그 누군가는 헨리 경에게 악의를 가진 것 같지 않습니다. 헨리 경에게 위험을 경고한 걸 보면 말이죠."

"아니면 자기들의 목적을 위해서 저를 겁줘서 쫓아내고 싶은 건지도 모르죠."

"네, 물론 그럴 수도 있습니다. 모티머 박사님께 정말 감사드려야겠습니다. 여러 가지 흥미로운 가능성을 생각해볼 수 있는 사건을 알려주셔서 말입니다. 그런데 지금 우리가 결정해야 할 현실적인 문제는 과연 헨리 경이 바스커빌 저택으로 가야 할지 말지인 것 같군요."

"가면 왜 안 되나요?"

"위험할 것 같습니다."

"위험한 게 가문의 악마인가요, 사람인가요?"

"그게 우리가 알아내야 할 것이죠."

"어느 쪽이 되었든 제 대답은 같습니다. 지옥의 악마라는 건 없습니다, 홈즈 씨. 그리고 제가 우리 집안 사람들이 살던 집으로 들어가는 걸 막을 수 있는 사람도 이 세상에는 없습니다. 저의 최종적인 대답이라고 생각하셔도 됩니다." 그는 짙은 눈썹을 찌푸렸고, 말하는 동안 얼굴이 상기되어 칙칙한 붉은색으로 변했다. 바스커빌가의 불같은 성품이 그들의 마지막 후손 안에서 꺼지지 않고 있다는 점은 분명했다. 그는 말을 이었다. "여러분이 얘기해주신 것들을 생각해보기에는 시간이 턱없이 부족했습니다. 한 사람이 금방 이해하고 결정하기에는 너무 큰 문제니까요. 조용히 혼자서 좀 생각해보고 마음을 정해야 할 것 같습니다. 홈즈 씨, 벌써 11시 반이네요. 저는 곧장 호텔로 돌아가겠습니다. 홈즈 씨와 왓슨 박사께서는 2시쯤 오셔서 우리와 점심을 함께하시지 않겠습니까? 그때는 이 문제가 제게 어떤 영향을 주는지 좀 더 분명히 말씀드릴 수 있을 겁니다."

"시간 괜찮겠어, 왓슨?"

"문제없어."

"그러면 그때 뵙겠습니다. 마차를 불러드릴까요?"

"걷는 편이 좋겠습니다. 이 사건 때문에 머리가 복잡해서요."

"저도 기꺼이 함께 걷지요." 그의 일행이 말했다.

"그러면 2시에 다시 만나시죠. 또 뵙겠습니다, 좋은 하루 되십시오."

우리는 손님들이 계단을 내려가는 소리와 현관문이 쾅, 하고 닫

히는 소리를 들었다. 노곤한 몽상가 같던 홈즈가 순식간에 생기 넘치는 활동가로 바뀌었다.

"모자랑 신발 챙겨, 왓슨, 얼른! 지체할 시간 없어!" 그는 실내복을 입은 채 방으로 사라지더니 몇 초 후에 프록코트를 입고 나타났다. 우리는 함께 서둘러 계단을 내려가 거리로 들어섰다. 모티머 박사와 바스커빌은 아직 사라지지 않고 옥스퍼드 스트리트 방향으로 200미터쯤 앞에 보였다.

"내가 뛰어가서 불러 세울까?"

"절대 그러지 마, 왓슨. 자네만 괜찮다면 나는 자네 한 명이면 충분해. 우리의 친구들이 현명하군. 오늘은 정말이지 걷기 좋은 날이야."

홈즈는 걸음 속도를 높여서 그들과의 거리를 반 정도로 좁혔다. 그때부터 거리를 100미터 정도로 유지하면서 우리는 옥스퍼드 스트리트와 리전트 스트리트까지 그들을 따라갔다. 한번은 우리 친구들이 멈춰 서서 상점 유리창을 들여다보았다. 그러자 홈즈도 똑같이 했다. 잠시 후 홈즈는 만족스럽다는 듯 탄성을 질렀다. 그의 이글거리는 눈빛을 따라간 나는 한 남자를 태우고 도로 건너편에 세워져 있던 핸섬 마차가 다시 슬슬 나아가는 것을 보았다.

"바로 저자야, 왓슨! 따라와! 기왕이면 자세히 보자구."

바로 그 순간 나는 마차의 옆 창문을 통해 텁수룩한 턱수염과 꿰뚫어 보는 듯한 두 눈이 우리 쪽을 향하는 것을 보았다. 곧이어 마차의 머리 위쪽 쪽문이 열어젖혀지더니 마부에게 뭐라고 외치는 소

리가 들려왔다. 그러자 마차는 미친 듯이 리전트 스트리트를 달려 갔다. 홈즈는 주변에 다른 마차가 있는지 애타게 살폈지만 안타깝 게도 빈 마차는 눈에 들어오지 않았다. 그러자 홈즈는 교통 흐름 속 으로 무작정 뛰어들었다. 하지만 그 마차의 출발이 어찌나 번개 같 았던지 벌써 마차는 시야에서 사라지고 없었다.

"사라졌어." 화가 나서 창백해진 얼굴로 숨을 헐떡이며 마차들 사이에서 나타난 홈즈가 씁쓸하게 내뱉었다. "내가 이렇게 운수 사 납고 서투른 적이 있었나? 왓슨, 왓슨, 자네가 정직한 사람이라면 나의 이 실패담도 꼭 기록해야 할 거야!"

"그자가 누군데?"

"나도 모르지."

"스파이야?"

"바스커빌과 모티머가 한 말에 따르면 바스커빌이 런던에 온 이 후로 누군가 아주 가깝게 따라붙었다는 건 자명해. 그렇지 않고서 야 바스커빌이 노섬벌랜드 호텔을 택했다는 걸 어떻게 그렇게 빨리 알 수 있었겠어? 미행자가 첫날 있었다면 둘째 날도 있을 거라고 생각했지. 아마 자네도 모티머 박사가 그 전설을 읽는 동안 내가 두 번이나 창가에서 서성거린 걸 봤을 거야."

"응, 기억나는군."

"길에 얼쩡거리는 사람이 없나 보고 있었는데 아무도 없더라고. 지금 우리가 상대하고 있는 사람은 영리한 자야, 왓슨. 이건 심상치 않아. 이자가 우리 편인지 적인지 아직 분간은 안 가지만, 뭔가 힘과 계략이 느껴지거든. 아까 우리 친구들이 나갈 때 눈에 안 띄는 이 미행자를 알아낼 수 있을까 하는 마음에서 바로 따라 나온 거야. 그런데 이자는 어찌나 영악한지 자기 발도 믿지 않고, 마차를 이용해서 앞서거니 뒤서거니 하면서 바스커빌과 모티머의 눈을 속인 거야. 이렇게 하면 바스커빌과 모티머가 중간에 마차를 타더라도 문제없다는 것도 이점이 되고. 하지만 한 가지 약점도 있지."

"마부를 어쩔 수 없다는 거."

"바로 그거야."

"아, 마차 번호를 봤으면 좋았을 텐데!"

"왓슨, 내가 좀 어설프게 대처하긴 했지만 설마 번호도 놓쳤으려고? 2704번 마부를 찾으면 돼. 하지만 당장은 그걸 알아봐야 쓸모가 없어."

"그 이상 더 잘할 수 없었잖아."

"아니, 마차를 보자마자 즉시 돌아서서 반대 방향으로 걸어갔어야 했어. 그리고 느긋하게 다른 마차를 하나 세워서 적당히 거리를 두고 따라갔어야지. 아니면 더 좋은 방법은, 그냥 노섬벌랜드 호텔로 가서 거기서 기다렸어야지. 우리의 정체 모를 미행자가 바스커빌을 따라갔다면 우리는 이자의 방법을 역으로 사용해서 이자가 어디로 가는지 알아낼 수도 있었을 거야. 내가 조바심에 경거망동을 한 데다, 또 우리 적이 비상한 순발력으로 내 실수를 잘 이용하는 바람에 지금 우린 일을 망치고 그자도 놓쳐버린 거지."

이런 대화를 하면서 우리가 천천히 리전트 스트리트를 걸어 내

려가는 동안 모티머 박사와 그의 일행은 저 앞에서 사라지고 없었다.

"이제 모티머 박사 일행을 따라갈 이유가 없군." 홈즈가 말했다. "미행자는 딴 길로 가버렸을 거고 돌아오지 않을 거야. 우리 손에 다른 카드는 없는지 생각해보고 결정을 내려야겠어. 그 마차 안에 있던 남자 얼굴 기억하겠어?"

"턱수염밖에 기억이 안 나는걸."

"나도 그래. 그리고 그 턱수염은 가짜일 가능성이 농후하군. 편지를 그렇게 섬세하게 조작할 수 있는 영악한 사람이 자기 모습을 감추려는 목적이 아니고서야 턱수염을 하고 있을 이유가 없지. 들어가자고, 왓슨!"

홈즈가 디스트릭트 메신저(전보 등을 전달하거나 심부름을 수행했던 회사—옮긴이)에 들어서자 점장이 홈즈에게 따뜻한 인사를 건넸다.

"아, 윌슨, 내가 도움을 준 그 작은 사건을 아직 잊지 않았군?"

"물론입니다. 선생님. 기억하다마다요. 제 명예를 지켜주셨고, 제 목숨을 구해주셨다고 할 수도 있는걸요."

"이 친구, 과장하긴. 내 기억으로는 자네 일꾼들 중에 카트라이트라는 이름을 가진 녀석이 있지 않았나? 그때 조사 때 꽤 도움이 되었는데."

"네, 선생님. 아직 저희 집에서 일하고 있습니다."

"그 애를 좀 불러줄 수 있을까? 고맙네! 그리고 이 5파운드짜리

지폐를 바꿀 수 있으면 좋겠어."

얼굴이 희고 영리해 보이는 열네 살짜리 소년이 점장의 호출을 받고 나왔다. 소년은 이 유명한 사립탐정에게 엄청난 존경심을 드러내면서 우러러보고 서 있었다.

"호텔 목록 좀 부탁해." 홈즈가 말했다. "고마워. 카트라이트, 여기 보면 호텔 이름이 스물세 개가 있어. 채링크로스 바로 근처에 있는 호텔들이야. 뭔지 알겠지?"

"네, 선생님."

"이곳들을 하나씩 돌아야 해."

"네, 선생님."

"하나씩 돌 때마다 먼저 문지기에게 1실링을 주고 시작해. 여기 23실링 받아."

"네, 선생님."

"문지기에게 어제 폐지들을 보고 싶다고 얘기하는 거야. 중요한 전보를 잘못 배달해서 그걸 찾고 있다고 말이야. 무슨 말인지 알겠지?"

"네, 선생님."

"하지만 네가 진짜로 찾아야 하는 건 가위로 도려내서 몇 군데 구멍이 뚫려 있는 《타임스》의 속장이야. 《타임스》는 이렇게 생겼고 찾는 건 이 면이야. 쉽게 분간할 수 있겠지?"

"네, 선생님."

"호텔 문지기는 매번 너를 홀 짐꾼에게 보낼 거야. 그러면 그 사람에게도 1실링을 줘. 여기 23실링 있어. 아마 스물세 군데 중에서 스무 군데는 어제 폐지를 태우거나 없애버렸다고 할 거야. 나머지 세 군데에서는 폐지 더미를 볼 수 있을 테니 거기서 《타임스》의 이면을 찾는 거야. 네가 찾을 가능성은 크지 않아. 만약을 대비해서 10실링을 더 주지. 날이 저물기 전에 베이커 스트리트로 전보를 보내서 결과를 알려줘. 자, 왓슨, 이제 전보로 2704번 마차의 마부가 누구인지만 알아내면 돼. 그 후에 본드 스트리트에 있는 갤러리들 중 하나에 들러 남은 시간을 때우자고."

Three Broken Threads

제5장 끊어진 세 개의 고리

셜록 홈즈는 원하기만 하면 아주 놀라운 수준으로 세상사에 초연할 수 있는 능력이 있었다. 장장 두 시간 동안 홈즈는 우리가 맡게 된 이상한 사건을 완전히 잊어버린 것 같았다. 그는 현대 벨기에 거장들의 그림에 푹 빠져 있었다. 우리가 갤러리를 나서서 노섬벌랜드 호텔에 도착할 때까지 그는 예술에 대한 자신의 조야한 의견을 잔뜩 늘어놓았다.

"헨리 바스커빌 경이 위층에서 기다리고 계십니다." 호텔 직원이 말했다. "오시는 대로 2층으로 모시고 오라고 하셨습니다."

"혹시 객실 명부를 좀 봐도 될까요?"

"네, 물론입니다."

명부를 보니 바스커빌 아래에 두 개의 이름이 더 있었다. 하나는 뉴캐슬에서 온 티오필러스 존슨과 가족 일행, 다른 하나는 올턴의 하이 로지에서 온 올드모어 부인과 하녀였다.

"이분은 분명 제가 아는 존슨 씨군요." 홈즈가 직원에게 말했다. "백발에 다리를 약간 저는 변호사 아닌가요?"

"아닙니다. 광산 소유자이신 존슨 씨입니다. 활달한 신사분으로 선생님보다 연배가 더 되지는 않을 겁니다."

"직업을 잘못 아신 것 아닌가요?"

"아니요, 존슨 씨는 이 호텔에 수년간 오셨기 때문에 저희가 잘 알고 있습니다."

"그러면 아니겠군요. 올드모어 부인도 이름이 낯익은데요. 이것 저것 물어봐서 미안합니다만, 친구 한 명 만나러 왔다가 다른 친구 도 종종 만나는 법이죠."

"올드모어 부인은 편찮으신 분입니다. 부군께서는 글로스터 시 장을 지내셨죠. 런던에 오시면 꼭 저희 호텔에 묵으십니다."

"감사합니다. 제가 아는 분은 아닌 것 같군요. 이 질문으로 아주 중요한 사실들을 확인했어, 왓슨." 함께 2층으로 올라가면서 홈즈 는 나지막하게 이야기를 계속했다. "우리 친구에게 지대한 관심을 가진 자들이 같은 호텔에 묵지는 않는다는 걸 알게 됐어. 그 말은 곧 아까 본 것처럼 그들이 바스커빌 경을 지켜보고 싶어서 안달복 달하면서도, 다른 한편으로는 바스커빌 경이 자신들을 보게 될까 봐 걱정하고 있단 얘기지. 이제, 이걸로 많은 걸 알게 되었군."

"뭘 알게 되었다는 거야?"

"뭐냐면…… 워, 바스커빌 경, 이게 대체 무슨 일입니까?"

우리는 계단을 거의 다 오를 때쯤 헨리 바스커빌 경과 마주쳤다. 그는 화가 나서 얼굴이 붉으락푸르락하면서 한 손에는 오래되고 때 가 탄 구두 한 짝을 들고 있었다.

바스커빌 경은 너무 화가 난 나머지 말문을 열지 못했다. 그가 드디어 말을 제대로 했을 때는 오늘 아침에 우리가 들었던 것보다 훨씬 강한 서부 사투리가 튀어나왔다.

"이 호텔에서는 제가 호구인 줄 알고 절 갖고 노는 모양입니다!" 그가 소리를 질렀다.

"사람을 잘못 갖고 놀았다는 걸 알게 해줄 참입니다! 그 녀석이 잃어버린 내 구두를 못 찾아오면 기필코 가만있지 않을 거예요. 저도 장난은 받아줄 줄 아는 사람입니다, 홈즈 씨. 하지만 이건 도를 넘은 겁니다."

"아직도 신발을 못 찾으셨습니까?"

"네, 선생님. 찾고 말 겁니다."

"하지만 분명 갈색 새 구두라고 하지 않으셨나요?"

"그랬었죠, 선생님. 그런데 이번에는 낡은 검정색 구두예요."

"네? 설마 지금 하신 말씀은?"

"제 말이 그 말입니다. 저한테는 구두가 세 켤레뿐입니다. 갈색 새 구두, 검정색 헌 구두, 그리고 지금 신고 있는 에나멜 구두가 전부입니다. 어젯밤에는 갈색 구두 한 짝을 가져가더니 오늘은 검정색 구두 한 짝을 슬쩍한 겁니다. 그래, 찾았나? 말을 해보라구! 쳐다만 보고 서 있지 말고!"

놀란 독일인 웨이터가 어느새 그 자리에 와 있었다.

"아닙니다, 선생님. 호텔의 모든 사람에게 물어봤지만, 아는 사람이 없었습니다."

"해가 지기 전에 구두를 찾아오지 않으면 매니저를 찾아가 곧장 이 호텔을 나가겠다고 말할 줄 아시오!"

"발견될 겁니다, 선생님. 조금만 참아주시면 꼭 찾아오겠습니다."

"그러는 편이 좋을 거요. 이 도둑놈 소굴에서 내가 뭘 더 잃어버리는 일은 없을 테니. 이런, 홈즈 씨, 하찮은 일로 신경 쓰게 해드려서 죄송합니다."

"신경 쓸 가치가 있을 것 같은데요."

"이 문제를 아주 진지하게 보시는 것 같군요."

"이 일을 어떻게 생각하십니까?"

"생각하고 말 게 없어요. 이건 제가 겪은 일 중에서 가장 말도 안 되는 이상한 일입니다."

"정말 이상하겠죠." 홈즈가 생각에 잠겨 대꾸했다.

"홈즈 씨는 어떻게 생각하십니까?"

"글쎄, 아직은 뭐라 단정 지을 수 없군요. 헨리 경, 경의 사건은 아주 복잡한 사건이에요. 경의 백부님의 죽음까지 연결 짓는다면 제가 다루었던 아주 중요한 500여 개의 사건 중에서도 이렇게까지 심상치 않은 사건이 또 있었을까 싶습니다. 그래도 우리 손에는 몇 개의 실마리가 있습니다. 그리고 그것들 중 한두 가지는 우리가 진실을 찾는 데 도움이 될 겁니다. 잘못된 실마리를 쫓느라 시간을 낭비할 수도 있지만 조만간 진실에 이르게 될 겁니다."

우리는 함께 즐거이 점심 식사를 했지만 정작 사건에 대해서는 거의 이야기를 나누지 않았다. 나중에 우리가 모인 개인 응접실에서 홈즈는 바스커빌에게 앞으로 어떻게 할 생각인지 물었다.

"바스커빌 저택으로 가는 거지요."

"그러면 언제?"

"이번 주말에요."

이에 홈즈가 말했다. "대체로 경의 결정이 현명하다고 생각합니다. 제가 수집한 정보를 보면 경이 런던에 있는 동안 누군가 따라붙었던 것이 분명합니다. 수백만 명이 사는 이 큰 도시에서 이들이 누구고, 또 이들의 목적이 무엇인지 알아내는 건 어렵습니다. 나쁜 의도를 가진 자들이라면 경을 해치려고 할 텐데, 그걸 막기도 어렵고요. 모티머 박사님, 오늘 아침에 저희 집에서부터 미행을 당하셨다는 것을 모르셨지요?"

모티머 박사는 격렬한 반응을 보였다.

"미행이라고요! 누가요?"

"불행히도 그건 제가 말씀드릴 수가 없네요. 다트무어에 있는 이웃이나 지인들 중에서 검은 턱수염을 잔뜩 기른 사람이 있나요?"

"아니요, 가만…… 있네요. 배리모어라고 찰스 경의 집사가 검은 턱수염을 많이 기르고 있어요."

"아! 배리모어는 어디에 있나요?"

"그는 저택을 돌보고 있지요."

"그가 정말로 거기 있는지 아니면 혹시 런던에 있는 건 아닌지 확인해보는 게 좋겠군요."

"어떻게 확인하시려고요?"

"전보용지를 주십시오. '헨리 경을 맞을 준비는 끝났나요?' 면 될 겁니다. 바스커빌 저택의 배리모어 씨 앞으로 하고요. 가장 가까운 전신국이 어디인가요? 그림펜이요. 좋습니다. 그림펜 전신국장에게 두 번째 전보를 이렇게 보냅시다. '배리모어 씨에게 보낸 전보는 직접 그의 손에 전할 것. 부재중이면 노섬벌랜드 호텔의 헨리 바스커빌 경에게 회신 바람.' 이러면 저녁이 되기 전에 배리모어가 데번셔의 자기 자리에 있는지 아닌지 알 수 있을 겁니다."

"그러네요." 바스커빌이 말했다. "그런데 모티머 박사님, 이 배리모어라는 사람이 누군가요?"

"배리모어는 죽은 전 관리인의 아들입니다. 그들은 벌써 4대째 저택을 돌보는 중입니다. 제가 아는 한, 배리모어와 그의 부인은 시골 사람들답게 존경할 만한 이들입니다."

"동시에" 하고 바스커빌이 말했다. "저택에 우리 가문 사람들이 아무도 없으면 이들이 훌륭한 집에서 무위도식할 수 있다는 것도 분명해 보이는군요."

"그 말은 맞습니다."

"찰스 경의 유서에서 배리모어 앞으로 남겨진 것이 있나요?" 홈즈가 물었다.

"배리모어와 그의 아내는 각각 500파운드를 받았습니다."

"아! 그들은 이걸 미리 알았나요?"

"네, 찰스 경께서는 유서 내용에 대해 얘기하는 걸 아주 좋아하셨거든요."

"그것 참 흥미롭군요."

"하지만" 모티머 박사가 말했다. "찰스 경의 유산을 나눠 받는 사람들 모두를 의심스럽게 보시지 않았으면 좋겠어요. 저도 1,000파운드를 받았거든요."

"정말인가요! 그리고 또 누가 있나요?"

"크지 않은 금액을 받은 사람은 여러 명 되고, 공공 자선 기관에 큰 금액을 남기셨습니다. 그 나머지는 모두 헨리 경에게 갔습니다."

"그 나머지라는 금액이 얼마나 되나요?"

"74만 파운드입니다."

놀란 홈즈의 눈썹이 올라갔다. "그렇게 큰 금액이 관련되었는지는 전혀 몰랐군요." 홈즈가 말했다.

"찰스 경은 부유한 걸로 유명했지만 저희도 찰스 경의 증권을 정리해보기 전에는 그렇게까지 부자인지 몰랐습니다. 재산의 총 가치는 100만 파운드에 가까웠습니다."

"세상에! 누군가 필사의 게임을 할 만도 하군요. 그리고 모티머 박사님, 질문이 하나 더 있습니다. 불쾌한 가정을 해서 죄송합니다만, 여기 계신 이 젊은 신사에게 무슨 일이 생기면, 그 재산은 누가 물려받게 됩니까?"

"찰스 경의 동생인 로저 바스커빌은 독신인 채로 죽었으니 그 재산은 데즈먼드라는 성을 가진 먼 사촌들에게 돌아갈 겁니다. 제임스 데즈먼드라는 분은 웨스트멀랜드에 사는 나이 많은 성직자지요."

"감사합니다. 세부적인 내용들이 매우 흥미롭군요. 제임스 데즈먼드라는 분을 만나보신 적이 있습니까?"

"네, 한번은 그분이 찰스 경을 방문하러 오셨었습니다. 덕망 있는 분으로서 성자처럼 사시더군요. 찰스 경이 유산을 나눠주려고 하니까 한사코 거절해서 찰스 경이 강제로 드렸던 게 기억납니다."

"그리고 이 검소한 분이 찰스 경의 수십만 파운드의 상속자가 되는 거고요?"

"저택의 상속자가 됩니다. 저택이 상속되는 거니까요. 그는 또 현재 소유자가 유언장에 다른 내용을 정하지 않는 한 현금도 상속하게 됩니다. 하지만 현 소유자가 그 돈으로 무엇이든 할 수 있죠."

"그러면 헨리 경께서는 유언장을 이미 만드셨습니까?"

"아니요, 홈즈 씨, 저는 아직 작성하지 않았습니다. 시간이 없었지요. 뭐가 어떻게 되는지 어제 들었거든요. 하지만 어떤 경우에도 그 돈은 영지와 작위에 따라가야 한다고 생각합니다. 그게 작고하신 백부님의 뜻이었으니까요. 영지를 돌볼 현금이 없다면 소유자가 어떻게 바스커빌가의 영광을 재현하겠습니까? 집과 땅, 현금은 반드시 같은 사람에게 가야 합니다."

"그렇군요. 그러면 헨리 경, 저는 헨리 경이 지체 없이 데번셔에 가는 것에 대해서는 같은 생각입니다. 제가 대비해드려야 할 것은 한 가지군요. 절대 혼자 가시면 안 됩니다."

"모티머 박사님도 저와 함께 돌아갑니다."

"하지만 모티머 박사님은 자리를 지켜야 하는 본업도 있으시고, 모티머 박사님의 집은 헨리 경의 집에서 몇 킬로미터나 떨어져 있습니다. 모티머 박사가 아무리 최선을 다하더라도 헨리 경을 도울 수 없을지도 모릅니다. 그러니 헨리 경, 누군가 믿을 만한 사람을 함께 데리고 가야 합니다. 항상 곁에 있을 수 있는 사람을요."

"홈즈 씨께서 직접 와주실 수 있을까요?"

"사태가 위험하다 싶으면 제가 직접 가도록 노력하겠습니다. 하지만 제가 하는 일이 워낙 많고, 여기저기서 부탁들이 밀려드는 바람에 무작정 런던을 비우기는 어렵습니다. 지금 당장은 또 영국에서 가장 고명한 몇몇 분이 협박 편지 때문에 시달림을 받고 있습니다. 세상을 시끄럽게 할 그 재앙을 막을 수 있는 사람은 저밖에 없고요. 제가 다트무어에 갈 수 없다는 것을 충분히 이해하시겠지요?"

"그렇다면 누구를 추천하시려는 건지요?"

홈즈는 한 손을 들어 내 팔을 잡았다.

"제 친구가 이 일을 맡아만 준다면, 경이 궁지에 빠졌을 때 옆에

서 최고의 도움이 될 겁니다. 제가 장담하는 바입니다."

그 제안은 나로서는 깜짝 놀랄 일이었지만, 미처 대답할 겨를도 없이 바스커빌이 내 손을 덥석 잡고는 진심을 담아 흔들어댔다.

"정말이지, 이런 친절을 베풀어주시다니 왓슨 박사님." 바스커빌이 말했다. "박사님은 어떻게 돌아가는지 상황도 아시고, 이 문제에 대해서 제가 아는 건 모두 알고 계시지요. 저를 만나러 바스커빌 저택으로 와주신다면 이 은혜 결코 잊지 않겠습니다."

모험이 예상될 때면 나는 언제나 매혹되었다. 게다가 홈즈가 칭찬을 해주기도 했고, 준남작이 간곡히 동행을 청하기까지 했다.

"기꺼이 가지요" 하고 나는 말했다. "어차피 다른 중요한 일이 있는 것도 아니니까요."

"그리고 거기 가면 나한테 상황을 좀 자세히 알려줘." 홈즈가 말했다. "뭔가 일이 일어나겠다 싶으면, 분명 그럴 텐데, 자네가 어떻게 해야 할지 말해줄게. 토요일까지는 다 준비되시지요?"

"토요일이면 왓슨 박사님도 괜찮으실까요?"

"문제없습니다."

"그러면 토요일에 별일이 없는 한, 10시 30분 기차를 패딩턴 역에서 함께 타기로 하지요."

자리를 뜨려고 우리가 막 일어섰을 때였다. 바스커빌이 환호성을 지르며 방 한쪽 구석으로 달려가더니 수납장 아래에서 갈색 구두 한 짝을 꺼냈다.

"잃어버렸던 건데!" 바스커빌이 외쳤다.

"다른 어려운 일도 이렇게 쉽게 해결되기를!" 셜록 홈즈가 말했다.

"하지만 정말 희한한 일이군요." 모티머 박사가 입을 열었다. "제가 점심 먹기 전에 이 방을 유심히 돌아봤었는데 말이죠."

"저도 그랬었죠." 바스커빌이 말했다. "샅샅이 봤었는데 이상하네요."

"그때는 분명히 구두가 거기 없었어요."

"그렇다면 우리가 식사할 때 종업원이 가져다 두었겠군요."

아까 그 독일인 웨이터를 다시 불렀다. 하지만 그는 어떻게 된 일인지 전혀 모른다며, 달리 알아낼 방법도 없다고 고백했다. 또 하나의 수수께끼였다. 분명한 목적을 알 수 없는 작은 수수께끼들이 꼬리에 꼬리를 물고 연속적으로 일어나고 있었다. 찰스 경의 섬뜩한 죽음은 차치하더라도 이틀이라는 짧은 기간 동안 설명할 수 없는 이상한 사건들이 계속해서 일어났다. 종이를 오려 붙인 편지, 마차에 있던 검은 턱수염의 스파이, 갈색 새 구두의 분실, 검정 헌 구두의 분실, 이제 돌아온 갈색 구두까지. 베이커 스트리트로 돌아오는 마차에서 홈즈는 계속 아무 말도 없이 앉아 있었다. 그의 찡그린 이맛살과 골똘한 표정에서 나는 홈즈가 나처럼 이 모든 괴상하고 연관 없어 보이는 사건들을 하나의 틀에 끼워 맞춰보려고 열심히 노력 중이라는 것을 알 수 있었다. 오후 내내, 저녁 늦게까지 계속해서 홈즈는 담배를 물고 생각에 잠겨 있었다.

저녁 식사 직전에 전보 두 통이 도착했다. 첫 번째 것은 다음과 같았다.

배리모어가 바스커빌 저택에 있다는 소식을 방금 들었음.

— 바스커빌

두 번째는

지시대로 스물세 개 호텔을 방문했으나 《타임스》 조각은 찾을 수 없어 죄송.

— 카트라이트

라고 되어 있었다.

"내 실마리 두 개가 끊어지는군, 왓슨. 자꾸만 어긋나는 사건처럼 자극적인 것도 없지. 다른 실마리를 찾아야겠어."

"아직 그 스파이를 태웠던 마부가 있잖아."

"그렇지. 마부 이름이랑 주소를 알아보려고 오피셜 레지스트리에 전보를 쳤어. 내 질문에 대한 대답이 오나 보군."

하지만 이때 울린 현관 벨은 단순한 대답보다 훨씬 만족스러운 것을 가져왔다. 문이 열리더니 거칠게 생긴 사내 한 명이 들어선 것이다. 그 마부임이 분명했다.

"이 주소의 어느 분이 2704번을 찾는다고 사무실에서 전해주기에 왔수." 그가 말했다. "내 마차를 몬 지 7년이 되었지만 한 번도 불만이 접수된 적이 없소이다. 그래서 뭐가 문제인지 당신 얼굴을 직접 보고 이야기하려고 곧장 여기로 달려온 거요."

"불만은 전혀 없습니다." 홈즈가 말했다. "오히려 내 질문에 정확한 답을 준다면 반 파운드를 드리겠소."

"오늘 뭐 좀 되는 날이군." 마부의 얼굴이 활짝 폈다. "물어보려고 하셨던 게 뭡니까?"

"먼저 이름과 주소. 나중에 또 필요할지 모르니까요."

"존 클레이턴이고 버러의 터피 스트리트 3번지에 삽니다. 마차는 워털루 역 근처의 시플리 주차장 소속이고요."

셜록 홈즈는 메모를 했다. "그러면 클레이턴, 오늘 아침 10시에 여기에 와서 이 집을 감시했던 일에 대해 아는 걸 모두 말해보십시오. 여기 왔다가 리전트 스트리트를 따라서 두 신사를 따라간 거 말입니다."

마부는 놀란 것 같았다. 그리고 약간 당황한 기색이었다.

"글쎄, 제가 뭘 말씀드릴 필요가 없을 것 같은데요. 선생님께서도 제가 아는 것만큼 이미 아시는 것 같아서요." 그가 말했다. "사실은 그 신사분이 자기가 탐정이라면서 자신에 대해 아무한테도 말하지 말라고 합디다."

"이건 아주 심각한 문제랍니다. 만약 나한테 뭔가를 숨기려고 한다면 당신은 아주 곤란한 입장에 처하게 될지도 몰라요. 그 승객이 탐정이라고 했단 말이죠?"

"네, 그랬습니다요."

"언제 그 말을 하던가요?"

"떠날 때요."

"그가 다른 말은 한 게 없나요?"

"자기 이름을 얘기했습니다요."

홈즈는 슬쩍 나에게 승리의 눈빛을 던졌다.

"오, 자기 이름을 언급했다? 그건 좀 경솔한걸. 그가 말한 이름이 뭐죠?"

"자기 이름은" 하고 마부가 말했다. "셜록 홈즈라고 했습니다."

나는 여태까지 내 친구가 그 마부의 대답을 들었을 때처럼 아연실색하는 것을 본 적이 없었다. 잠시 홈즈는 놀라서 말을 잃고 앉아 있었다. 그러더니 갑자기 호탕하게 웃음을 터뜨렸다.

"한 방 먹었군! 한 방 먹었다는 걸 부인할 수 없겠어!" 홈즈가 말했다. "나만큼이나 빠르고 유연한 게 느껴지는군. 그 순간에 나보다 더 계산이 빨랐어. 그래, 그의 이름이 셜록 홈즈였다 이거죠?"

"네, 선생님. 그게 그 신사분의 이름이었습니다."

"좋았어! 그 사람을 어디서 태웠는지 말해주세요. 그리고 무슨 일이 일어났는지도."

"그분은 9시 반에 트래펄가 광장에서 저를 불렀습니다. 그리고 하루 종일 자신이 말하는 그대로 하고 아무것도 묻지 않으면 2기니를 주겠다고 했습니다. 저는 기꺼이 응했고요. 먼저 우리는 노섬벌랜드 호텔로 갔습니다. 그리고 두 신사분이 나와서 마차를 잡을 때까지 기다렸습니다. 그러고는 그들의 마차가 여기 근처에 설 때까지 그들을 따라왔습니다."

"바로 이 집 앞이었죠." 홈즈가 말했다.

"글쎄요, 그건 확실히 모르겠습니다만, 제 승객은 모든 걸 알고 있었다고 감히 말씀드릴 수 있습니다요. 이 길 중간쯤에서 마차를 세우고 한 시간 반을 기다렸어요. 그리고 두 신사분이 걸어서 우리를 지나치자 우리는 베이커 스트리트를 쭉 따라가서……."

"그래요." 홈즈가 말했다.

"리전트 스트리트를 4분의 3쯤 갔을 때였습니다. 제가 태운 신사분이 쪽문을 열어젖히더니 지금 당장 워털루 역으로 최대한 빨리 가야 한다고 외쳤습니다. 채찍을 휘둘러 10분도 안 돼서 워털루 역에 도착했습죠. 그랬더니 신사분이 2기니를 주셨습니다. 감사했죠.

그분은 역 안으로 들어갔고요. 그분이 가려다가 순간 돌아서더니 말했습니다. '자네가 오늘 태우고 다닌 사람이 셜록 홈즈 씨라는 걸 안다면 재밌을 거야.' 그래서 제가 그 이름을 알게 된 거죠."

"그렇군. 그 후에는 그를 못 봤나요?"

"역으로 들어가고 끝이었습니다요."

"그래, 셜록 홈즈 씨는 어떻게 생겼던가요?"

마부는 머리를 긁적였다. "음, 그분은 뭐랄까, 묘사하기가 쉽지 않아요. 마흔 살쯤 된 거 같고, 중키에 선생님보다 5-6센티미터 작고요. 상류층 사람 같은 차림새였는데 끝이 가지런한 검은 턱수염을 기르고 있었고 얼굴이 창백했습니다. 그 이상은 기억이 나지 않습니다."

"눈 색깔은?"

"잘 기억이 안 납니다."

"기억할 수 있는 것은 또 없나요?"

"없습니다, 전혀."

"흠, 그러면 반 파운드 받으십시오. 뭐든 정보를 더 가져온다면 또 반 파운드를 드리겠습니다. 안녕히 가십시오."

"안녕히 계십시오, 선생님. 감사합니다!"

존 클레이턴은 씩 웃으며 나갔다. 홈즈는 나를 돌아보며 어깨를 한 번 으쓱하고는 씁쓸한 미소를 띠었다.

"세 번째 실마리가 싹둑 잘리는군. 다시 제자리로 돌아왔어." 홈즈가 말했다. "영악한 악당 같으니라고! 그는 우리 집 주소도 알고 헨리 바스커빌 경이 우리에게 자문을 구한 것도 알고 있었어. 리전트 스트리트에서 나를 알아보고는 내가 마차 번호를 기억하고 마부를 찾을 것까지 짐작했지. 그래서 대담하게 메시지까지 보낸 거고 말이야. 왓슨, 이번엔 우리가 제대로 대적할 만한 호적수를 만났어. 런던에서는 내가 체크메이트 당했고, 데번셔에서 자네는 나보다 운이 좋기를 바랄 수밖에 없군그래. 하지만 마음이 놓이지가 않아."

"뭐가?"

"자네를 보내는 거 말이야. 고약한 사건이야, 왓슨. 고약하고 위험한 사건이야. 알면 알수록 마음에 들지 않아. 그래, 친구, 자네는 웃을지도 모르지만 무사하게 다시 베이커 스트리트로 돌아오기만 한다면 정말 기쁘겠어."

Baskerville Hall

제6장 바스커빌 저택

약속된 날에 헨리 바스커빌 경과 모티머 박사는 나를 기다리고 있었다. 우리는 예정대로 데번셔로 떠났다. 셜록 홈즈 씨는 역까지 나와 함께 마차를 타고 가서 마지막으로 경고와 충고를 해주었다.

"내가 짐작 가는 사항들을 미리 얘기하면 오히려 자네에게 편견을 심어주는 게 될 거야, 왓슨." 홈즈가 말했다. "그냥 자네가 있는 그대로의 사실들을 최대한 자세히 나한테 알려주면 좋겠어. 가설을 세우는 건 나한테 맡겨두고."

"어떤 사실들?" 내가 물었다.

"생각해볼 만한 건 뭐든지 다. 아무리 간접적인 거라도 좋아. 특히 헨리 바스커빌이랑 이웃들 간의 관계나 찰스 경의 죽음에 대해 새롭게 알게 되는 건 꼭 알려주고. 며칠간 나도 나름 조사를 했는데 별로 신통치가 않아. 한 가지 확실한 것은 다음 상속자인 제임스 데즈먼드 씨는 아주 정감이 가는 노신사분이라는 거야. 그러니 이런 일을 꾸민 사람은 아냐. 그래서 그 사람은 우리 계산에서 완전히 제

외해도 될 것 같아. 그러면 황야에서 헨리 경 근처에 있게 될 사람들만 남게 돼."

"먼저 그 배리모어 부부를 어디로 보내버리는 게 좋지 않을까?"

"절대 안 되지. 그렇게 한다면 큰 실수야. 그들이 무고하다면 그건 너무 잔인하고 불공평한 일이 될 거고, 그들에게 잘못이 있다면 그걸 파고들 수 있는 기회를 다 날려버리는 일이 될 테니까. 안 돼, 안 돼. 그들은 계속 용의자 명단에 남겨둘 거야. 그리고 내 기억이 맞는다면 저택에는 마부가 한 명 있어. 황야에는 농부가 둘 있고. 우리 친구 모티머 박사는 완전히 정직하다고 믿지만, 그의 부인에 대해서는 우리가 아는 바가 전혀 없어. 또 박물학자 스테이플턴이 있고, 그의 누이가 있는데 매력적인 젊은 여성이라고 하지. 래프터 저택의 프랭클랜드 씨도 알려지지 않은 인물이고, 그 밖에 이웃이 한둘 더 있을 거야. 이들이 특히 자네의 연구 대상들이야."

"최선을 다할게."

"총도 가져가는 거지?"

"응, 나도 그 생각 했어. 가져갈 참이야."

"잘했어. 밤낮으로 총을 옆에 두고 항상 조심해야 해."

우리의 친구들은 벌써 일등칸을 확보해놓고 플랫폼에서 우리를 기다리고 있었다.

"네, 새로운 일은 없었습니다." 내 친구의 질문에 모티머 박사가 대답했다. "한 가지는 맹세할 수 있습니다. 지난 이틀간은 아무도 우리 뒤를 밟지 않았다는 겁니다. 밖에 나갈 때는 항상 주변을 주시

했으니 아무도 저희 눈에 띄지 않고 미행할 수 없었을 겁니다."

"두 분이 항상 함께 다니신 거지요?"

"어제 오후만 빼고요. 시내에 나올 때면 꼭 하루는 즐거운 시간을 갖거든요. 그래서 외과대학 박물관에 갔었지요."

"그리고 저는 공원에 사람 구경을 하러 갔었지요." 바스커빌이 말했다. "하지만 우리 둘 다 아무 일도 없었습니다."

"경솔한 행동이었습니다." 홈즈가 머리를 흔들며 말했다. 심각한 표정이었다. "제발 부탁드리건대 헨리 경, 혼자 돌아다니시면 안 됩니다. 그랬다가는 엄청난 불행이 닥칠 겁니다. 잃어버린 신발 한 짝은 찾으셨습니까?"

"아니요, 돌아오지 않았습니다."

"그랬군요, 흥미롭네요. 그럼 잘 가십시오."

기차가 플랫폼을 미끄러져 나갈 때 홈즈는 덧붙였다. "헨리 경, 잊지 마십시오. 모티머 박사가 우리에게 읽어주었던 그 이상한 옛날 전설에 나오는 문구를요. 어두울 때는 황야를 피하십시오. 악의 기운이 피어오르는 때니까요."

나는 플랫폼을 돌아보았다. 우리는 플랫폼에서 한참 멀어지고 있었다. 훤칠하고 근엄한 모습의 홈즈가 미동도 없이 우리를 응시하고 있었다.

여행의 시간은 유쾌하고 빠르게 지나갔다. 나는 일행 두 명과 좀더 친해졌고, 모티머 박사의 스패니얼과 장난도 쳤다. 몇 시간 되지 않아 비옥한 갈색 토양은 불그스름하게 바뀌더니 벽돌이 사라지고 화강암들이 보였다. 잘 정리된 울타리 안에서 붉은 소들이 풀을 뜯고 있는 들판은 풀들이 무성하고 채소들이 쑥쑥 자라고 있어서, 더 습한 만큼 더 땅을 비옥하게 하는 기후라는 것을 말해주고 있었다. 아직 젊은 바스커빌은 열심히 창밖을 뚫어져라 바라보았다. 그러다 친숙한 데번의 풍경을 알아보고는 환호성을 질렀다.

"저는 여기를 떠나 좋은 나라에 살았습니다만, 왓슨 박사님." 그가 말했다. "여기에 견줄 만한 곳을 본 적이 없답니다."

"데번셔 출신들은 모두 뭘 맹세할 때는 고향을 걸고 맹세를 하더군요." 내가 거들었다.

"그건 고향 때문만이 아니라 혈통 때문이기도 하죠." 모티머 박사가 말했다. "여기 제 친구는 한눈에 봐도 켈트족의 둥근 두상을 지니고 있습니다. 켈트족의 열정과 소속감을 갖고 있다는 표시지요. 작고하신 찰스 경의 머리도 아주 드문 형태였죠. 게일 사람과 이베르니언(초기의 아일랜드인을 가리킴―옮긴이)의 특징을 반씩 갖고 있었습니다. 어쨌거나 헨리 경은 바스커빌 저택을 아주 어릴 때 보시지 않았나요, 그렇죠?"

"아버지가 돌아가셨을 때 저는 10대 소년이었죠. 저택은 한 번도 본 적이 없습니다. 아버지는 남쪽 해안의 작은 오두막에서 사셨거든요. 그 후로 저는 곧장 미국에 있는 친구에게 갔죠. 그러니 저한테도 여기는 왓슨 박사님이 느끼는 만큼이나 완전히 새로운 곳입니다. 정말이지 황야를 얼른 보고 싶군요."

"그러세요? 그 소원은 금방 이루어지겠는데요. 바로 여기서부터 황야니까요."

객차 창밖을 가리키며 모티머 박사가 말했다.

널따란 푸른 들판과 야트막하게 굽이진 숲 뒤로 멀리 회색빛 우중충한 언덕이 솟아 있었다. 멀리서 보니 어둑어둑하고 희미한 꼭대기가 기괴하게 뾰족뾰족했다. 마치 꿈에서 본 듯한 환상적인 광경이었다. 바스커빌은 한참 동안 황야에서 눈을 떼지 못하고 있었다. 그의 열의에 찬 표정에서 저 이상한 지형을 처음 본다는 것이 그에게 얼마나 큰 의미인지를 알 수 있었다. 그의 핏줄들이 오랫동안 이곳을 지배해왔고, 아직도 그 흔적들이 깊이 남아 있는 것이다. 그리고 여기 평범한 객실 구석에서 그는 트위드 양복을 입고 미국 억양을 섞어 말하며 앉아 있었다. 하지만 나는 표정이 풍부한 그의 검은 얼굴을 보고 있노라니 바로 이 남자가 저 고귀한 혈통의, 불같은 정열로 사람들을 휘어잡았던 남자들의 진짜 후손이라는 것을 그 어느 때보다 절실히 느낄 수 있었다. 그의 짙은 눈썹과 예민한 코, 커다란 적갈색 눈 속에 자부심과 용기, 강인함이 깃들어 있었다. 만약 저 으스스한 황야에 험난하고 위험한 모험이 우리를 기다리고 있다 해도, 이 남자야말로 위험을 무릅쓰고 함께 모험을 할 만한 동료였다. 그가 용감하게 함께 분투하리라는 것을 확신할 수 있기 때문이다.

기차는 조그만 도로변 역사에 멈추었고 우리는 모두 하차했다. 야트막한 흰색 울타리 너머에서 유람 마차 한 대가 두 마리의 말과 함께 우리를 기다리고 있었다. 우리가 도착한 것은 대단한 사건임이 분명했다. 역장과 짐꾼들이 우리 주변으로 모여들어 짐을 날라주었다. 아늑하고 단조로운 시골 풍경이었다. 하지만 뜻밖에도 문옆에는 군인으로 보이는 두 명의 남자가 검은 제복을 입고 서 있었다. 그들은 짧은 소총에 기대고 서 있다가 우리가 지나가자 날카로운 눈빛으로 흘깃 쳐다보았다. 온통 쭈글쭈글하고 무뚝뚝해 보이는 조그만 체격의 마부가 헨리 바스커빌 경에게 인사를 했다. 몇 분 후우리는 널따랗고 하얗게 펼쳐진 도로 위를 나는 듯이 가볍게 달렸다. 녹음이 일렁이는 초원이 길 양쪽으로 언덕을 이루고 있었다. 짙은 녹음 한가운데 여기저기 삼각형 지붕을 인 오래된 집들이 빼꼼고개를 내밀고 있었다. 하지만 햇살에 빛나는 이 평화로운 시골 뒤편으로 들쭉날쭉하고 불길한 언덕들로 나뉜 길고 음울하게 굽이진황야가 저녁 하늘을 배경으로 어둡게 솟아 있었다.

마차는 옆길로 빠져 위쪽으로 굽어 올라갔다. 몇백 년간 바퀴에닳아 깊게 파인 좁은 길 양옆에 높은 턱이 있었고, 그 위로 이끼와고사리가 무성했다. 갈색으로 바뀌고 있는 고사리와 검은딸기나무가 지는 햇살에 반짝이고 있었다. 마차는 계속해서 길을 올랐고 우리는 화강암으로 된 작은 다리를 지났다. 그 아래로는 냇물이 빠르게 흐르고 있었는데 회색 바위들 한가운데서 시끄러운 소리와 함께하얀 거품을 내며 아래쪽으로 여울져 내려갔다. 길도 시내도 참나무와 전나무가 우거진 골짜기를 따라 구불구불 이어졌다. 마차가모퉁이를 돌 때마다 바스커빌은 기쁨의 감탄사를 내뱉었다. 그는열심히 주변을 돌아보며 백만 가지 의문을 던지고 있었다. 그의 눈에는 모든 것이 아름다웠지만 내 눈에는 시골 풍경 속에 한 해가 저무는 것이 또렷이 눈에 띄어 다소 울적해졌다. 양탄자처럼 길을 덮고 있는 노란 나뭇잎이 마차가 지날 때면 눈보라처럼 휘날려 우리 머리 위로도 떨어졌다. 썩어가는 채소 더미를 지날 때는 마차 바퀴의 덜컹임도 잦아들었다. 내 눈에는 이 모든 것이 바스커빌가의 돌아온 상속자의 마차에 보내는 자연의 슬픈 선물처럼 느껴졌다.

"와!" 모티머 박사가 소리쳤다. "이게 뭐죠?"

우리 앞에 히스 덤불로 뒤덮인 가파른 언덕이 황야에서 불쑥 솟아 있었다. 그 꼭대기에 마치 받침대 위의 기마병 조각상처럼 말을 탄 병사 한 명이 또렷이 보였다. 그는 근엄하게 소총을 앞으로 들고서 우리가 지나치는 길을 내려다보고 있었다.

"퍼킨스, 이게 무슨 일인가?" 모티머 박사가 물었다.

마부는 자리에 앉은 채 몸을 반쯤 돌려 대답했다.

"프린스타운에서 죄수 한 명이 도망쳤다고 그러네요. 벌써 사흘째 나돌아 다니고 있다고요. 교도관들이 도로마다, 역마다 지키고서 있는데 전혀 나타날 기미가 없답니다. 여기 사는 농부들은요, 영 찜찜해하고 있어요."

"그런가? 농부들은 신고하면 5파운드를 받는 것 아닌가?"

"예, 선생님. 근데 그놈이 언제 나타나 멱을 딸지도 모르는 판에 5파운드가 대숩니까요. 아시겠지만 보통 죄수가 아니니까요. 거칠 것 없는 놈입니다요."

"그자가 누군가?"

"셀던이에요. 노팅 힐 살인자 말입니다요."

나는 그 사건을 또렷이 기억하고 있었다. 살인에 동원될 수 있는 잔인함이란 모두 망라한 악의적이고 극도로 흉악한 범죄여서 홈즈가 관심을 가졌기 때문이다. 그나마 사형에 처해지지 않은 이유는 그가 온전히 제정신이었는가에 대해 의문이 남았기 때문이다. 그의 행위는 그 정도로 잔혹했다. 우리가 탄 마차가 언덕을 하나 오르자 광활한 황야가 눈앞에 펼쳐졌다. 여기저기 울퉁불퉁하고 험준한 돌무덤과 바위산이 군데군데 솟아 있었다. 거기서 불어온 차가운 바람에 우리는 몸을 떨었다. 저기 어딘가 황량한 초원 위에 그 사악한 사내가 도사리고 있는 것이다. 한 마리 야생의 짐승처럼 굴속에 숨어서 자신을 박대한 모든 사람에

대한 악의로 가슴을 꽉 채우고 있을 것이다. 거기에 살을 에는 바람과 어스름 짙어가는 하늘까지 더해져서 이 척박한 불모지의 음침함을 완성했다. 바스커빌조차 입을 다물고 외투 자락을 여몄다.

비옥한 시골 땅은 이제 저 아래 뒤에 있었다. 뒤를 돌아보니 저물어가는 햇살

이 시내를 금빛 실타래로 바꾸어놓고는 이제 막 갈아엎어놓은 붉은 흙 위에서, 그리고 엉클어진 널따란 숲 위에서 반짝거리고 있었다. 우리 앞쪽으로 놓인 길은 점점 더 황량하고 거칠어졌다. 적갈색과 올리브색이 섞인 비탈에 거대한 바위들이 여기저기 뿌린 듯 놓여 있었다. 가끔 황야의 오두막을 지나쳤다. 돌로 벽을 쌓고 지붕을 이은 집에는 그 삭막함을 덜어줄 담쟁이덩굴 따위는 찾아볼 수 없었다. 그러다 갑자기 컵처럼 움푹 팬 곳이 나왔다. 수년간 비바람에 꺾이고 뒤틀린 참나무와 전나무들이 듬성듬성 나 있는데 그 위로 두 개의 좁고 긴 탑이 불쑥 솟아 있었다. 마부가 채찍으로 가리키며 말했다.

"바스커빌 저택입니다."

저택의 주인은 이미 자리에서 일어나 상기된 얼굴로 눈을 반짝이며 저택을 뚫어지게 바라보고 있었다. 몇 분 후 우리는 관리인 주택이 딸린 정문에 도착했다. 환상적인 미로 같은 문양의 대문은 연철로 만들었고, 비바람에 시달린 양쪽의 거대한 기둥에는 이끼가 덕지덕지 껴 있었다. 그리고 두 기둥 꼭대기에는 바스커빌가를 상징하는 수퇘지의 머리가 장식되어 있었다. 관리인 주택의 검은 화강암은 바스러지고 서까래는 살을 다 드러내고 있었지만 그 앞에 반쯤 지어진 새 건물이 있었다. 찰스 경이 가져온 남아프리카 황금으로 맺은 첫 결실이었다.

입구로 들어서서 진입로에 접어들자 바닥에 쌓인 나뭇잎들에 마차 바퀴 소리가 다시 잠잠해졌다. 머리 위로는 고목들이 가지를 드리워 컴컴한 터널을 이루고 있었다. 바스커빌은 길게 이어진 어두운 진입로의 저 멀리 끝에서 유령처럼 깜박이고 있는 집을 올려다보고는 전율했다.

"여기가 거긴가요?" 바스커빌이 낮은 목소리로 물었다.

"아니요. 아닙니다. 주목나무 길은 반대편에 있습니다."

아직 젊은 상속자는 우울한 표정으로 주위를 둘러보았다.

"이런 곳에 사셨으니 백부님께서 자신에게 곧 불운이 닥칠 거라고 느끼셨을 만도 하군요." 바스커빌이 말했다. "누구라도 겁을 먹었을 겁니다. 6개월 안에 이 위쪽에 전등을 줄줄이 달겠습니다. 바로 여기 저택 현관 앞에다가 1,000촉짜리 스원 전구와 에디슨 전구를 달면 몰라보게 달라질 겁니다."

진입로 끝은 널따란 잔디밭이었다. 우리 앞에는 저택이 서 있었다. 희미한 불빛 속에서 육중한 중앙 건물에 현관이 돌출되어 있는 것을 볼 수 있었다.

건물 앞부분은 담쟁이덩굴로 예쁘게 덮여 있었고, 여기저기 덩굴이 잘려 나간 곳에 창문과 가문의 문장紋章이 어두운 베일 사이로 보였다. 이 중앙 건물 위에 아까 본 쌍둥이 탑이 솟아 있었는데 언제 만들었을지 모를 총안이 잔뜩 뚫려 있었다. 탑의 좌우로는 좀 더 현대적으로 보이는 검정색 화강암으로 된 부속 건물이 있었다. 두툼한 중간 문설주가 있는 창에서 침침한 불빛이 새어 나오고 있었다. 가파르게 뾰족 올라간 지붕의 높다란 굴뚝에서 검은 연기 기둥이 한 줄기 피어오르고 있었다.

"어서 오십시오, 헨리 경! 바스커빌 저택에 모시게 되어 영광입니다!"

키가 큰 남자가 현관의 어둠 속에서 걸어 나오더니 마차의 문을 열었다. 저택의 노란색 불빛을 가리고 있는 한 여자의 실루엣도 보였다. 여자가 다가와서 남자가 우리 짐을 내리는 것을 도왔다.

"헨리 경, 저는 곧장 집으로 가도 될까요?" 모티머 박사가 말했다. "아내가 기다리고 있어서요."

"여기서 저녁이라도 드시지 않고요?"

"아뇨, 가야 합니다. 할 일이 밀려 있을 것 같아요. 들어가서 집안을 안내해드리고 싶습니다만 배리모어가 저보다 더 잘 안내해줄 겁니다. 안녕히 계세요. 그리고 제가 필요하시면 밤낮 가리지 마시고 사람을 보내주세요."

바퀴 소리가 멀어지고 헨리 경과 나는 저택으로 들어갔다. 현관이 무겁게 철커덩하는 소리가 뒤에서 들렸다. 안으로 들어서니 내부는 훌륭한 방이었다. 해묵어 검게 변한 크고 육중한 오크나무 들보와 서까래를 높이 올린 방이었다. 높다란 도그(벽난로 앞에 두고 뭔가를 굽는 데 사용하는 두 개의 삼발이—옮긴이) 뒤로 웅장한 구식 벽난로에서 통나무 장작불이 타닥타닥 소리를 내며 타고 있었다. 오랫동안 마차를 타고 오느라 온몸이 언 헨리 경과 나는 벽난로에 손을 뻗었다. 그러고 나서 주위를 둘러보았다. 좁다랗고 키가 높은 창에는 오래된 스테인드글라스가 있었고 오크나무 판벽널, 사슴박제, 벽에 걸린 문장들이 눈에 띄었다. 방 가운데 있는 램프에서

나오는 은은한 불빛에 모든 것이 희미하고 침침하게 보였다.

"내가 상상했던 바로 그대로군요." 헨리 경이 입을 열었다. "그림에 나올 법한 고가古家의 모습 아니겠습니까? 예전과 똑같은 바로 이 집에서 우리 집안 사람들이 500년 동안이나 살았다니! 생각만 해도 숙연해지는군요."

나는 주변을 두리번거리는 그의 검은 얼굴이 소년 같은 열정으로 환해지는 것을 보았다. 그가 서 있는 곳에도 불빛이 비쳤지만, 긴 그림자는 벽을 타고 올라가서 마치 그의 뒤에 검정색 캐노피(침대나 제단, 설교단, 천개天蓋, 차양, 현관, 문턱, 창문 등의 위쪽을 가리는 지붕처럼 돌출된 것, 혹은 덮개—옮긴이)가 드리워져 있는 것처럼 보였다. 배리모어는 우리 짐들을 각자의 방에 들여놓고 돌아왔다. 우리 앞에 선 그는 잘 교육받은 하인답게 차분한 분위기를 풍겼다. 큰 키에 얼굴이 준수했고, 가지런하게 검은 턱수염을 기른 얼굴의 이목구비에는 기품이 서려 있었다.

"바로 저녁을 드시겠습니까?"

"준비가 되었소?"

"몇 분이면 준비가 끝납니다. 방에 따뜻한 물을 준비해두었습니다. 헨리 경, 경께서 새로이 사람을 뽑을 때까지 저와 아내는 기꺼이 여기 남아 있고자 합니다. 하지만 새로운 조건에서는 이 저택에 유능한 가솔이 필요하다는 것을 아실 겁니다."

"새로운 조건이라니요?"

"제가 드리려는 말씀은 단지, 찰스 경께서는 완전히 은퇴하셨기 때문에 저희만으로도 필요한 것들을 준비해드리는 데 문제가 없었습니다. 경께서는 당연히 더 많은 손님을 맞으실 텐데 그러면 가솔의 구성원에도 변화가 필요하실 거라 생각합니다."

"부인과 함께 떠나고 싶다는 얘기를 하는 거요?"

"경께서 편하실 때가 되면요."

"하지만 당신 가족은 수 대에 걸쳐 우리 가문과 함께했잖소. 오랜 가족 관계를 깨면서 여기서의 내 삶을 시작해야 한다는 건 유감이 아닐 수 없군요."

집사의 하얀 얼굴에 어떤 감정이 잠깐 보였던 것 같다.

"저도 그렇게 생각합니다. 제 아내도 마찬가지고요. 하지만 사실을 말씀드리자면 저희는 둘 다 찰스 경과 깊이 정이 들었습니다. 그래서 찰스 경의 죽음은 저희에게도 큰 충격이었고, 여기에 머문다는 것이 매우 고통스럽습니다. 바스커빌 저택에 계속 머문다면 결코 저희 마음이 편해질 수 없을 것 같아서 두렵습니다."

"하지만 뭘 할 계획이오?"

"뭐든 새로 시작할 수 있을 거라고 믿고 있습니다. 고맙게도 찰스 경께서 여러 가지로 챙겨주신 것도 있고요. 그러면 이제 방으로 안내해드리겠습니다."

오래된 홀 위쪽은 난간이 빙 둘러쳐진 사각형의 복도였는데 올라가는 계단이 양쪽으로 나 있었다. 이 가운데 지점에서부터 양쪽으로 긴 복도가 건물 끝까지 나 있고, 침실 문들이 이 복도를 향해 나 있었다. 내 방은 바스커빌의 방과 마찬가지로 부속 건물에 있었고, 실은 거의 옆방이었다. 이 방들은 건물의 중심부보다는 훨씬 현대적으로 보였다. 밝은색의 벽지와 잔뜩 켜진 촛불들 덕분에 저택에 도착했을 때 느꼈던 음침한 인상은 다소 지워졌다.

하지만 홀에서 연결된 식당은 우울한 그림자가 드리운 곳이었다. 긴 방은 2단으로 되어 있어서 바스커빌 사람들이 한쪽에 앉고 낮은 쪽에는 일하는 사람들이 앉을 수 있도록 되어 있었다. 한쪽 끝에는 악단이 앉을 수 있는 발코니가 식당을 내려다보고 있었다. 검은 들보가 우리 머리 위를 가로지르고 있었고, 그 위의 천장은 연기에 그을려 있었다. 벽에 줄지어 횃불을 밝혀놓은 채 오색찬란하고 떠들썩한 연회를 열었던 옛날에는 분위기가 이렇지 않았겠지만, 검정색 정장 차림의 남자 두 명이 갓을 씌운 조그만 램프 아래 앉아 있자니 목소리가 줄어들고 영혼까지 가라앉는 기분이었다. 게다가 엘리자베스 시대부터 섭정 시대까지 살았던 온갖 복장을 한 조상들이 줄을 지어 조용히 우리를 내려다보고 있으니 섬뜩한 기분마저 들었다. 우리는 대화를 거의 하지 않았고, 나는 식사가 끝난 것이 고마울 지경이었다. 우리는 현대식 당구대가 놓인 방으로 물러나 담배를 피울 수 있었다.

"어휴, 힘이 솟아나는 장소는 아니네요." 헨리 경이 말했다. "뭐, 돌려 말할 수도 있겠지만 지금으로서는 이게 아니다 싶은 생각이 드는군요. 이런 집에 백부님이 혼자 사셨다면 심리적으로 불안한 상태가 된 것도 이상할 게 없을 것 같습니다. 괜찮으시다면 오늘 밤은 일찍 자리에 들었으면 좋겠군요. 내일 아침에는 좀 더 힘이 나겠지요."

나는 자리에 눕기 전에 커튼을 젖히고 창밖을 내다보았다. 창밖
으로 저택 입구의 풀밭이 펼쳐져 있었다. 그 너머에서는 드세진 바
람에 나무 두 그루가 흔들리며 신음 소리를 내고 있었다.

몰려가는 구름 틈으로 반달이 빛나고 있었다. 차가운 달빛 아래
나무들 너머로 반쯤 부서진 경계석들이 보였다. 그리고 멀리까지
야트막하게 굽이진 음울한 황야가 보였다. 마지막으로 본 광경이
이곳과 잘 어울린다고 생각하며 커튼을 닫았다.

하지만 그것으로 끝이 아니었다. 나는 지쳤는데도 잠이 오지 않
아서 이리저리 뒤척거렸다. 잠을 청했지만 쉽사리 올 것 같지 않았
다. 멀리서 괘종시계가 15분마다 종을 치는 것 말고는 이 오래된 집
은 쥐 죽은 듯 조용했다. 그리고 그때 갑자기, 적막을 뚫고 내 귀에
들려오는 소리가 있었다. 분명하고 낭랑해서 절대 잘못 들을 수는
없었다. 한 여자가 흐느끼고 있었다. 소리를 죽이고 있지만 억제할
수 없는 슬픔에 마음이 찢어지는 사람에게서 나오는 그런 이상한
흐느낌이었다. 나는 침대에 일어나 앉아서 귀를 기울였다. 멀리서
나는 소리는 아니었다. 분명 집 안에서 나는 소리였다. 30분가량을
나는 온몸 세포 하나하나를 곤두세우고 기다렸지만 더 이상의 소리
는 없었다. 시계가 다시 종을 치고 담벼락의 담쟁이가 사각거릴 뿐
이었다.

The Stapletons of Merripit House

제7장 머리핏 하우스의 스테이플턴 남매

다음 날 아침의 상쾌한 아름다움에, 바스커빌 저택의 첫인상이 우리 두 사람에게 남겼던 암울하고 우중충한 느낌은 싹 가셨다. 헨리 경과 내가 아침 식탁에 앉자 키 높은 창에서 햇살이 밀려 들어왔고, 창에 새겨진 가문의 문장이 물방울처럼 얼룩덜룩 색깔을 드리웠다. 어두운색의 판벽널도 황금빛 햇살을 받자 청동처럼 반짝여서, 이곳이 어제저녁 우리의 영혼까지 우울하게 만들었던 바로 그 방이라는 것을 믿기 어려울 지경이었다.

"이 집 때문이 아니라 우리 자신 탓이었나 봅니다!" 준남작이 말했다. "우리가 여행으로 지치고 마차에서 떨고 하느라 여기를 우중충하게 느꼈던 거지요. 이제 충전을 하고 나니 모든 게 생기 있게 느껴지네요."

"그래도 전부 상상은 아니었을 것 같아요." 내가 대답했다. "예를 들면 혹시 간밤에 무슨 소리, 여자였던 것 같은데, 우는 소리 같은 것 못 들으셨나요?"

"그것 참 흥미롭군요. 반쯤 잠들었을 때 그런 소리를 들은 것 같거든요. 꽤 기다려봤는데 더 이상 들리지는 않더라고요. 그래서 다 꿈인가 보다 했지요."

"저는 똑똑히 들었습니다. 분명히 여자가 흐느끼는 소리였어요."

"당장 물어봐야겠습니다."

그는 벨을 울려서 배리모어에게 우리가 겪은 일에 대해 아는지 물었다. 내 느낌에는 주인의 질문을 듣는 동안 창백한 집사의 얼굴이 더욱 창백해지는 것 같았다.

"이 집에 여자라고는 두 명뿐입니다." 그는 대답했다. "한 명은 부엌일을 하는 하녀인데 다른 쪽 부속 건물에서 잡니다. 나머지 한 명은 제 아내인데 제 아내한테서 난 소리는 아니라고 장담할 수 있습니다."

하지만 알고 보니 그의 말은 거짓이었다. 아침 식사를 끝낸 후에 복도까지 길게 들어오는 햇빛에 얼굴을 적나라하게 드러낸 배리모어 부인과 마주쳤기 때문이다. 그녀는 큰 체격에 무표정한 여인으로 입가에는 단호함이 묻어났다. 하지만 눈이 붉게 충혈된 것을 숨길 수 없었고, 나를 흘끔 보는 그녀의 눈꺼풀이 부어 있었다. 그렇다면 간밤에 흐느낀 사람은 그녀일 것이다. 그녀가 울었다면 남편이 몰랐을 리가 없다. 하지만 집사는 뻔히 보이는 위험을 감수하면서까지 아내가 아니라고 단호하게 말했다. 왜 그랬을까? 그녀는 또 왜 그렇게 서럽게 울었을까? 이미 이 창백하고 잘생긴 검은 수염의 사나이 주변에 수수께끼 같은 암울한 분위기가 감돌고 있었다. 찰스 경의 시신을 가장 먼저 발견한 것도 집사였다. 우리는 고인의 죽음에 대한 상황을 전적으로 그의 말에 의존하고 있는 실정이다. 무엇보다도, 우리가 리전트 스트리트에서 보았던 마차에 앉아 있던 사람이 혹시 배리모어가 아닐까? 수염은 그대로였을 수도 있다. 마부가 설명한 바에 따르면 키가 더 작아야 하긴 하지만 그 정도 인상은 틀릴 수도 있는 문제다. 도대체 내가 해결을 할 수 있는 걸까? 확실한 것은 일단 그림펜 우체국장을 먼저 만나야 한다는 것이다. 그래서 우리의 확인 전보가 분명히 배리모어의 손에 직접 전달되었는지 알아봐야겠다. 결론이 뭐가 되었든 간에 최소한 셜록 홈즈에게 보고할 얘기는 생기게 될 것이다.

아침 식사 후에 헨리 경이 검토해야 할 서류들이 산더미처럼 쌓여 있었다. 그래서 시기적절하게 나들이를 할 수 있었다. 황야의 가장자리를 따라 6킬로미터 남짓을 쾌적하게 걷자, 이윽고 잿빛의 작은 마을이 나왔다. 두 개의 큰 건물이 눈에 띄었는데, 하나는 여관이고 다른 하나는 모티머 박사의 집이었다. 우체국장은 그 마을 사람으로, 우리가 보냈던 전보를 또렷이 기억하고 있었다.

"기억하다마다요, 선생님." 우체국장이 말했다. "지시하신 대로 정확하게 배리모어 씨에게 전보가 전달되도록 했습니다."

"배달한 사람이 누구인가요?"

"여기 있는 제 아들 녀석입니다. 제임스, 지난주에 네가 저택에 있는 배리모어 씨에게 전보를 배달했지?"

"네, 아버지. 제가 전달했어요."

"배리모어 씨 손에 직접 쥐여드렸니?" 내가 물었다.

"그게, 그때 배리모어 씨는 다락에 있어서 직접 손에 드릴 수는 없었고요, 배리모어 부인의 손에 직접 드렸어요. 부인이 즉시 전해 주겠다고 했고요."

"배리모어 씨가 보이던?"

"아니요, 선생님. 그분은 다락에 계셨어요."

"보지 못했으면 배리모어 씨가 다락에 있는 것은 어떻게 알았지?"

"글쎄요, 부인이니까 남편이 어디에 있는지 정확히 알았겠지요." 우체국장이 다소 짜증 섞인 목소리로 말했다. "배리모어 씨가 전보를 못 받았나요? 문제가 있다면 배리모어 씨가 직접 이의를 제기해야지요."

더 이상 파고드는 것은 소용이 없을 것 같았다. 하지만 홈즈의 책략에도 불구하고 배리모어가 런던에 없었다고 단정할 수 있는 증거는 하나도 건지지 못했다. 배리모어가 만약 런던에 있었다면, 그리고 그가 찰스 경이 살아 있는 모습을 마지막으로 목격한 바로 그 사람이고 새로운 상속자가 영국에 돌아왔을 때 처음으로 미행을 한 사람이라면? 그러면 어떻게 되는 것인가? 그렇다면 배리모어는 누군가의 하수인일까, 아니면 스스로 뭔가 사악한 의도를 갖고 있는 것일까? 바스커빌 씨네 사람들을 해치는 것이 그에게 무슨 이득이 되는 것일까? 나는 그 《타임스》를 오려내 만든 이상한 경고 편지가 생각났다. 그건 배리모어의 작품일까, 아니면 배리모어의 계략에 반대하는 어떤 사람이 한 일일까? 생각해볼 수 있는 동기라고는 헨리 경이 말했던 것처럼 바스커빌 씨네 사람들이 겁을 먹고 도망가 버린다면 배리모어 부부에게 안락하고 영구적인 거처가 확보된다는 사실뿐이다. 하지만 그 정도의 설명은 젊은 준남작의 주변에 보이지 않는 그물을 치는 이런 깊고 정교한 계략에 대한 이유로 충분치 않을 것이다. 홈즈 자신도 놀랄 만한 사건들을 많이 조사해보았지만 이렇게 복잡한 사건은 없었다고 말하지 않았던가. 나는 쓸쓸한 회색빛 길을 되짚어 걸어오면서 내 친구가 빨리 다른 일들에서 벗어나 여기로 와서 내 어깨에 실린 무거운 책임감을 덜어주기를 기도했다.

이런 생각을 하며 걷던 중 갑자기 누군가 달려오는 소리가 뒤에서 들렸다. 그리고 누군가 내 이름을 불렀다.

나는 모티머 박사려니 하며 돌아섰다. 하지만 놀랍게도 나를 쫓아오고 있는 이는 모르는 사람이었다. 그 사람은 작고 호리호리한 체격에 말끔하게 면도를 한 단정한 얼굴의 남자였다. 금발에 턱이 홀쭉하고 30대 중반으로 보이는 이 남자는 회색 양복에 밀짚모자를 쓰고 있었다. 식물 채집을 위한 양철 상자를 어깨에 메고 한 손에는 포충망을 들고 있었다.

"실례지만, 왓슨 박사님 맞으시죠?"

이렇게 말을 하며 그 남자는 내가 서 있는 곳으로 헐떡거리며 다가왔다. "여기 황야에 사는 사람들은 다들 가족이나 마찬가지죠. 그래서 격식 차린 소개를 기다리지도 않는답니다. 아마 우리 친구 모티머에게서 제 이름을 들으셨을 겁니다. 저는 머리핏 하우스의 스

테이플턴이라고 합니다."

"포충망과 상자를 보고 짐작했습니다." 내가 말했다. "스테이플 턴 씨가 박물학자라는 것을 알고 있었거든요. 하지만 저를 어떻게 알아보셨습니까?"

"모티머 씨네 집에 들렀는데, 그가 박사님이 지나는 것을 진료소 창으로 보고는 알려주었습니다. 가는 방향이 같으니까 박사님을 따 라가서 제 소개를 해야겠다고 생각했지요. 헨리 경은 먼 길을 오느 라 편찮으신 건 아니겠죠?"

"네, 잘 계십니다. 감사합니다."

"저희 모두 걱정을 했더랬지요. 찰스 경의 슬픈 죽음으로 새로운 준남작이 여기에 살지 않겠다고 하시면 어쩌나 했죠. 부유한 분에 게 이런 시골에 내려와 뼈를 묻으라고 하는 건 무리한 요구니까요. 하지만 그렇게만 해주신다면 이런 시골에 여간 의미 있는 일이 아 니라는 건 말 안 해도 아시겠지요. 헨리 경은 미신 같은 것에 대한 두려움 따위는 없으시겠죠, 아마?"

"그럴 겁니다."

"박사님도 물론 바스커빌 가문에 출현했던 지옥의 개 전설을 아 시지요?"

"들어봤습니다."

"이곳 농부들은 어찌나 잘 속아 넘어가는지요! 누구라도 황야에 서 그런 괴물을 봤다고 맹세라도 할 겁니다." 그는 웃으며 말했지만 왠지 그의 눈을 보니 이 문제를 심각하게 생각하고 있는 것 같았다.

"그 이야기가 찰스 경의 상상력을 크게 부추겼습니다. 저는 그 때문에 찰스 경이 비극적인 죽음을 맞았다고 믿어 의심치 않습니다."

"하지만 어떤 식으로?"

"찰스 경은 신경이 너무 쇠약해져서 아무 개라도 나타나기만 했다면 그의 병든 심장에 치명적인 타격을 주었을 겁니다. 저는 찰스 경이 그날 밤 주목나무 길에서 분명히 뭔가를 보긴 봤다고 생각합니다. 저는 무슨 재앙이라도 일어날까 봐 두려웠지요. 그 어른을 정말 좋아했거든요. 그분의 심장이 약하다는 것도 알고 있었고요."

"그걸 어떻게 알고 계셨습니까?"

"제 친구 모티머가 말해주었지요."

"그러면 스테이플턴 씨는 어떤 개가 찰스 경을 뒤쫓았고, 그래서 찰스 경이 그 공포로 죽었다고 생각하십니까?"

"더 좋은 생각이 있으십니까?"

"저는 아직 아무 결론도 못 내렸습니다."

"셜록 홈즈 씨는 결론을 내리셨나요?"

그 말에 나는 순간 숨을 쉴 수 없었다. 하지만 이 사람의 차분한 얼굴과 동요 없는 눈을 보니 나를 놀래려고 한 것 같지는 않았다.

"저희가 왓슨 박사님을 모르는 척하는 건 아무 소용도 없겠지요." 그가 말했다. "박사님의 탐정 이야기는 여기 저희한테도 알려져 있습니다. 그분을 기리면서 동시에 박사님 자신이 알려지지 않을 방법이란 없겠지요. 모티머가 박사님의 성함을 말하면서 선생님이 누구신지를 부인할 수는 없는 노릇이었어요. 박사님이 여기 계시다면 셜록 홈즈 씨도 이 사건에 관심을 갖고 계시다는 얘기 아니겠습니까. 그리고 저는 자연히 홈즈 씨가 어떻게 생각하는지 궁금하고요."

"그 질문에는 대답을 드릴 수 없어 죄송하군요."

"홈즈 씨가 여기를 직접 방문하시는 영광이 있을지 물어봐도 될까요?"

"홈즈는 지금 런던을 떠날 수가 없답니다. 그가 신경 써야 하는 다른 사건들이 있거든요."

"안타깝군요! 우리에게 너무나 캄캄한 문제에 홈즈 씨가 빛을 비춰주실 수도 있을 텐데. 하지만 박사님이 조사하시는 데에 뭐든지 제가 도울 게 있으면 말씀해주실 거라고 믿겠습니다. 박사님이 수상쩍다고 생각하시는 게 뭔지, 아니면 앞으로 어떻게 조사하실 계획인지 제가 조금이라도 알 수 있다면, 지금 당장이라도 도움이나 조언을 드릴 수 있을 텐데요."

"저는 그냥 제 친구 헨리 경을 방문하러 온 것뿐이라고 분명히 말씀드릴 수 있습니다. 그러니 필요한 도움도 전혀 없고요."

"훌륭하십니다!" 스테이플턴이 말했다. "신중하게 경계하시는 것이 당연합니다. 제가 주제넘은 간섭을 했습니다. 다시는 이 문제를 언급하는 일이 없을 거라고 약속드립니다."

우리는 도로 옆으로 좁은 풀밭 길이 나 있는 곳에 도착했다. 황야를 가로질러 구불구불 난 길이었다. 바위들이 흩어져 있는 가파른 언덕이 오른편에 있었다. 먼 옛날에 화강암 채석장으로 쓰이던 곳이었다. 우리를 향하고 있는 전면은 어두운 절벽이었고, 바위 사이사이마다 양치식물과 검은딸기나무가 자라고 있었다. 저 멀리에서는 회색 연기 기둥이 솟아올랐다.

"이 황야 길을 따라서 조금만 걸으면 머리핏 하우스가 나옵니다." 그가 말했다. "한 시간만 내주신다면 제 여동생을 소개해드리고 싶습니다."

퍼뜩 든 생각은 내가 헨리 경의 옆에 꼭 붙어 있어야 한다는 것이었다. 하지만 곧 나는 그의 서재 테이블에 흩어져 있던 서류 뭉치와 영수증들을 기억해냈다. 그것들은 내가 도와줄 수 있는 일이 아님이 분명했다. 게다가 홈즈는 내가 황야에 사는 이웃들을 조사해야 한다고 분명히 말했다. 나는 스테이플턴의 초대를 받아들였고, 우리는 그 길을 걸어 내려가기 시작했다.

"경이로운 곳입니다, 황야는 말이지요." 그가 말했다. 그는 넘실거리는 구릉지와 길게 자란 풀들과 화강암이 환상적인 모양으로 들쭉날쭉 솟아오른 산마루를 둘러보고 있었다. "황야는 질리지가 않아요. 황야가 품고 있는 놀라운 비밀은 상상을 초월한답니다. 정말 광대하고 황량하면서도 불가사의하지요."

"황야를 잘 아시는군요?"

"저는 여기에 고작 2년 있었을 뿐입니다. 여기 주민들은 저를 새내기라고 부르지요. 저희는 찰스 경이 자리를 잡고 나서 얼마 되지 않았을 때 여기에 왔답니다. 하지만 제 취향 때문에 시골 구석구석을 헤집고 다녔지요. 여기를 저보다 더 잘 아는 사람은 거의 없다고

생각하고 있습니다."

"황야를 잘 아는 게 어려운 일인가요?"

"엄청 어렵죠. 보시다시피 예를 들어 북쪽으로 난 이 대평원은 들쭉날쭉한 언덕들 사이로 뻗어 있죠. 뭐 눈에 띄는 게 있으십니까?"

"이곳에선 보기 드물게, 말 달리기 좋은 곳이군요."

"자연히 그렇게 생각하시겠지요. 하지만 그렇게 생각한 주민들은 지금까지 목숨을 잃어야 했답니다. 평원 위에 두텁게 밝은 녹색 지대들이 흩어져 있는 게 보이시지요?"

"네, 다른 곳보다 비옥해 보이는군요."

스테이플턴이 웃어댔다.

"그게 바로 대大그림펜 늪입니다." 그가 말을 이었다. "한 발만 잘못 디디면 사람이고 짐승이고 살아남지 못합니다. 어제도 저는 황야에 사는 조랑말 한 마리가 그 속으로 들어가는 것을 보았습니다. 나오지는 못했지요. 한참 동안이나 그놈이 늪 구멍 밖으로 목을 빼고 있는 것을 봐야 했어요. 결국에는 늪이 그놈을 삼켜버렸지요. 건조한 계절에도 늪을 건너는 것은 위험한 일입니다. 그럴진대 이렇게 가을비가 내린 다음에야 말해 무엇하겠습니까. 그래도 저는 그 중심으로 들어갔다가 살아 돌아올 수 있답니다. 에구, 불쌍한 조랑말이 또 한 마리 있네!"

푸른 골풀 사이에서 갈색의 뭔가가 버둥거리고 있었다. 고통에 몸부림치는 긴 목이 떠오르고 끔찍한 비명이 황야에 울려 퍼졌다. 그 광경에 나는 공포로 간담이 서늘해졌다. 그런데 함께 서 있던 사람은 나보다 강인한 것 같았다.

"끝났습니다!" 그가 말했다. "늪이 놈을 차지했네요. 이틀간 두 마리라, 어쩌면 더 많을지도 모르지만, 건기에 그쪽을 지나다니다 보니 늪에 푹 빠지기 전에는 차이를 모르는 거지요. 안 좋은 곳입니다, 대그림펜 늪은요."

"그런데 스테이플턴 씨는 통과하실 수 있다고요?"

"네, 아주 날랜 사람이 지날 수 있을 만한 경로가 한두 개 있습니다. 제가 찾아냈지요."

"하지만 그렇게 끔찍한 장소에 왜 가려 하신 겁니까?"

"그게, 저 위의 언덕 보이시죠? 저기는 지날 수 없는 늪 때문에 고립된 섬이나 마찬가지입니다. 몇 년째 늪이 감싸고 있죠. 거기가 바로 희귀 식물과 나비들이 있는 곳이랍니다. 건너갈 재간만 있다면 말이죠."

"언젠가 저도 행운을 시험해보고 싶군요."

그는 놀란 표정으로 나를 보았다. "큰일 날 생각일랑 싹 지워버리십시오." 그가 말했다. "박사님이 죽으면 내가 그 책임을 뒤집어

쓰게 될 거예요. 다시 말씀드리지만 살아 돌아올 확률은 없다고 보시면 됩니다. 제가 갈 수 있는 것도 아주 복잡한 지표들을 기억하기 때문입니다."

"우와!" 내가 외쳤다. "저건 뭔가요?"

설명할 수 없이 나지막하고 긴 신음 소리가 황야 위를 구슬프게 쓸고 지나갔다. 그 소리가 대기를 꽉 채워서 어디서 난 소리인지 알 수가 없었다. 둔중한 웅얼거림에서 시작해 깊은 울부짖음으로 부풀었다가 다시 우울한 웅얼거림으로 가라앉았다. 스테이플턴은 호기심을 담은 표정으로 나를 보았다.

"이상한 장소지요, 황야는!" 그가 말했다.

"그런데 이게 무슨 소리인가요?"

"농부들은 그게 바스커빌가의 사냥개가 먹이를 찾는 소리라고 합니다. 전에도 한두 번 들어보았는데 이렇게 크게 소리를 내는 건 또 처음이군요."

나는 주위를 둘러보았다. 간담이 서늘해졌다. 불룩하게 솟은 커다란 평원 곳곳에 골풀 무더기가 푸른 반점처럼 흩어져 있었다. 드넓은 평원 위에는 아무런 움직임도 없었다. 우리 뒤편 바위산에서 갈까마귀 한 쌍이 깍깍대는 소리만이 커다랗게 들려올 뿐이었다.

"스테이플턴 씨는 지식인 아닙니까. 그런 말도 안 되는 얘기를 믿으시는 건 아니겠지요?" 내가 말했다. "이 이상한 소리의 원인이 뭐라고 생각하시나요?"

"늪이 가끔 이상한 소리를 만들어내기도 하지요. 흙더미가 붕괴

하거나 물이 솟아오르거나 하면서요."

"아뇨, 아뇨. 저건 분명 살아 있는 것의 목소리였어요."

"뭐, 그럴지도 모르지요. 알락해오라기가 웅웅거리는 소리를 들어보신 적 있나요?"

"아니요, 들어본 적 없어요."

"영국에서는 이제 아주 희귀한 새인데, 거의 멸종했다고 봐야죠, 아무튼 황야에서는 뭐든 가능하니까요. 네, 저는 우리가 들은 소리가 마지막 남은 알락해오라기의 외침이라고 해도 놀라지 않을 겁니다."

"정말이지 살면서 들어본 소리 중에 가장 기괴하고 이상한 소리네요."

"네, 아무튼 전체적으로 불가사의한 곳이니까요. 저기 언덕을 한 번 보십시오. 뭐라고 생각하십니까?"

가파른 비탈 전체가 돌로 된 회색 고리 모양들로 덮여 있었다. 적어도 스무 개는 되어 보였다.

"뭔가요? 양 우리인가요?"

"아뇨. 우리 조상들의 터전이었던 곳이죠. 선사시대 인간들은 황야에 밀집해서 살았답니다. 그 후로는 아무도 거기에 안 살았기 때문에 그들이 남겨놓은 것들이 그때 그대로 보존되어 있는 거지요. 이 원들은 그들의 움막에서 지붕이 날아간 상태인 거고요. 혹시 궁금하시다면 안에 들어가보시면 그들의 난로와 의자까지 볼 수 있답니다."

"제법 마을이라 할 만한데요. 언제 사람이 살았던 건가요?"

"신석기시대에요. 연대는 모르고요."

"뭘 하고 살았을까요?"

"여기 비탈에서 가축도 키우고 청동 검이 돌도끼를 대체하기 시작했을 때는 주석을 얻기 위해 땅 파는 법도 배우고 했지요. 반대쪽 비탈에 참호가 보이시죠? 저것도 그 흔적입니다. 네, 돌아보시면 황야에는 특이한 곳들이 많아요, 왓슨 박사님. 이런, 잠깐만요, 사이클로피데스인 것 같아요."

나방처럼 보이는 작은 나비가 팔랑거리며 우리가 걷는 길 앞으로 지나갔다. 스테이플턴은 순식간에 엄청난 에너지를 뿜으며 그것을 잡으려고 달려가기 시작했다. 그 물체가 늪이 있는 곳을 향해 직선으로 날아가는 것을 보고 나는 경악했다. 하지만 이 사람은 잠시의 머뭇거림도 없이 손바닥만 한 이쪽 풀 더미에서 저쪽 풀 더미로 그 물체를 쫓아 껑충껑충 뛰어갔다. 그의 녹색 포충망이 공중에서 왔다 갔다 하고 있었다.

회색 정장을 입고 이쪽저쪽으로 펄쩍펄쩍 뛰어다니는 모습을 보니 이 남자 자체가 흡사 한 마리의 거대한 나방 같았다. 이 추격전을 바라보며 서 있던 나는 한편으로는 그의 비상한 움직임에 경탄하기도 하고, 다른 한편으로는 위험천만한 늪에 그의 발이 빠지지나 않을까 걱정이 되었다. 그러다가 발자국 소리가 나서 몸을 돌렸더니 한 여인이 내게 가까이 다가와 있었다. 그녀는 연기가 피어오르는 곳에 있는 머리핏 하우스 쪽에서 온 것이었다. 하지만 그쪽은 황야가 푹 꺼져 있어서 그녀가 꽤 가까이 올 때까지 눈에 띄지 않았다.

·이 여자가 아까 들었던 스테이플턴 양이라는 것에는 의심의 여지가 없었다. 황야에 아가씨가 있을 일도 없을뿐더러, 그녀가 미인이라는 말을 기억하고 있었기 때문이다. 내게 다가온 여인은 미인이었을 뿐만 아니라 매우 보기 드문 유형의 미인이었다. 이렇게 남매가 대조적으로 생기기도 어려울 것이다. 스테이플턴은 눈이 회색이고 머리칼은 연갈색인 데 반해, 그녀는 내가 영국에서 본 어떤 사람보다도 어두운 흑갈색 머리칼에 늘씬하고 우아하며 키도 컸다. 그녀의 얼굴은 오만하면서도 이목구비가 섬세했는데, 균형이 너무나 잘 잡혀 있어서 여린 입술과 열정에 찬 아름다운 검은 눈이 없다면 마네킹처럼 보였을 것이다. 완벽한 몸매에 우아한 드레스를 입고 황량한 길 위에 서 있으니 마치 신비한 유령 같았다. 그녀의 눈은 오빠를 향하고 있었는데 내가 돌아보자 내 쪽으로 걸음을 재촉했다. 내가 모자를 들어 올리고 뭔가 인사말을 하려는 순간 그녀의 입에서 나온 말이 내 생각의 방향을 확 돌려놓았다.

"돌아가세요!" 그녀가 말했다. "곧장 런던으로 돌아가세요, 즉시요!"

나는 그냥 놀라서 멍청하게 그녀를 쳐다보고 있는 수밖에 없었다. 노여움에 불타는 눈으로 나를 보더니 그녀는 참지 못하고 발로 땅을 구르기까지 했다.

"제가 왜 돌아가야 하나요?" 내가 물었다.

"설명할 수 없어요." 그녀는 낮은 음성이었지만 간절함을 담아 말했다. 말투에 어눌한 발음이 묻어났다. "하지만 제발 제 말을 들

으세요. 돌아가세요. 그리고 다시는 황야에 발을 들이지 마세요."

"하지만 이제 막 이곳에 왔는데요."

"이보세요, 이보세요." 그녀는 거의 울 듯했다. "당신을 위해서 하는 경고라는 걸 모르겠어요? 런던으로 돌아가세요! 오늘 밤에 떠나세요! 무슨 수를 써서라도 이곳에서 벗어나세요! 쉿, 오빠가 오고 있어요! 제가 한 말은 절대 비밀이에요. 저에게 저 난초를 뽑아주시겠어요? 저기 쇠뜨기말 사이에 나 있는 거요. 여기 황야에는 난초가 아주 많이 핀답니다. 물론 이곳의 아름다움을 보시기에는 좀 늦었지만 말이에요."

스테이플턴은 추격을 그만두고 우리에게 돌아왔다. 숨을 헐떡이고 있었고 애를 쓰느라 얼굴이 붉어졌다.

"와, 베릴!" 그가 말했지만 어쩐지 인사하는 투가 그다지 따뜻하게 느껴지지만은 않았다.

"응, 잭. 더워 보여."

"어, 사이클로피데스를 쫓고 있었어. 아주 희귀한 놈이고 늦가을에는 좀처럼 안 보이는데 말이야, 놓치고 말았어!"

그는 개의치 않는 듯이 말했다. 하지만 그의 눈빛은 끊임없이 그녀와 나 사이를 오갔다.

"서로 소개를 하신 것 같군요."

"응, 헨리 경에게 황야의 진짜 아름다움을 보시기에는 좀 늦었다고 말하고 있었어."

"아니, 이분을 누구라고 생각한 거야?"

"헨리 바스커빌 경이라고 생각했는데."

"아니, 아닙니다." 내가 말했다. "보잘것없는 평민일 뿐입니다. 헨리 경의 친구이구요. 저는 왓슨 박사입니다."

순간 그녀의 풍부한 표정에 짜증이 지나갔다.

"서로 동문서답을 하고 있었네요." 그녀가 말했다.

"별로 말할 시간도 없었잖아." 그녀의 오빠가 말했다. 역시 추궁하는 듯한 눈빛이었다.

"나는 왓슨 박사님이 그냥 손님이 아니라 여기 주민이라고 생각하고 얘기하고 있었어." 그녀가 말했다. "난초를 보기 좋은 계절이 언제인지는 이분께 중요한 문제가 아니겠지. 하지만 머리핏 하우스에 가보실 거지요?"

얼마 걷지 않아 머리핏 하우스가 나타났다. 황야에 있는 쓸쓸한 가옥이었다. 한때 번영기에는 목축업자의 농장이었지만 지금은 보수를 해서 현대식 주거지로 바뀌어 있었다. 빙 둘러 과수원이 있었지만 나무들은 제대로 자라지 못하고 여기저기 꺾여 있었다. 전체적으로 초라하고 음울한 분위기의 집이었다. 쭈글쭈글하고 고약해 보이는 이상한 남자 하인이 우리를 맞았다. 집과 분위기를 맞춘 것 같았다. 하지만 집 안에는 품격 있는 가구를 갖춘 커다란 방이 있어서 안주인의 취향을 엿볼 수 있었다. 창밖으로 화강암만이 군데군데 흩어져 있는 황야가 저 멀리 지평선까지 끝도 없이 펼쳐진 것을 보고 있노라니, 고등교육을 받은 남자와 아름다운 여자가 무엇 때문에 이런 곳에 와서 사는지 이상하게 느껴질 따름이었다.

"이상한 데를 골랐지요?" 그가 말했다. 마치 내 생각을 듣고 대답하는 것 같았다. "그래도 그런대로 꽤 행복하게 지내고 있답니다. 안 그래, 베릴?"

"행복하죠." 그녀가 말했지만 목소리에는 어떤 확신도 담겨 있지 않았다.

"학교를 운영했었어요." 스테이플턴이 말했다. "북쪽에 있는 시골이었는데 저 같은 사람이 하기에는 기계적인 일이라 재미가 없었답니다. 그래도 아이들과 함께 지내면서 그 어린 마음들이 커가는 것을 도울 수 있다는 건 특권이었죠. 저 자신의 인격과 이상으로 아이들을 감화시킬 수 있다는 것도 좋았고요. 하지만 운이 따라주지 않더군요. 학교에 심각한 전염병이 퍼져서 남자아이 세 명이 죽었어요. 그 타격으로부터 회복할 수가 없었지요. 돈도 많이 까먹었고요. 그래도 아이들과의 멋진 관계를 잃어버린 것만 빼고는 불운도 웃어넘길 수 있었습니다. 어쨌거나 저는 동식물에 관심이 워낙 크니까요. 여기에 오니 연구할 거리가 무한정 널려 있더군요. 제 여동생도 저만큼이나 자연을 좋아하고요. 왓슨 박사님, 우리 창밖을 보며 그런 온갖 상념이 떠오르셨죠? 표정에서 읽을 수 있겠더군요."

"네, 그런 생각이 들었던 건 사실입니다. 지루할 수도 있겠다 싶었어요. 스테이플턴 씨는 덜하더라도 동생분에게는요."

"아뇨, 아니에요. 저는 한 번도 지루했던 적이 없어요." 그녀가 재빨리 말했다.

"저희에게는 책도 있고 연구할 거리도 있고, 또 재미있는 이웃들도 있습니다. 모티머 박사는 자기 분야에서 매우 박식한 분이지요. 가엾은 찰스 경도 우리에게 훌륭한 친구가 되어주셨고요. 친하게 지냈는데 그분이 정말 이루 말할 수 없게 그립네요. 오늘 오후에 제가 헨리 경을 찾아뵙고 인사를 드리면 실례가 될까요?"

"헨리 경은 분명 기뻐할 겁니다."

"그러면 박사님께서 헨리 경에게 제가 그러마더라고 좀 얘기를 해주시겠습니까? 헨리 경이 새로운 환경에 적응하는 데 저희가 뭐라도 도움이 될 수 있을 테니까요. 왓슨 박사님, 위층에 가서 저의 레피도프테라(나비, 나방 등을 포함하는 커다란 곤충군—옮긴이) 수집본을 한번 보시겠어요? 영국 남서부의 수집본으로는 가장 완벽한 것이라고 생각합니다만. 그걸 보시는 동안 아마 점심 준비가 끝날 겁니다."

하지만 나는 빨리 내 본연의 임무로 돌아가고 싶었다. 황야의 우울함, 불운한 조랑말의 죽음, 바스커빌 씨네 음산한 전설과 연관된 이상한 소리를 들은 일까지, 그 모든 것을 생각할수록 슬픔이 더해졌다. 다소 모호한 그런 인상들에 더해 무엇보다도 스테이플턴 양의 명확하고 확실한 경고가 있었다. 몹시도 진심 어린 경고여서 그 뒤에는 분명히 어떤 중대하고 심각한 이유가 있을 거라고 생각하지 않을 수 없었다. 점심을 하고 가라는 간곡한 권유를 뿌리치고 나는 즉각 되돌아가기 위해 길을 나섰고, 우리가 걸어왔던 풀이 무성한 오솔길을 걷기 시작했다.

그런데 아는 사람에게는 지름길이 있었던 모양이다. 도로에 접어들기도 전에 나는 길가 바위에 앉아 있는 스테이플턴 양을 보고 깜짝 놀랄 수밖에 없었다. 열심히 걸어왔는지 그녀의 볼은 아름다운 빨간색으로 물들어 있었고 손을 허리에 올리고 있었다.

"왓슨 박사님을 앞지르려고 여기까지 뛰어왔어요." 그녀가 말했다. "모자를 챙겨 쓸 시간도 없었네요. 저는 다시 빨리 가야 해요. 안 그러면 오빠가 저를 찾을 테니까요. 박사님을 헨리 경이라고 생각하다니 너무 바보 같은 실수를 해서 죄송하다는 말씀을 드리고 싶었어요. 부디 제가 했던 말들은 잊어주세요. 박사님께는 해당되지 않는 말이니까요."

"하지만 그 말을 잊을 수는 없습니다, 스테이플턴 양." 내가 말했다. "헨리 경의 친구로서 그의 안녕은 제가 몹시 신경을 쓰는 부분입니다. 헨리 경이 런던으로 돌아가야 한다고 왜 그렇게 간절히 생각했는지 제게 말씀해주세요."

"그저 아녀자의 마음이에요, 왓슨 박사님. 저를 아신다면 제가 뭘 말하거나 행동할 때 이유를 댈 수 없는 경우도 많다는 걸 이해하실 거예요."

"아뇨, 아닙니다. 그 목소리의 떨림을 기억합니다. 그 눈빛도요. 제발 부탁이니 제게 솔직해주십시오, 스테이플턴 양. 여기 내려온 이래로 언제나 뭔가 저를 따라오고 있는 것만 같은 느낌이 있었습니다. 생활이 마치 저 거대한 그림펜 늪처럼 되었어요. 여기저기 빠져버릴지도 모르는 녹색 지대가 있고 길은 보이지 않는군요. 그러니 하신 말씀이 무슨 뜻이었는지 저에게 말씀해주십시오. 그러면 스테이플턴 양의 경고를 헨리 경에게 전하겠다고 약속드리겠습니다."

잠깐 망설이는 기색이 얼굴을 스쳐 갔지만 이내 눈빛이 침착해지더니 그녀가 대답했다.

"왓슨 박사님, 너무 심각하게 생각하시네요." 그녀가 말했다. "제 오라비와 저는 찰스 경의 죽음으로 크게 충격을 받았어요. 저희는 찰스 경과 매우 친밀한 사이였고, 그분이 가장 좋아하신 산책 코스가 황야를 지나 저희 집으로 오는 것이었어요. 그분은 가문에 드리운 저주에 지나치게 깊은 영향을 받으셨어요. 그래서 이 비극이 일어났을

때 저는 자연히 그분이 나타냈던 공포에 어떤 원인이 틀림없이 있다고 느꼈죠. 그러니 가문의 다른 분이 여기서 살려고 내려오셨을 때 마음이 괴로웠던 것이고, 그분께 위험에 대해 경고를 해드려야겠다고 느꼈던 거랍니다. 제가 전하고 싶었던 것은 그뿐이에요."

"그 위험이란 게 뭔가요?"

"사냥개 얘기를 아시나요?"

"그런 말도 안 되는 얘기는 믿지 않습니다."

"그런데 저는 믿어요. 헨리 경에게 어떤 영향력이 있으시다면, 그의 가문 사람들에게 언제나 치명적이었던 장소에서 그분을 멀리 데리고 나가세요. 세상은 넓잖아요. 위험한 장소에 살 까닭이 뭐가 있나요?"

"여기가 위험한 장소라는 바로 그 이유 때문입니다. 헨리 경은 그런 분이거든요. 죄송하지만 좀 더 분명한 정보를 주실 수 없다면 그를 데리고 나가는 것은 불가능할 것 같군요."

"뭐라 분명히 말씀드릴 수 있는 건 없어요. 분명하게 아는 게 없으니까요."

"스테이플턴 양, 한 가지만 더 여쭙겠습니다. 만약 처음에 저에게 말씀하실 때 이 이상 아무 의미도 없다면, 그러면 왜 당신이 무슨 말을 했는지 오빠가 알까 봐 두려워하는 겁니까? 오빠든 누구든 반대할 이유가 없는 얘기 아닙니까?"

"오빠는 저택에 누군가 살기를 간절히 바라고 있어요. 그래야 황야에 사는 가난한 주민들에게 좋다고 생각하니까요. 만약 제가 뭐든 헨리 경을 쫓아버릴 수 있는 말을 했다는 걸 안다면 오빠는 무척 화를 낼 거예요. 저는 돌아가야 해요. 아니면 저를 찾아보고는 제가 왓슨 박사님을 만났다고 의심할 테니까요. 안녕!"

그녀는 돌아섰고, 몇 분 지나지 않아 그녀의 모습은 흩어진 바위들 사이로 사라지고 말았다. 나는 막연한 두려움을 가득 안고 바스커빌 저택으로 돌아오는 길을 재촉했다.

First Report of Dr. Watson

제8장 왓슨 박사의 첫 번째 보고

여기서부터는 내가 셜록 홈즈 씨에게 보냈던 편지
들을 옮겨 쓰는 방식으로 사건을 따라가려고 한다. 그 편지들이 지금
바로 내 앞 테이블에 놓여 있다. 한 장이 없어졌다. 하지만 그것만 빼
고 다음 편지들은 그때 썼던 그대로이고, 당시에 내가 느꼈던 감정과
의구심들을 기억에 의존하는 것보다 더 정확하게 보여준다. 이 비극
적 사건에 대해 이보다 더 선명하게 보여줄 수는 없을 것이다.

10월 13일, 바스커빌 저택

홈즈에게

지금까지 보낸 편지와 전보를 통해 자네도 이 세상에서 제일 우
울한 이 동네에서 벌어진 일들을 꽤 최근 것까지 자세히 알게 되었
을 거야. 여기에 누군가 계속 머문다면 황야의 기운이 그의 영혼에
배어들 수밖에 없어. 그 광대함과 음침한 매력까지. 황야의 품에 안
기는 순간 현대 영국의 흔적은 모두 사라져버리고, 선사시대 인류

의 터전과 작품들만 온통 의식하게 되는 거지. 걸어가다 보면 사방에 이 잊힌 인류의 집들이 보이고, 그들의 무덤과 아마도 한때는 신전이었을 거대한 돌기둥들만 보여. 여기저기 상처 난 산비탈에 기대 지어놓은 돌로 된 회색 움막들을 보고 있으면 자네가 어느 시대 사람인지도 잊게 될 거야. 야트막한 문에서 가죽을 걸친 털북숭이 사람이 기어 나와서, 돌로 된 촉이 달린 화살을 활에 끼우고 있는 걸 보게 되더라도 자네보다 그 사람이 여기에 어울린다는 걸 알 거야. 이상한 건 언제나 척박했을 이 땅에 그들이 옹기종기 모여 살았다는 거지. 고고학자가 아닌 내가 보기에도 그들은 전쟁을 싫어하고 박해당했던 민족인 것 같아. 아무도 살려고 하지 않은 땅을 받아들일 수밖에 없었던 거지.

하지만 이런 건 자네가 나를 여기로 보낸 이유와는 무관한 것들이고 자네의 극히 실용적인 정신에는 아무 흥미도 일으키지 못하겠군. 태양이 지구를 도는지 지구가 태양을 도는지에 완전히 무관심하던 자네가 생각나. 그러니 헨리 바스커빌 경과 관련된 얘기로 돌아갈게.

지난 며칠간 자네가 아무 보고도 받지 못한 건 오늘까지 사건과 관련된 중요한 일이 아무것도 없었기 때문이야. 그러다가 아주 놀라운 상황이 전개되었어. 그래서 바로 이야기하는 거야. 하지만 그 전에, 관련된 상황을 먼저 이야기해야겠군.

내가 거의 언급한 적이 없는 것 중의 하나가 황야에 있는 탈옥수에 대한 얘기야. 지금은 그가 멀리 달아났다고 믿을 만한 분명한 이유가 있어. 이 지역의 외딴 가구들에는 상당히 안심이 되는 일이지. 그가 탈옥하고 2주가 지났어. 그동안 그는 눈에 띈 적이 없고 아무도 그에 대해 듣지 못했어. 그 기간 내내 그가 황야에서 버티고 있었다고는 상상하기 힘들어. 물론 숨어 있기에는 어려움이 없겠지만 말이야. 여기 있는 어느 돌 움막이든 숨을 장소로는 충분하니까. 하지만 먹을 게 하나도 없거든. 황야에 있는 양이라도 잡으면 모를까 말이야. 그래서 우리는 그가 가버렸다고 생각해. 결과적으로 외딴 곳에 사는 농부들은 더 편하게 잠들 수 있겠지.

이 집에는 장정이 넷이라서 걱정 없어. 하지만 스테이플턴 남매를 생각하면 계속 마음이 놓이지 않아. 그들 주변에는 도와줄 사람들이 몇 킬로미터 이내에는 없거든. 가정부 한 명에 늙은 하인, 여동생과 오빠뿐인데 그 오빠가 그리 강한 남자가 아니라서 말이야. 일단 현관이 뚫리면 이 노팅 힐 범죄자처럼 필사적인 놈에게 그들은 무력할 거야. 헨리 경이나 나나 그들이 걱정되어서 마부 퍼킨스를 보내서 거기서 자고 오라고 했는데 스테이플턴이 허락하지 않더군.

실은 우리 친구 준남작이 아름다운 이웃에게 상당한 관심을 보이기 시작했어. 놀랄 일도 아니지. 이 외로운 곳에서 준남작처럼 활동적인 사람은 무료할 테고, 그녀는 매우 아름답고 매력적인 여성이니까. 그녀에게는 열대지방에서 온 것 같은 이국적인 매력이 있어. 그래서 차갑고 침착한 그녀의 오빠와 묘한 대조를 이루지. 하지만 스테이플턴에게도 뭔가 숨겨진 불꽃이 있지 않을까 하는 생각이 들기도 해. 여동생에게 분명히 지대한 영향력을 갖고 있거든. 그녀가 이야기를 할 때면 마치 승인을 구하는 것처럼 계속해서 그를 홀 끔홀끔 본다는 것을 발견했어. 스테이플턴이 여동생에게 친절하다 는 것은 분명해. 스테이플턴의 두 눈에는 뭔가 메마른 반짝거림 같 은 게 있어. 야무진 얇은 입술이 확신에 찬 것 같기도 하고, 어쩌면 냉혹한 면이 있을 것 같기도 해. 자네가 그를 보면 흥미로운 연구 대상이라고 생각할 거야.

첫날 스테이플턴은 바스커빌을 만나러 왔었어. 다음 날 아침에는 우리 둘을 데리고 가서 사악한 휴고 전설의 시초라고 알려진 곳을 보여주었지. 황야를 몇 킬로미터 가로지르는 나들이였는데, 장소가 너무 음울해서 그 전설이 예정된 일이 아니었나 싶을 정도였어.

우리는 험준한 바위들 사이에 끼인 짧은 골짜기를 발견했어. 그 끝은 풀이 많은 넓은 공간이었는데 황새풀로 여기저기 희끗희끗하 더군. 그 한가운데에 거대한 두 개의 돌이 솟아 있었지. 돌들의 윗 부분은 닳고 뾰족해져서 어느 괴물의 낡은 송곳니처럼 보였어. 어 느 모로 보나 그 오래된 비극적 사건이 벌어진 장면이랑 일치하더 군. 헨리 경은 아주 흥미를 느꼈던 것 같아. 스테이플턴에게 인간사 에 초자연적인 개입이 가능하다는 것을 정말로 믿느냐고 몇 번이나 물어보더라고. 그는 가볍게 말했지만 분명히 아주 진지한 것 같았 어. 스테이플턴은 대답을 조심하더군. 하지만 스테이플턴이 준남작 의 감정을 생각해서 자기 의견을 다 털어놓지 않는다는 걸 눈치채 기는 어렵지 않았지. 그는 우리에게 비슷한 사건들을 얘기해줬어. 바스커빌 가문 사람들이 어떤 사악한 기운의 영향으로 고통 받았다

The Hound of the Baskervilles

고 말이야. 그가 우리한테 남긴 인상으로는 그도 이 문제에 있어서는 다른 사람들이랑 의견이 같은 것 같았어.

돌아오면서 우리는 점심을 하려고 머리핏 하우스에 머물렀어. 거기서 헨리 경이 스테이플턴 양을 알게 되었지. 그녀를 처음 봤을 때부터 헨리 경은 그녀에게 완전히 매료된 것처럼 보였어. 내가 보기엔 양쪽 다 그렇게 느낀 것 같아. 집으로 걸어오는 내내 헨리 경은 그녀 얘기를 하고 또 하더군. 그 이후로 그 남매를 보지 않고 지나간 날이 거의 없어. 그들이 오늘 밤에는 여기서 저녁을 하면 다음 주에 우리가 그들을 방문하자는 말이 나오는 식이야. 누구나 그들이 커플이 되는 것을 스테이플턴이 좋아할 거라고 생각하겠지만, 나는 헨리 경이 스테이플턴 양에게 관심을 보일 때면 스테이플턴이 아주 못마땅한 표정을 짓는 걸 여러 번 목격했어. 스테이플턴은 여동생에게 상당히 집착하는 것 같아. 의심의 여지가 없어. 또 여동생이 없으면 아주 외롭게 살아야 하겠지. 그렇더라도 만약 여동생이 그런 멋진 결혼을 하는 걸 방해한다면 아주 이기적인 행동일 거야.

그래도 나는 스테이플턴이 그 둘의 관계가 사랑으로 무르익는 걸 바라지 않는다고 확신해. 두 사람이 단둘이 있는 걸 막으려고 스테이플턴이 애쓰는 걸 여러 번 봤어. 어쨌거나 헨리 경이 절대로 혼자 외출하지 못하도록 하라는 자네의 지시를 따르는 게 점점 더 아주 힘들어질 것 같아. 다른 어려움에 연애 사건까지 더해지면 말이야. 자네 지시를 곧이곧대로 따르게 되면 지금의 내 인기는 금방 사그라질 거야.

The Hound of the Baskervilles

요 전날, 정확히 말하면 목요일에, 모티머 박사가 우리와 점심을 함께했어. 그는 롱 다운에 있는 고분을 발굴하고 있었는데 선사시대 두개골을 하나 발견해서 아주 즐거워했더랬지. 이렇게 한결같은 열정을 가진 사람도 없을 거야! 나중에 스테이플턴 남매가 왔는데 친절한 의사는 우리 모두를  주목나무 길로 데려다 줬어. 헨리 경이 요청해서 그날 정확히 모든게 어떤 식으로 일어났는지 보여줬지. 주목나무 길은 길고 우울한 산책로였어. 양쪽에 높은 산울타리가 둘러싸고 있고 양편 모두 좁은 풀밭이 따라 나 있어. 반대편 끝에는 오래돼서 거의 쓰러져가는 여름 별장이 있지. 길을 반쯤 내려가면 그 어른이 시가 재를 남겼던 황야 문이 나와. 자물쇠가 달린 나무로 된 흰색 문이지. 그 바깥은 드넓은 황야야. 나는 사건에 대한 자네의 이론이 기억나서 일어난일들을 하나씩 그려보려고 애썼어. 이 노신사가 거기 서 있었고, 뭔가가 황야를 건너서 다가오는 것을 보았어. 그게 그를 공포에 질려서 혼이 쏙 빠지게 만들었고, 그래서 그는 달리고 또 달리다가 공포와 피로에 지쳐 죽었다고 말이야. 그는 도망치기 위해 음습하고 긴 터널을 지났어. 하지만 도대체 무엇으로부터 도망쳤을까? 황야에서 양치기 개가 나타났던 걸까? 아니면 유령 같은 조용한 검정색 괴물 사냥개였을까? 여기에 인간이 개입되어 있을까? 창백한 얼굴로 경계하고 있는 배리모어는 털어놓은 사실들보다 뭔가를 더 많이 아는 걸까? 모든 게 흐릿하고 희미해. 하지만 언제나 그런 것들 뒤에는 어두운 범죄의 그림자가 있게 마련이지.

자네한테 보낸 마지막 편지 이후에도 이웃을 한 명 더 만났어. 래프터 저택의 프랭클랜드 씨야. 우리보다 6킬로미터 정도 남쪽에 살고 있어. 프랭클랜드 씨는 백발에 붉은 얼굴을 한 나이 지긋한 양반인데 걸핏하면 화를 내는 성격이야. 그는 영국 법률에 대한 열정을 소유하고 있어. 그래서 소송에다 엄청난 재산을 쏟아부었지. 그는 단지 싸움 자체의 즐거움 때문에 싸워. 그래서 본인이 어느 편을 취하는가는 전혀 중요하지 않아. 그러니 돈깨나 드는 취미를 가진 거지. 어떨 때는 길을 막아버리고 주민들이 길을 열어달라고 소송을 걸게 만들어. 그런가 하면 자기가 다른 사람의 문을 부숴버리고 옛날부터 거기 길이 나 있었다고 주장해서, 주인이 그를 무단 침입으로 고발하게 만들어. 그는 영주권 및 공유지권을 알고 있는데 어떤 때는 펜워디 주민들을 위해서 그 지식을 사용하고, 어떤 때는 그들에게 반대해서 그 지식을 사용하지. 그래서 그는 가장 최근의 업적에 따라 의기양양하게 동네를 활보할 때도 있고, 꼭두각시 인형으로 만들어져서 태워질 때도 있어. 지금도 그는 일곱 개의 소송을 동시에 진행 중이라고 해. 아마 남은 재산도 다 날릴 게 분명해. 그러면 이빨 다 빠진 호랑이가 될 테니 아무한테도 더 이상 해가 되지 않겠지. 그런 소송 문제만 제외하면 친절하고 착한 사람인 것 같아. 내가 굳이 이 사람을 설명하는 이유는 자네가 우리 주변 사람에 대한 묘사를 해달라고 콕 집어 얘기했기 때문이야. 프랭클랜드 씨는 지금 재미있는 일에 몰두해 있어. 아마추어 천문학자 놀이를 하고 있지. 근사한 망원경이 있거든. 그래서 그는 자기 집 지붕에 누워 하루 종일 황야를 훑어보면서 혹시 그 탈옥한 죄수를 발견할 수 있을까 하고 있어. 프랭클랜드 씨가 자기 에너지를 이 일에만 집중한다면 상관없을 테지만, 이분은 또 모티머 박사를 고발하려는 중이야. 친인척의 동의도 없이 무덤을 파헤쳤다는 이유야. 모티머 박사가 롱 다운에 있는 고분에서 신석기시대 두개골 하나를 발굴했으니 말이야. 프랭클랜드 씨 덕분에 우리 생활이 지루하지는 않지. 작은 웃음으로 위안을 주는 면도 있고, 여기는 웃음이 간절히 필요하니까.

탈옥수, 스테이플턴, 모티머 박사, 프랭클랜드 씨, 래프터 홀에 대한 얘기까지 다 했으니까 중요한 얘기는 이제 다 한 셈이야. 그러니 배리모어에 대한 얘기를 더 할게. 특히 어젯밤에 놀라운 사건이 전개되었거든.

먼저 그 확인 전보에 대한 얘기야. 배리모어가 진짜 여기에 있는지 확인하려고 자네가 런던에서 보냈던 전보 말이야. 우체국장이 증언한 내용은 이미 설명했지? 우리의 검증이 무용지물이 되었고 이도 저도 아니었잖아. 내가 헨리 경에게 그 문제를 설명했더니 곧

이곧대로인 성품답게 배리모어를 즉각 불러올렸어. 그래서 전보를 직접 받았는지 물어보았다네. 배리모어는 받았다고 하더군.

"배달 소년이 당신의 손에 직접 전보를 전해주었소?" 헨리 경이 물었어.

배리모어는 놀란 표정을 짓더니 잠깐 고민하더군.

"아닙니다." 그가 말했어. "저는 그때 다락에 있었고 아내가 저에게 전보를 가져다주었습니다."

"답변은 직접 보냈소?"

"아닙니다. 아내에게 뭐라고 대답을 보내야 하는지 얘기해줘서 아내가 전보를 치러 갔습니다."

저녁때 배리모어가 스스로 다시 그 주제를 꺼내더군.

"헨리 경, 아침에 하신 질문의 목적을 제가 잘 이해하지 못했습니다." 그가 말했어. "제가 경의 신뢰를 저버릴 어떤 행동을 한 건 아니겠지요?"

그런 게 아니라고 헨리 경이 배리모어를 안심시켜야 했지. 배리모어를 달래려고 헨리 경이 전에 입던 옷가지를 꽤나 줘야 했어. 지금은 런던에서 샀던 옷들이 모두 도착했거든.

나로서는 배리모어 부인이 상당히 흥미로워. 배리모어 부인은 큰 체격에 미더운 사람이야. 아주 절제되어 있고 점잖고 금욕적인 사람에 가까워. 이보다 더 감정에 치우치지 않는 사람을 찾기도 힘들 거야. 그런데도 내가 여기 도착한 첫날 밤에 그녀가 서럽게 우는 소리를 들었다고 했잖아. 그 이후에도 여러 번 그녀의 얼굴에서 눈물 자국을 보았어. 뭔가 깊은 슬픔이 계속해서 그녀의 가슴을 쥐어 뜯고 있나 봐. 어쩌면 죄책감이 들게 하는 기억이 자꾸 떠올라서 저러나 싶기도 하고, 배리모어가 아내에게 폭군처럼 구는 건가 하는 생각도 들어.

나는 항상 배리모어라는 사람에게 뭔가 특이하고 의문스러운 구석이 있다고 느꼈는데, 어젯밤의 모험으로 내 의구심이 절정에 다다랐지.

그래도 그 자체로만 보면 이 일은 별일 아닌 걸로 보일 수도 있어. 자네도 내가 푹 잘 자는 유형이 아니라는 거 알잖아. 밤마다 여기서 보초를 서면서부터는 어느 때보다 깊이 잠들 수가 없었어. 어젯밤 새벽 2시쯤이었는데, 누가 살금살금 내 방 앞을 지나는 소리에 잠이 깬 거야. 일어나서 방문을 열고 밖을 훔쳐봤지. 어두운 긴 그림자가 복도에 끌리고 있더군. 남자 그림자였는데 손에 촛불을 들고 살살 걸어가고 있더라고. 셔츠와 바지 차림에 맨발이었지. 겨우 윤곽만 보였는데도 키 때문에 배리모어인 걸 알았어. 배리모어는 아주 천천히 용의주도하게 걸어갔어. 그런데 그 모습이 전체적으로 뭐라 설명하긴 힘들지만 죄지은 게 있는 듯한 은밀한 느낌이었어.

복도가 가운데 홀 때문에 둘로 나뉘어 있다고 내가 말했었지? 홀 위로 빙 둘러서 발코니가 있고 말이야. 나는 그가 시야에서 사라질 때까지 기다렸다가 그를 따라갔어. 그가 저쪽 편 복도에 닿았을 때 나는 그 가운데 발코니를 돌았어. 어느 방의 열린 문 틈으로 나오는

희미한 빛 때문에 그가 그 방들 중 하나에 들어갔다는 것을 알 수 있었어. 그런데 이 방들은 모두 가구도 없고 비어 있어서 그의 원정이 더없이 이상할 수밖에. 흘러나오는 빛이 일정한 걸로 봐서 그가 움직이지 않고 서 있는 것 같았어. 나는 최대한 소리를 죽이고 기어가서 그 방을 엿볼 수 있었지.

배리모어는 창가에 몸을 수그리고 유리창 쪽으로 촛불을 비추고 있었어.

그의 옆얼굴이 반쯤 내 쪽으로 보였어. 그는 뭔가에 대한 기대로 얼굴이 굳어 있는 것 같았어. 황야의 칠흑 같은 어둠 속을 뚫으려라 보고 있더군. 몇 분간 그는 골똘히 밖을 지켜보고 서 있었어. 그러고는 저 깊은 곳에서 올라오는 듯한 신음 소리를 내더니 참을 수 없다는 듯이 촛불을 꺼버리더군. 즉시 나는 발길을 돌려 내 방으로 돌아왔어. 몇 초 지나지 않아서 아까처럼 살금살금 되돌아가는 발소리가 들리더군. 한참 후에 내가 선잠이 든 뒤 어디선가 열쇠 돌아가는 소리가 들렸어. 그런데 어느 쪽에서 난 건지는 모르겠더군. 이일이 모두 뭘 의미하는지는 짐작도 안 가지만, 이 음울한 집에서 뭔가 비밀스러운 일이 진행되고 있어. 조만간 실체를 알게 되겠지. 내 의견을 늘어놓지는 않을게. 자네가 사실만 수집해달라고 부탁했으니 말이야. 오늘 아침에 헨리 경이랑 한참 얘기를 나누고 나서 우리는 내가 어젯밤 본 것에 기초해 작전을 짰어. 지금은 얘기하지 않을게. 다음번 내 보고서는 분명 재미있을 거야.

Second Report of Dr. Watson

제9장 왓슨 박사의 두 번째 보고

황야의 빛

10월 15일, 바스커빌 저택

홈즈에게

임무 초반에는 자네에게 소식을 많이 전해줄 수 없는 상황이었어. 지금은 그 시간들을 벌충하려고 노력 중이란 걸 알아줬으면 해. 게다가 주변에서 여러 가지 사건이 정신없이 일어나고 있어. 지난번 보고 때에는 배리모어가 창가에 있더라는 얘기를 강조했는데 지금부터 할 얘기는, 내가 틀리지 않았다면, 자네를 정말 놀라게 할 거야. 내가 짐작도 못한 일들이 돌아가면서 일어났으니까. 어떻게 보면 지난 48시간 동안 상황이 분명해졌다고도 할 수 있고, 어떻게 보면 더 복잡해지기도 했어. 하지만 자네에게 전부 다 얘기할 테니 판단은 자네가 하길.

내가 모험을 했던 다음 날 아침 식전에 나는 복도를 따라가서 배리모어가 그 전날 있었던 방을 조사해봤어. 배리모어가 그렇게 골똘히 쳐다보던 서쪽 창문은 집 안에 있는 다른 모든 창문들과는 다른 점이 있다는 걸 깨달았지. 그 창문에서는 황야가 가장 가깝게 잘 보이는 거야. 나무 두 그루 사이에 틈이 있는데 이 창문에서 보면 그 틈 사이로 황야를 직접 볼 수 있더군. 다른 창문들은 고작해야 먼 구석을 살짝 볼 수 있을 뿐인데 말이야. 그 말은 배리모어가 황야에 있는 뭔가를, 아니면 황야에 있는 누군가를 보고 있었다는 말이 되지. 배리모어의 목적을 충족시킬 수 있는 건 이 창뿐이었던 거야.

그날 밤은 정말 어두웠어. 그러니 그가 누군가를 발견하려고 했다고 생각할 수는 없어. 그러자 뭔가 치정에 얽힌 일일 수도 있겠다는 생각이 머리를 스치더군. 배리모어가 왜 그렇게 도둑고양이처럼 움직였는지, 또 아내에게는 왜 딱딱하게 구는지도 설명이 되니까 말이야. 배리모어는 외모가 준수하니 시골 처녀의 마음을 훔칠 만도 하잖아. 그러니 이 이론도 나름 일리가 있지 않을까 싶어. 그러니까 내가 방으로 돌아오고 나서 들었던 문 열리는 소리는 배리모어가 은밀한 약속을 지키려고 나가는 소리였을지도 모른다 이거지. 아침에 내가 추리한 내용은 이 정도야. 터무니없는 이야기일 수도 있지만 일단 내 의심이 향하는 쪽을 얘기한 거야.

하지만 배리모어가 그렇게 행동한 진짜 이유가 뭐든 간에 이 일을 설명할 수 있을 때까지 발설하면 안 된다는 책임감이 너무 무겁더군. 아침 식사 후에 준남작과 이야기를 나누었는데 준남작에게 내가 본 걸 전부 말해줬어. 그런데 내가 예상했던 것만큼 놀라지는 않더군.

"배리모어가 밤에 돌아다니는 걸 알고 있었습니다. 그래서 한번 애기를 해볼까 하고 있었죠." 준남작이 말했어. "두세 번 복도에서 그의 발자국 소리를 들은 적이 있습니다. 왓슨 박사님이 애기하는 그 시간에 왔다 갔다 하는 소리 말이죠."

"그렇다면 배리모어는 매일 밤 그 창문으로 가는 모양이군요." 내가 의견을 냈어.

"아마 그런 것 같습니다. 그렇다면 우리가 그의 뒤를 밟을 수도 있을 겁니다. 그러면 그가 뭘 하는지 알 수 있겠죠. 홈즈 씨가 여기 있었다면 어떻게 했을지 궁금하군요."

"분명히 경이 방금 제안한 대로 했을 겁니다." 내가 말했어. "배리모어를 따라가서 뭘 하는지 봤겠지요."

"그러면 우리가 그렇게 해보기로 하지요."

"하지만 들킬 수도 있어요."

"그는 귀가 좀 어두워요. 어찌 되었건 이 기회를 놓칠 수는 없죠. 오늘 밤에는 제 방에 함께 있다가 그가 지나가기를 기다려봅시다." 헨리 경은 기분이 좋은 듯 두 손을 비볐어. 분명 모험이 황야에서의 다소 따분한 생활에 어떤 해방감을 준 모양이야.

준남작은 찰스 경을 위해 재건축 계획을 세웠던 건축가와도 연락하고, 런던의 도급업자와도 접촉하고 있어. 그러니 머지않아 큰 변화가 있겠지. 플리머스에서 장식업자와 가구업자도 왔어. 우리 친구는 원대한 계획을 갖고 있고, 가문의 영광을 재현하기 위해 노고와 비용을 아끼지 않을 요량인 게 분명해. 일단 저택을 보수하고 가구를 새로 들이고 난 후에는 아내만 있으면 완벽해질 거야. 우리 끼리 얘기지만 아내도 곧 생길 것 같은 징조가 여럿 있어. 그 여자 분이 원하기만 하면 말이야. 남자가 여자한테 그렇게나 푹 빠져 있는 건 처음 봐. 준남작이 우리의 아름다운 이웃 스테이플턴 양한테 빠진 것 말이야. 그래도 진실한 사랑의 과정이라는 게 꼭 예상대로 흘러가는 것 같지는 않아. 예를 들면 오늘도 생각지 못한 작은 파문이 있었거든. 우리 친구가 엄청 당황하고 화를 냈지.

배리모어에 대한 이야기를 나눈 다음에 헨리 경은 나가려고 모자를 쓰더군. 늘 그랬듯이 나도 모자를 썼지.

"따라오시게요, 왓슨 박사님?" 그가 날 당황스럽게 쳐다보면서 물었어. "황야에 가실 거라면 그렇죠." 내가 말했어.

"네, 그렇긴 하죠."

"제 행동 지침을 알고 계시지 않습니까. 방해가 되어서 죄송합니다만, 홈즈가 얼마나 열렬히 얘기하는지 들으셨겠죠. 제가 경을 혼자 두어서는 안 되고, 특히나 경은 절대 혼자 황야에 나가면 안 된다고요."

헨리 경이 손을 내 어깨에 올리더니 기쁘게 웃더군.

"존경하는 왓슨 박사님." 그가 말했어. "홈즈 씨도 이런 상황은

The Hound of the Baskervilles

예상할 수 없었을 겁니다. 제가 황야에 온 다음에 벌어진 일들 말입니다. 이해하시겠습니까? 왓슨 박사님이 절대로 분위기를 망칠 분은 아니라고 생각합니다. 저 혼자 가야 합니다."

나는 난감한 처지에 놓이고 말았지. 무슨 말을 해야 할지, 어떻게 해야 할지 도무지 모르겠더군. 내가 우물쭈물하는 사이 그는 벌써 지팡이를 챙겨서 나가버렸어.

그런데 곰곰 생각해보니 너무나 꺼림칙한 거야. 어떤 구실이 되었든 간에 그를 내 시야에서 놓쳐버렸다는 게 말이지.

만약 내가 자네의 주의 사항을 소홀히 한 것 때문에 무슨 나쁜 일이 벌어져서, 자네에게 돌아가 말해야 한다면 기분이 어떨지 상상해봤어. 그 생각을 하니 얼굴이 화끈 달아오르더군. 지금이라도 그를 따라잡기에 늦지 않았을 수도 있겠다 싶었어. 그래서 곧장 머리핏 하우스로 출발했지.

내가 전속력으로 길을 따라갔는데도 헨리 경은 보이지 않았어. 그러다가 황야로 가는 길이 갈리는 곳에 도착했지. 방향을 잘못 잡은 것은 아닌가 하는 걱정에 언덕 위로 올라가서 주변을 둘러봤어. 채석장이 있던 그 언덕 말이야. 그때 한눈에 그를 알아보았지. 그는 황야로 가는 길에 있었는데 400미터 정도 떨어진 곳이었어. 여자 한 명이 옆에 있으니 스테이플턴 양이 틀림없겠다 싶었지. 두 사람이 벌써 마음이 통해 약속을 하고 만났다는 걸 알겠더군. 그들은 이야기에 빠져서 천천히 걷고 있었어. 그녀는 뭔가 간절히 얘기하는 듯이 손을 살짝살짝 재빠르게 움직이고 있었어. 그는 골똘히 듣더니 강한 반대의 표현으로 머리를 한두 번 내젓더군. 나는 바위 사이에 서서 그들을 지켜보고 있었어. 도대체 어떻게 해야 할지 모르겠더라고. 그들을 따라가서 은밀한 대화를 깨놓자니 너무 잔인한 일인 것 같고, 분명히 내 임무는 그를 한 순간도 내 시야에서 놓치지 않는 일이고 말이야. 친구를 감시하자니 정말이지 할 짓이 못 되더군. 그래도 그를 잘 볼 수 있는 곳은 그 언덕뿐이었어. 나중에 그에게 내가 한 일을 고백해서 양심의 가책을 덜기로 했지. 갑자기 그에게 무슨 위험이 닥친다면 내가 도움이 되기에는 너무 멀리 떨어져 있었던 것이 사실이야. 그래도 내 입장이 아주 난처한 상황이어서, 더는 어떻게 할 수 없었다는 건 자네가 이해하리라 믿어.

우리 친구 헨리 경과 그 숙녀는 대화에 완전히 푹 빠져 어느새 길 중간에 멈춰 서더군. 그 순간 나는 그들을 지켜보고 있는 게 나 혼자가 아니라는 걸 느꼈어. 뭔가 녹색 물체가 공중에서 떠다니는 게 내 시야에 잡히더라고. 자세히 보니 그건 막대기 끝에 걸려 있었고, 그 막대기는 땅에서 움직이고 있는 한 남자가 들고 있었지. 스테이플턴이 포충망을 들고 있는 거였어. 그 두 남녀에게는 나보다 스테이플턴이 훨씬 가깝게 있었어. 스테이플턴이 그들에게 다가가는 것 같았어. 그 순간 헨리 경이 갑자기 스테이플턴 양을 자기 쪽으로 끌어당기더군. 헨리 경이 그녀에게 팔을 둘렀지만 내가 보기에 스테이플턴 양은 얼굴을 돌려 외면하면서 헨리 경에게서 벗어나려고 하는 것 같았어. 헨리 경이 스테이플턴 양의 얼굴 쪽으로 머리를 숙이니까 스테이플턴 양은 한 손을 올리며 거부하더군. 다음 순

간 그들은 깜짝 놀라
떨어지며 돌아섰어.

스테이플턴 때문
이었지. 스테이플턴
은 그들을 향해 거칠
게 돌진했고, 포충망
이 그의 등 뒤에서 우
스꽝스럽게 나풀거렸
어. 연인 앞에서 스테이플
턴은 완전히 흥분해서 손짓 발
짓을 하고 있었는데, 마치 춤을
추는 것 같더군. 그 상황이 뭐였는
지는 알 수 없지만 내 느낌에는 스
테이플턴이 헨리 경에게 욕설을 하는 것 같았고, 헨
리 경은 설명을 하려고 했지만 스테이플턴은 들을 생각도 않고 그
럴수록 더 화를 내는 것 같았어. 스테이플턴 양은 도도하게 침묵을
지키고 있더군. 마침내 스테이플턴이 발길을 돌리더니 여동생에게
고압적으로 손짓을 했어. 여동생은 잠시 머뭇거리듯이 헨리 경을
보더니 오빠 옆에 붙어서 걸어가버리더군. 박물학자 양반의 몸짓으
로 봐서 동생한테도 화가 난 것 같았어. 준남작은 잠시 서서 그들이
가는 걸 쳐다보더니 왔던 길로 돌아서서 천천히 걸어갔어. 고개를
푹 숙인 품이 낙담 그 자체였어.

그 의미를 전부 이해할 수는 없는 상황이지만 친구 몰래 이런 은밀한 장면을 엿본 것이 정말이지 부끄럽더군. 그래서 나는 언덕을 달려 내려가서 언덕 밑에서 준남작을 만났어. 그는 화가 나서 얼굴이 붉으락푸르락해서는 이맛살을 찡그리고 있더군. 뭘 어떻게 할지 갈피를 못 잡는 표정이었어.

"여, 왓슨 씨! 어디서 내려오시는 건가요?" 그가 말했어. "설마 저를 따라왔던 건 아니겠지요?"

나는 그에게 모든 걸 설명했어. 도저히 혼자 집에 남아 있을 수가 없어서 그를 따라왔고, 좀 전에 벌어진 상황을 모두 목격했다고 말이야. 아주 잠깐 나를 노려보는 것 같았지만 내 솔직함에 화가 풀린 모양이었어. 마침내 다소 유감스럽다는 듯 웃음을 터트리더군.

"초원 한가운데는 사적인 일을 나누기에 꽤 안전한 장소라고 생각했던 거죠." 그가 말했어. "그런데 제기랄, 시골 전체가 제가 구애하는 장면을 목격한 것 같군요. 그것도 한심하기 짝이 없는 구애라니! 그래, 박사님은 어디에 자리를 잡고 계셨나요?"

"저 언덕 위에 있었지요."

"그 정도면 꽤 뒷좌석이군요. 그녀의 오라비는 완전 앞좌석에 있었는데 말이죠. 스테이플턴이 우리 앞에 나타난 것 보셨습니까?"

"네."

"그가 그렇게 화내는 걸 보신 적 있나요? 그녀의 오빠라는 작자가?"

"본 적이 없는 것 같습니다."

"저도 없었습니다. 여태까지 아주 이성적인 사람이라고 생각했거든요. 하지만 오늘 보셨듯이 우리 둘 중 한 사람은 정상이 아닌 것 같군요. 대체 저한테 무슨 문제가 있나요? 왓슨 씨는 제 옆에서 몇 주 동안 지내지 않았습니까? 솔직히 한번 말씀해보세요. 사랑하는 여인에게 좋은 남편이 못 될 이유가 저한테 있습니까?"

"없죠."

"사회적인 지위 때문에 반대할 리는 없으니, 분명 저라는 사람 자체에 마음에 안 드는 구석이 있는 겁니다. 도대체 뭐가 마음에 안 드는 걸까요? 저는 평생 한 번도 제가 아는 사람들에게 해를 끼친 적이 없습니다. 그런데도 스테이플턴은 그녀에게 손끝도 대지 못하게 하는군요."

"스테이플턴이 그렇게 얘기하던가요?"

"네, 그 말도 하고 훨씬 많은 얘기를 했죠. 왓슨 씨, 제가 드릴 수 있는 말씀은요, 제가 비록 그녀를 안 지 몇 주 되지는 않았지만 처음부터 그녀가 저한테 꼭 맞는 사람이란 걸 느꼈다는 겁니다. 그녀도 마찬가지고요. 저랑 함께 있을 때 행복해했으니까요. 그건 확실히 장담할 수 있어요. 여인의 눈빛에는 말보다 분명한 것이 들어 있지 않습니까. 그런데도 스테이플턴은 절대로 우리가 만나지 못하게 해왔습니다. 그녀랑 단둘이서 말을 나눌 기회를 잡은 것도 오늘이 처음이에요. 그녀는 기꺼이 저를 만나려고 했지만, 막상 만나니 사랑에 대한 얘기를 하려고 했던 게 아니더군요. 그녀는 사랑에 대해서는 말도 꺼내지 못하도록 하거나 말을 막았어요. 그러고는 계속해서 이곳이 위험하다는 얘기를 꺼내는 겁니다. 제가 여기를 떠나기 전에는 자신은 행복할 수 없을 거라고요. 저는 그녀를 만난 이상 여기를 서둘러 떠나지는 않을 거라고 말했습니다. 만약 그녀가 정말로 제가 떠나기를 바란다면 유일한 방법은 그녀가 함께 가는 것뿐이라고도 말했지요. 그러고는 결혼하자고 이야기를 하고 있는데, 그녀가 대답할 겨를도 없이 그 오라비라는 자가 들이닥친 겁니다. 미친 사람 같은 얼굴을 하고서요. 그는 어찌나 화가 났는지 얼굴이 하얗게 질려서는 두 눈이 이글이글 타들어갈 것 같더군요. 제가 무슨 짓을 했나요? 제가 숙녀분에게 무슨 불쾌한 짓이라도 했겠습니까? 제가 준남작이라고 해서 아무렇게나 해도 된다고 생각했겠습니까? 스테이플턴이 그녀의 오빠만 아니었으면 따끔하게 한마디 했을 겁니다. 그래도 오빠라서, 나는 여동생에 대해 느끼는 감정에는 한 점 부끄러움이 없으며, 그녀가 아내가 되어주기를 진심으로 바란다고 말했습니다. 그래도 전혀 상황이 나아지는 것 같지 않더군요. 그래서 저도 그만 화가 치밀어서 다소 격하게 대꾸를 했던 것 같습니다. 그녀가 옆에 서 있는데 말이죠. 그러자 그가 그녀를 데리고 가버리는 걸로 상황이 종료되었습니다. 보셨겠지만요. 이 시골에서 저보다 더 어리둥절할 사람이 있을까 싶군요. 왓슨 씨, 도무지 이게 다 어찌 된 일일까요? 영문을 알려주신다면 그보다 고마울 수 없을 겁니다."

나도 한두 가지 설명을 시도해보았지만, 사실 나 자신도 정말 이해가 안 가더군. 우리 친구는 직위며 재산, 나이, 성품, 외모 뭐 하나 빠질 게 없잖아. 내가 아는 한 흠잡을 데가 없어. 그의 가문에 드리운 어두운 운명을 문제 삼는다면 또 모르지만 말이야. 그가 접근하는 것이 그 숙녀의 의향과는 전혀 상관도 없이 그런 식으로 거부당하고, 또 그 숙녀는 그 상황을 아무 저항도 없이 받아들인다는 게 놀라울 뿐이야. 그렇지만 우리의 추측은 바로 그날 오후 스테이플턴이 방문함으로써 좀 정리되었어. 스테이플턴은 아침에 자신이 저지른 무례한 행동에 대해 사과를 하러 왔더군. 서재에서 헨리 경과 단둘이 한참 얘기를 나누더니 아마도 대화의 결과가 상황을 꽤 호전시킨 것 같아. 우리가 다음 금요일에 머리핏 하우스에서 저녁을 하기로 한 것이 그 증거지.

"그가 미친 사람이 아니라고 얘기하지는 않겠습니다." 헨리 경이 말하더군. "오늘 아침 저에게 달려들 때의 그 눈빛은 잊을 수가 없으니까요. 하지만 그가 정말 간곡하게 사과를 했다는 것은 인정하지 않을 수 없군요."

"스테이플턴이 자기 행동의 이유에 대해 설명을 하던가요?"

"그의 말로는 여동생이 자기 인생의 전부라는 겁니다. 자연스러운 일이지요. 그가 그녀의 가치를 안다는 건 기쁩니다. 그들은 항상 함께였고, 그의 설명에 따르자면 그는 매우 외로운 사람이어서 친구라고는 여동생뿐이라는 거예요. 그래서 그녀를 잃는다는 게 너무 끔찍했다는군요. 자기 말로는 제가 여동생과 친해지고 있는지 몰랐는데, 두 눈으로 직접 보게 되니까 그녀를 뺏기게 될 것 같은 생각이 들어서 너무 충격을 받은 나머지, 자기가 무슨 말을 하고 무슨 짓을 했는지도 모르겠다고 하네요. 그래서 일어난 일에 대해 정말 미안하다고 하면서 자기 여동생처럼 아름다운 여자를 평생 자기 옆에 둘 수 있다고 생각했다는 게 얼마나 어리석고 이기적이었는지 알겠다고 하더군요. 만약 여동생이 자기를 떠나야 한다면 저 같은 이웃이면 좋겠다고요. 어쨌거나 그에게는 충격이라서 상황을 직시하는 데 시간이 좀 걸리겠다고 하네요. 그는 제가 석 달만 참고 기다려주겠다고 약속한다면, 그리고 그동안 사랑을 요구하지 않고 우정을 키우는 것에 만족하겠다고 한다면, 모든 반대를 철회하겠다고 했어요. 그래서 제가 약속을 했고 상황은 정리된 거죠."

이렇게 해서 작은 수수께끼 중에 한 가지는 해결이 되었어. 허우적대던 늪에서 뭔가 바닥을 친 거지. 이제 스테이플턴이 왜 여동생의 구혼자를 좋지 않게 봤는지 알게 되었어. 특히나 헨리 경처럼 훌륭한 구혼자에게 말이야. 이제 내가 얽힌 실타래에서 풀어내고 있는 다른 실마리로 넘어갈게. 그 한밤의 울음소리와 배리모어 부인의 눈물 자국, 집사의 비밀스러운 서쪽 창문 순례에 대해서 말이야. 홈즈, 날 축하해주길 바라. 그리고 내가 현장 요원으로서 자네를 실망시키지 않았다는 말도 해주면 좋겠군. 나를 여기로 보낼 때 신뢰한 걸 후회하지 않는다고 말이야. 하룻밤 작업으로 이 모든 게 깨끗이 해결되었거든.

내가 '하룻밤 작업'이라고 했지만 실은 이틀 밤 작업이었어. 첫날은 완전히 허탕이었거든. 나는 헨리 경의 방에서 그와 함께 거의 새벽 3시까지 기다렸어. 그런데도 계단에 있는 괘종시계 소리 말고는 아무 소리도 들을 수가 없더군. 그렇게 우울한 철야도 없을 거야. 결국 우리 둘 다 의자에 앉은 채 잠이 들어버렸어. 다행히 우리는 낙담하지 않고 다시 시도하기로 했지. 다음 날 밤 우리는 불빛을 줄이고 담배를 피우며 앉아 있었어. 최대한 소리도 내지 않고 말이야. 시간이 어찌나 느리게 가던지. 그래도 우리는 사냥감이 걸려들지도 모를 덫을 지켜보는 사냥꾼의 인내심으로 그 시간을 견뎌냈어. 시계가 1시를 치고 2시, 우리가 두 번째로 좌절을 맛보고 포기하려는 찰나, 즉각 우리 둘 다 허리를 꼿꼿이 세우고 자리에 똑바로 앉았어. 지친 감각들을 날카롭게 세워서 다시 한 번의 순간을 기다렸지. 복도 마루가 삐걱하는 소리를 들었으니까.

우리는 그 소리가 아주 은밀하게 복도를 지나서 멀어져가는 걸들었어. 그때 준남작이 조심스럽게 문을 열었어. 우리는 추적에 나섰지. 우리의 범인은 벌써 복도를 돌았더군. 복도에는 온통 어둠뿐이었어. 우리는 조심스럽게 다른 쪽 부속 건물로 갔지. 늦지 않고 큰 키에 검정 턱수염을 기른 사람을 발견할 수 있었어. 어깨를 움츠리고 까치발로 복도를 걸어가더군. 그리고 전에 들어갔던 그 문으로 들어갔어. 촛불에서 나온 빛이 어둠 속의 문틈을 비추면서 어두운 복도에 한 줄기 노란 광선을 드리우고 있었어. 우리는 소리 나지 않게 마루 판자를 골라서 발을 내디디며 조심조심 그쪽으로 갔어. 조심하느라 신발을 벗고 왔는데도 오래된 판자들은 발을 디딜 때마다 삐걱거렸어. 어떤 때는 우리가 다가가는 소리를 그가 못 들었을 수는 없겠다 싶기도 했어. 하지만 천만다행으로 그 남자는 가는귀를 먹은 탓에 자기가 하는 일에만 정신이 팔려 있었어. 마침내 우리가 그 문에 도착해서 안을 들여다보았더니 그는 창가에서 구부정하게 서 있더군. 손에는 촛불을 들고 하얀 얼굴을 온통 집중해서 유리창에 얼굴을 들이대고 있는 거야. 이틀 전에 본 거랑 똑같은 광경이었어.

우리는 아무런 작전 계획이 없었지만, 준남작은 언제나 직설적인 게 자연스러운 사람이잖아. 그가 방 안으로 걸어 들어갔어. 배리모어가 깜짝 놀라서 펄쩍 뛰듯이 창에서 떨어지더군. 날카로운 호흡 소리를 내면서 말이야. 그러고는 파랗게 질려서 벌벌 떨며 우리 앞에 서 있었어. 하얀 얼굴 속에 빛나는 그의 검은 눈은 공포와 놀람으로 가득 차 있었지. 헨리 경을 보고는 다시 나를 보더군.

"여기서 뭘 하는 거요, 배리모어?"

"아무것도 아닙니다." 배리모어는 너무 크게 동요해서 제대로 말도 나오지 않는 모양이더군. 촛불을 든 손이 떨려서 그림자가 요동을 했지. "창문 때문입니다, 헨리 경. 저는 밤이면 창이 잘 닫혔는지 보고 다닙니다."

"2층에서 말이오?"

"네, 모든 창을 봅니다."

"이봐요, 배리모어." 헨리 경이 준엄하게 말했어. "우리는 당신한테서 진실을 듣기로 작정했어요. 그러니 당장 털어놓는 편이 나을 거요. 당장! 거짓말할 생각 마시오! 그 창에서 대체 뭘 하고 있었소?"

그 친구는 넋이 나가서 우리를 쳐다보더군. 그리고 극단적인 불행과 회의에 빠진 사람처럼 두 손을 마주 잡고 전전긍긍했어.

"나쁜 짓을 하고 있었던 게 아닙니다. 창가에서 촛불을 들고 있던 것뿐이에요."

"그래, 창가에서 왜 촛불을 들고 있었던 거요?"

"묻지 말아주십시오, 헨리 경. 저한테 묻지 마세요! 장담컨대 결코 저의 비밀이 아니라서 말씀드릴 수가 없습니다. 저만 관련된 일이라면 절대로 숨기려고 하지 않았을 겁니다."

그때 퍼뜩 드는 생각이 있어서 나는 창턱에서 촛불을 들어 올렸어. 집사가 촛불을 거기 놓아두었었거든.

"배리모어는 이걸로 신호를 보내고 있었던 게 틀림없어요." 내가 말했어. "응답이 있는지 봅시다."

나는 그가 하던 것처럼 촛불을 들고 밖의 어둠을 응시했어. 희미하게 나무 기둥들이 보이고 황야의 밝은 부분이 보이더군. 달은 구름에 가려 있었으니까. 그때 탄성을 질렀지. 조그만 노란 불빛이 갑자기 어둠을 뚫고 나타났거든. 창문으로 내다보이는 어두운 사각의 풍경 한복판에서 계속 빛이 반짝였어.

"저기 있네요!" 내가 외쳤지.

"아뇨, 아닙니다, 박사님. 아무것도 없습니다. 아무것도 아니에요." 집사가 끼어들었어. "분명히 말씀드리지만요……."

"불을 흔들어봐요, 왓슨!" 준남작이 외쳤어. "봐요, 저것도 움직이네요! 자, 이 악당 같으니라구. 이래도 신호가 아니라는 거야? 어서 말하게! 저기 있는 공범자가 누구야? 무슨 음모를 꾸미고 있는 건가?"

집사의 얼굴은 노골적인 반대를 표시하더군. "제 일입니다, 경의일이 아니에요. 이야기 못 합니다."

"그러면 당장 집사 일을 그만두시오."

"좋아요, 그래야만 한다면 그러겠습니다."

"불명예를 안게 될 거요. 젠장, 스스로 부끄러운 줄 아시오. 당신 가족은 이 지붕 아래에서 100년이 넘게 살았는데, 여기서 나에 대해 검은 음모를 꾸미고 있는 꼴을 보게 될 줄이야."

"아닙니다, 아니에요. 나쁜 짓을 하려던 게 아니에요!"

여자 목소리였어. 배리모어 부인이 남편보다 더 놀라서 더 창백한 얼굴로 문가에 서 있더군. 그녀의 얼굴에 드러난 강렬한 표정이 아니었다면, 그 덩치에 숄과 치마를 두른 모습은 웃음을 자아냈을 거야.

"가야 해, 일라이자. 이걸로 끝이야. 짐을 쌉시다." 집사가 말했어.

　"아, 존, 존. 내가 당신을 이렇게 만들다니요. 헨리 경, 이건 모두 제 탓이에요. 그이는 저를 위해 그랬던 것뿐입니다. 제가 부탁했어요."

　"그러니 말을 해요! 대체 무슨 일이오?"

　"불쌍한 제 동생이 황야에서 굶고 있어요. 저희는 동생이 우리 문간에서 굶어 죽게 만들 수는 없습니다. 그 불빛은 그 아이에게 음식이 준비되었다는 신호예요. 그리고 그 애가 보내는 불빛은 거기로 가져오라는 신호고요."

　"그럼 당신 동생이……."

　"그 탈옥수예요, 셀던이라는 죄인."

　"그렇습니다." 배리모어가 말했어. "제 비밀이 아니라서 말씀드릴 수가 없다고 했지요. 하지만 이제 알게 되셨으니 경에 대한 음모가 아니라는 걸 아실 겁니다."

이게 밤중의 까치발 순례와 창가의 불빛에 대한 이유였어. 헨리 경과 나는 둘 다 놀라서 배리모어 부인을 쳐다볼 수밖에 없었어.

이 차분하고 점잖은 부인이 전국에서 가장 악명 높은 범죄자와 같은 핏줄이라는 게 가능한 걸까?

"그래요. 제 성은 셀던이었어요. 그 아이는 제 동생이고요. 저희가 그 애를 너무 오냐오냐 키웠어요. 그래서 제멋대로인 아이가 되어버렸죠. 그 아이는 세상이 모두 저 좋으라고 생긴 줄 알게 되었고, 하고 싶은 대로 해도 된다고 생각하게 되었어요. 그러다가 나이가 드니 사악한 친구들을 만난 거지요. 그 애 안에 악마가 들어차서, 저희 어머니 마음을 찢어놓고 우리 집안의 이름에 먹칠을 했어요. 범죄가 하나씩 늘어가면서 그 아이는 계속 나락으로 떨어졌어요. 겨우 신의 은총으로 교수대만은 면한 신세가 되었지요. 하지만 그 앤 저에게는 언제나 곱슬머리 소년일 뿐이에요. 누나로서 제가 돌봐주고 놀아주던 꼬마인 거지요. 그 애가 탈옥한 이유도 그 때문이었어요. 그 아이는 제가 여기 있을 거고, 제가 자신의 요청을 거절하지 못할 거란 걸 안 겁니다. 어느 날 밤 그 아이가 여기까지 찾아왔어요. 지치고 굶주린 채로 교도관들이 턱밑까지 따라온 상황이었어요. 저희가 어떻게 하겠습니까? 그 아이를 들여보내 먹이고 돌봐주었습니다. 그때 남작님이 돌아오셨어요. 제 동생은 추적이 잠잠해질 때까지 다른 어느 곳보다 황야에 있는 편이 더 안전하겠다고 생각했어요. 그래서 황야에 숨어 지냈습니다. 하지만 이틀마다 저희는 창가에 불을 밝혀서 그 아이가 아직 거기에 있는지를 확인하고, 응답이 있으면 남편이 빵과 고기를 갖다 주었습니다. 매일매일 저희는 차라리 그 아이가 가버렸으면 하고 바랐습니다. 하지만 그 아이가 거기에 있는 한 버릴 수는 없었어요. 이게 사태의 전말입니다. 독실한 기독교 신자로서 말씀드릴 수 있어요. 그러니 비난을 받아야 한다면 남편이 아니라 저라는 것을 아실 겁니다. 저를 위해서 남편이 그리 한 것이니까요."

그녀의 말은 간절함을 담고 있었고, 동시에 그들이 가진 신념도 보여주었어.

"이게 정말인가요, 배리모어?"

"네, 헨리 경. 모두 다 진실입니다."

"그러면, 당신이 아내 편을 든 걸 비난할 수는 없군요. 내가 한 말은 잊어버리세요. 방으로 돌아들 가세요. 이 문제는 아침에 좀 더 얘기합시다."

그들이 가고 나서 우리는 다시 창밖을 내다보았어. 헨리 경이 창을 열어젖히자 차가운 밤바람이 얼굴을 때리더군. 저 멀리 어둠 속에 아직도 조그만 노란 불빛 하나가 반짝였어.

"겁도 없는 녀석이군요." 헨리 경이 말했어.

"아마 이쪽에서만 불빛을 볼 수 있게 해두었을 겁니다."

"그렇겠지요. 얼마나 멀어 보입니까?"

"갈라진 바위산 근처가 아닐까요."

"2-3킬로미터 이내겠지요."

"그렇겠지요."

"배리모어가 음식을 날라줘야 했으니 그리 멀지 않을 겁니다. 그 악당이 촛불을 켜두고 기다리고 있는 거군요. 젠장, 나가서 저놈을 잡아야겠어요!"

나도 똑같은 생각을 했어. 이건 배리모어 부부가 우리를 믿고 비밀을 밝힌 상황이 아니었지. 비밀이 들통 난 상황이었던 거야. 그 죄수는 마을의 위험 인자였고, 그런 악당을 동정하거나 용서하는 건 가당찮은 일이었지. 더 이상 해악을 끼칠 수 없는 장소로 그를 되돌려놓을 수 있는 기회를 버리지 않는 게 우리의 의무였어. 우리가 손을 쓰지 않는다면 다른 사람들이 그 무자비하고 폭력적인 근성에 해를 입게 될 수도 있잖아. 예를 들면 언제든 밤에 우리 이웃 스테이플턴네가 공격을 받을 수도 있는 거고. 아마 이 생각 때문에 헨리 경이 더 예민하게 그를 쫓으려고 했을 거야.

"나도 가겠습니다." 내가 말했어.

"그러면 가서 총을 챙기고 신발을 신으시지요. 빨리 출발할수록 좋겠어요. 놈이 불을 끄고 사라질지 모르니까요."

5분 뒤에 우리는 벌써 밖에 나왔고 원정을 시작했지. 서둘러 어두운 관목 숲을 헤치고 나아갔어. 가을바람이 음산하게 속삭이고 낙엽이 바스락거렸지. 축축하고 뭔가 썩는 냄새 같은 걸로 밤공기가 무겁더군. 어쩌다 가끔 달이 잠깐 내다보이다가도 구름에 가려버리고 하더니, 우리가 황야에 나오자마자 비가 쏟아지기 시작했

The Hound of the Baskervilles

어. 불빛은 아직도 저 앞쪽에서 환히 빛나고 있었지.

"무기는 갖고 있나요?" 내가 물었어.

"사냥용 말채찍을 갖고 나왔습니다."

"잽싸게 놈을 덮쳐야 할 거예요. 아쉬운 게 없는 놈이니까요. 급습해서 그놈이 저항할 틈도 없이 무릎을 꿇려야 해요."

"그런데, 왓슨 박사님" 하고 준남작이 말했어. "이 상황을 보면 홈즈 씨가 뭐라고 할까요? 그 악의 기운이 피어오르는 어둠의 시간 운운한 것은 또 어떻고요?"

마치 준남작의 말에 대답이라도 하듯이 갑자기 광대하게 펼쳐진 컴컴한 황야에서 내가 전에 그림펜 늪 옆에서 들었던 그 이상한 울음소리가 들려오는 거야. 어둠의 침묵을 뚫고 그 소리가 바람에 실려 왔어. 길고 낮은 웅얼거림 뒤에 피어오르는 울부짖음, 그리고 구슬프게 깽깽거리며 잦아드는 그 소리가. 또 한 번, 다시 한 번 그 소리는 반복되었어. 거칠고 사나운, 마치 위협하는 듯한 그 소리에 대기 전체가 요동치는 것 같았지. 준남작이 내 옷자락을 잡았어. 어둠 속에서 그의 얼굴이 하얗게 빛나더군.

"세상에나, 이게 무슨 소리죠?"

"나도 모르겠습니다만, 황야에서 나는 소리겠죠. 전에 한 번 들은 적이 있어요."

이윽고 소리는 사라지고 완전한 침묵만이 우리를 둘러쌌어. 우리는 귀를 쫑긋 세우고 서 있었지. 아무것도 나타나지 않더군.

"박사님" 준남작이 말했어. "그건 사냥개의 울부짖음이었어요."

나는 소름이 끼쳤어. 갑자기 공포에 사로잡힌 그의 목소리가 갈라졌거든.

"사람들은 이 소리를 뭐라고들 하나요?" 그가 물었어.

"누가요?"

"여기 시골 사람들이요."

"아, 그들은 무지한 사람들이잖습니까. 그들이 뭐라고 하든지 왜 신경 쓰십니까?"

"말해주십시오, 사람들이 뭐라고 하나요?"

나는 망설였지만 피해 갈 수 없더군.

"사람들이야 그게 바스커빌 씨네 사냥개가 우는 소리라고 하지요."

그는 "끙!" 하는 소리를 냈어. 그리고 잠시 말이 없더군.

"사냥개였어요." 그가 마침내 입을 열었어. "하지만 몇 킬로미터는 족히 떨어진 곳에서 들려왔던 것 같군요."

"어디서 소리가 났는지는 잘 모르겠어요."

"바람 때문에 소리가 오르내리니까요. 저쪽은 그림펜 늪이 있는 방향 아닌가요?"

"맞아요."

"저기 위쪽이었지요. 이제 말해보세요, 박사님도 그게 사냥개 소리라고 느끼지 않았나요? 저는 어린애가 아닙니다. 진실을 말하는 데 주저하실 필요가 없습니다."

"제가 지난번에 저 소리를 들었을 때는 스테이플턴이 옆에 있었어요. 그는 그게 이상한 새소리일 수도 있다고 하더군요."

"아니요, 아닙니다. 그건 사냥개였어요. 이런, 도대체 이 모든 이야기의 진실이 뭘까요? 내가 정말 그처럼 불가사의한 이유로 위험에 빠질 수 있는 걸까요? 박사님은 그걸 믿지 않으시죠?"

"안 믿습니다."

"하지만 이건 런던에서 웃어넘기던 거랑은 다르네요. 이 어두운 황야에 나와 서서 저런 울음소리를 듣는 건 완전히 느낌이 다르군요. 그리고 백부님! 쓰러져 있던 백부님 옆에 사냥개 발자국이 있었습니다. 모든 게 맞아떨어집니다. 저도 겁쟁이는 아니라고 자부합니다만 저 울음소리에는 피가 얼어붙는 것 같습니다. 제 손 좀 한번 만져보세요!"

그의 손은 무슨 대리석 조각처럼 차가웠어.

"내일이면 괜찮아질 거예요."

"도저히 저 울음소리를 머릿속에서 지워버릴 수 있을 것 같지가 않군요. 이제 뭘 해야 한다고 보십니까?"

"돌아갈까요?"

"아니요, 그럴 수야. 놈을 잡으러 나왔으니 잡아야지요. 죄수도 쫓고 지옥에서 온 개도 쫓아야지요. 그들이 우리를 쫓고 있는 게 아니라면 말이죠. 가시죠. 황야에 악귀가 바글바글하더라도 찾아낼 겁니다."

우리는 천천히 어둠 속을 더듬어나갔어. 바위투성이 언덕이 거뭇거뭇 드러나고 앞쪽에는 노란 불빛 한 점이 계속 빛나고 있었지.

칠흑 같은 어둠 속에서 불빛이 얼마나 떨어져 있는가를 가늠하는 것만큼 헷갈리는 일도 없더군. 희미한 빛이 저 멀리 지평선쯤 있는 듯하다가도 몇 미터 이내에 있는 것 같기도 했어. 그래도 마침내 불빛의 진원지를 찾을 수 있었고, 알고 보니 상당히 가까운 거리더군. 일렁이며 타고 있는 초 하나가 바위틈에 끼워져 있었어. 바위들이 옆에서 바람을 막아줄 뿐만 아니라 바스커빌 저택 방향이 아니면 촛불이 보이지 않도록 가리고 있었지.

화강암 바위 때문에 우리는 들키지 않고 접근할 수 있었어. 바위 뒤에 쪼그리고 앉아서 바위 안쪽의 신호용 불빛을 들여다보았지. 이 황야 한가운데서 촛불 하나만 달랑 타고 있는 걸 보고 있자니 참 기분이 이상하더군. 주변에 생물이라고는 흔적도 없었어. 꼿꼿한 노란 불빛 한 점과 그 옆의 양쪽 바위에 반사된 빛뿐이었지.

"이제 어떡할까요?" 헨리 경이 속삭였어.

"여기서 기다리죠. 놈은 분명 자기가 켜놓은 불 근처에 있을 겁니다. 놈을 발견할 수 있을지도 모르죠."

내 입에서 말이 끝나기도 전에 우리 둘 다 그를 발견했어. 바위들 너머에, 촛불이 타고 있는 틈에서 악마 같은 누런 얼굴이 불쑥 나왔지. 끔찍한 짐승 같은 얼굴이었어. 지더린 정념들이 얽히고설킨 얼굴. 까칠한 수염에 떡이 된 머리칼, 진창에 더러워진 행색이 산비탈에 살았던 선사신대 인류라고 해도 믿었을 거야. 그의 발치에서 나온 빛이 작고 교활한 눈에서 반짝였어. 좌우의 어둠을 사납게 쏘아보는 모습이 마치 사냥꾼의 발소리를 들은 한 마리 교활한

짐승 같았지.

무엇인가가 그에게 경각심을 불러일으킨 게 분명했어. 배리모어가 보내기로 한 비밀 신호가 있었는지도 모르고, 아니면 녀석이 그냥 다른 이유로 뭔가 잘못되었다고 생각했을 수도 있겠지. 아무튼 그의 사악한 얼굴에 공포가 드리워진 것을 읽을 수 있었어. 어느 순간 그는 자리를 박차고 일어나 어둠 속으로 사라져버렸어. 나는 앞으로 튀어나갔고 헨리 경도 나를 따라 나왔지. 순간 그 죄수는 우리 쪽을 향해 욕설을 퍼부으며 돌멩이를 집어 던졌어. 돌멩이는 우리가 숨어 있던 바위에 부딪쳐 쪼개졌어. 그가 벌떡 일어나 휙 돌아서서 달아날 때 얼핏 보니, 체구가 땅딸막하고 다부지더군. 그 순간 운 좋게도 구름 사이로 달이 나타났지.

우리는 산비탈을 따라 그를 쫓았어. 저 앞에서 놈이 무시무시한 속도로 반대편 언덕을 뛰어 내려가더군. 무슨 산양처럼 이 바위 저 바위로 건너뛰면서 말이야. 거리가 멀기는 했지만 운이 좋으면 내 리볼버에서 나온 총알로 놈을 절름발이로 만들 수도 있었을 거야. 하지만 내가 총을 가지고 나온 건 공격을 받았을 때 방어하려는 목적이었지, 무기도 없이 멀리 뛰어가는 사람을 쏘려는 목적은 아니었어.

나나 헨리 경이나 꽤 잘 달리는 편이었고 평소에 운동도 많이 했지만 얼마 지나지 않아서 우리가 놈을 따라잡을 수는 없다는 걸 알겠더군. 우리는 달빛 덕분에 꽤나 오랫동안 그놈을 눈으로 쫓을 수 있었어. 그는 작은 점이 되어서 저 멀리 있는 언덕의 바위들 사이를

잽싸게 뛰어가고 있었지. 우리는 완전히 나가떨어질 때까지 뛰고 또 뛰었어. 하지만 그와 우리 사이의 거리는 점점 벌어지기만 했지. 마침내 우리는 뛰기를 멈추고 헐떡거리며 바위에 걸터앉아서 저 멀리 그가 사라져가는 걸 지켜봤지.

바로 그 순간이었어. 정말이지 이해할 수 없고 생각지도 못한 일이 벌어졌어. 우리가 바위에서 일어나 집으로 돌아가려고 돌아서던 참이었어. 희망 없는 추격을 포기하고 말이야. 오른편에 낮게 뜬 달은 화강암 산의 삐죽한 꼭대기에 반원의 아랫부분이 걸려 있었어. 거기에 그 밝은 달을 배경으로 마치 흑단나무로 만든 조각상처럼 보이는 검은 실루엣의 남자가 서 있는 거야. 그게 환영이었다고는 생각하지 마, 홈즈. 분명히 말하지만 그렇게 선명한 건 내 평생 본 적이 없으니까. 내가 보기엔 키가 크고 마른 남자였어. 다리를 약간 벌린 채 팔짱을 끼고 고개를 숙인 채 서 있었지. 마치 자기 앞에 있는 석탄과 화강암으로 된 광활한 대지를 모두 품고 있는 것처럼 말이야. 어쩌면 그 무시무시한 장소의 정령 자체였는지도 모르지. 그 죄수는 아니었어. 죄수가 사라진 곳과는 거리가 먼 위치에 서 있었으니까. 그리고 죄수보다 키도 훨씬 큰 남자였지.

내가 놀라서 소리를 지르며 준남작에게 그를 가리켰는데, 내가 준남작의 팔을 잡아끌려고 돌아선 그 짧은 순간 그 남자는 사라지고 없었어. 뾰족한 화강암 꼭대기는 여전히 달 아랫부분을 갈라놓고 있었지만, 그 소리도 움직임도 없던 사내는 흔적도 없었지.

나는 그쪽으로 가서 바위산을 뒤져보고 싶었어. 하지만 거리가 좀 되었어. 그 울부짖음 때문에 준남작의 신경은 아직도 예민한 상태였고. 아마 그 소리가 자기 가문의 어두운 전설을 생각나게 했나봐. 그러니 새로운 탐험을 하자고 할 분위기는 아니었어. 준남작은 바위산 위의 이 외로운 남자를 목격하지 못했어. 그러니 내가 느꼈던 그 사람의 이상한 존재감과 아우르는 듯한 태도가 주었던 전율도 느낄 수 없었지. "간수예요, 분명합니다." 그는 말했어. "놈이 탈출하고 나서는 황야에 간수들이 바글바글하죠." 글쎄, 준남작의 설명이 맞을 수도 있어. 하지만 나는 증거를 더 확보하고 싶었지.

오늘 우리는 탈옥수를 찾고 있는 프린스타운의 사람들에게 신고를 할 참이지만, 우리가 그를 감옥으로 돌려보내지 못한 것은 불운이었어. 이게 어젯밤의 모험담이야. 홈즈, 내가 정말 신경 써서 보고서를 썼다는 건 알아주겠지? 내가 얘기한 것들 중에 상당 부분은 분명히 우리 사안과는 관계가 없겠지만, 그래도 자네에게 남김없이 다 얘기하는 게 최선일 것 같아서 말이야. 결론을 내리는 데 필요한 정보가 어떤 것인지 선택은 자네가 하면 되니까. 우리는 분명히 조금씩 진전을 보이고 있어. 배리모어 부부에 대해서는 그들이 왜 그렇게 행동했는지 동기를 알게 되었고, 그래서 상황이 많이 정리되었잖아.

하지만 이상한 거주자들과 수수께끼를 품고 있는 황야는 여전히 미궁 속이야. 아마 다음번 보고서에는 이 부분에 대해서도 뭔가 빛을 던져줄 수 있을지 몰라. 자네가 우리에게 와준다면 최고겠지만 말이야. 어느 경우든 며칠 내에 다시 연락하도록 할게.

Extract from the Diary
of Dr. Watson

제10장 왓슨 박사의 일기

지금까지는 내가 사건 초기에 셜록 홈즈에게 보냈던 보고서에서 인용할 수 있었다. 하지만 이제는 그 방법을 버리고 다시 한 번 내 기억에 의존해서 이야기를 풀어나가야 할 대목에 이르렀다. 물론 내가 당시에 썼던 일기에서 도움을 받을 것이다. 일기를 조금만 참조하면, 내 기억 속에 지울 수 없이 각인된 장면들이 낱낱이 떠오를 것이다. 그러면 이제 그 죄수를 추격하는 데 실패하고 황야에서 또 다른 이상한 경험을 했던 날의 다음 날 아침부터 이야기가 시작된다.

10월 16일. 흐리고 안개 낌. 가끔 빗방울. 저택을 둘러싼 구름이 오락가락하는 틈으로 황량한 황야의 한구석이 이따금씩 보인다. 산비탈에는 은빛 실개천이 흐르고 멀리 젖은 바위의 얼굴이 반짝거린다. 바깥 풍경도 집 안 분위기도 온통 우울하다. 준남작은 그날 밤의 일 이후로 안색이 어두워 보였다. 나 역시 위험이 임박했다고 느꼈기에 가슴 한쪽이 묵직했다. 언제나 위험이 존재한다. 하지만 그게 뭐라고 말할 수 없는 것이기에 더 끔찍하다.

그렇게 느낄 만한 이유를 내가 가지고 있는 것일까? 이제까지 일어난 일련의 사건을 생각해보자. 그 모든 사건은 우리 주위에서 뭔가 불길한 일이 벌어지고 있다는 것을 나타내고 있다. 저택에 마지막으로 살았던 사람이 죽었다. 가문의 전설에 나오는 요건들을 정확하게 만족시키면서. 그리고 농부들은 자꾸만 황야에서 이상한 짐승이 나타났다고 얘기한다. 두 번이나 내 귀로 그 소리를 똑똑히 듣기까지 했다. 멀리서 사냥개가 짖는 듯한 소리를.

자연의 일반 법칙을 벗어나는 일은 믿을 수 없고, 있을 수도 없다. 물리적인 발자국을 남기고 대기를 울부짖는 소리로 가득 채우는 유령 사냥개라는 건 생각할 수조차 없다. 스테이플턴은 그런 미신에 빠질지도 모른다. 모티머도 마찬가지다. 하지만 내가 분명히 갖고 있는 특기가 하나 있다면 그건 바로 상식을 믿는다는 것이다. 그 어떤 것도 내가 그따위 미신을 믿도록 만들 수는 없다. 그런 걸 믿는다는 건 여기 사는 불쌍한 농부들 수준으로 내려가는 일이다. 이들은 그냥 악마 개도 아니고 눈과 입에서 지옥 불을 뿜는 개라고 묘사해야 직성이 풀리는 사람들이다. 홈즈는 그따위 공상은 귓등으로도 안 들을 것이다. 나는 그의 현장 요원이다. 하지만 일어난 일은 일어난 일이다. 나는 분명 황야에서 그 울부짖음을 두 번이나 들었다. 진짜로 황야에 엄청 큰 사냥개가 있다고 한번 가정해보자. 그렇다면 모든 것을 설명할 수 있을 것이다. 하지만 그런 사냥개가 도대체 어디에 숨어 있다는 말인가? 어디서 음식을 구하고 어디서 나타나고 또 왜 낮에는 아무도 볼 수 없단 말인가? 자연의 법칙에 맞게 설명을 하려고 해도 역시나 수많은 어려움에 봉착한다는 것을 인정해야 한다. 그리고 사냥개와는 별도로, 런던에 나타난 인간 하수인도 언제나 고려해야 한다. 마차 안의 수상쩍은 인물, 그리고 헨리 경에게 황야에 나가지 말라고 경고하는 편지도 있었다. 최소한 이것들은 모두 실제로 있었던 일이다. 하지만 그건 적일 수 있는 가능성 못지않게, 보호해주려는 친구일 가능성도 있다. 적이든, 친구든 그자는 과연 지금 어디에 있는가? 그는 런던에 남았던 것일까, 아니면 그자도 우리를 따라서 이곳으로 내려왔을까? 혹시 내가 황야에서 보았던 이상한 남자가 그일 수도 있을까?

내가 그를 한 번밖에 못 본 것은 사실이지만 그래도 몇 가지는 분명히 장담할 수 있다. 그는 내가 이 시골에서 만났던 사람 중 한 명이 아니라는 것과, 내가 여기 이웃을 모두 만나보았다는 것. 그 남자는 스테이플턴보다 훨씬 키가 크고, 프랭클랜드보다는 훨씬 말랐다. 배리모어였을 수도 있지만 배리모어는 분명히 저택에 남아 있었다. 그리고 그가 우리를 따라오는 것은 불가능했다. 그렇다면 이상한 사람 한 명이 아직도 우리 뒤를 밟고 있는 것이 된다. 마치 런던에서 우리 뒤를 밟았던 것처럼 말이다. 우리는 그를 떼어내지 못한 것이다. 그자를 손에 넣을 수만 있다면 마침내 우리는 이 모든 어려움에서 벗어날 수 있을 텐데. 이제 이걸 목표로 삼고 내 모든 힘을 쏟아야 한다.

헨리 경에게 내 계획을 모두 말하고 싶은 충동이 먼저 들었다. 하지만 이내 그보다 더 괜찮은 생각이 떠올랐다. 나는 나대로 게임을 하고, 가능한 한 아무에게도 털어놓지 않는 게 낫겠다 싶었다. 헨리 경은 넋이 나가서 침묵을 지키고 있다. 그 황야에서 났던 소리에 그는 이상하리만큼 크게 동요했다. 더 이상 그가 불안해할 이야기는 하지 않을 것이다. 하지만 내가 세운 목표를 달성하기 위해 내걸음을 하나씩 내디딜 것이다.

오늘 아침 식사 후에 작은 소동이 있었다. 배리모어가 헨리 경과면담을 청하더니 둘이 한동안 서재에 틀어박혀 있었다. 당구실에앉아서 나는 격앙된 목소리를 여러 번 들을 수 있었다. 무슨 이야기를 나누고 있는지 알 만했다. 잠시 후 준남작은 방문을 열고 나를불렀다.

"배리모어가 불만이 있답니다." 그가 말했다. "그는 자발적으로우리에게 비밀을 털어놓았는데 우리가 그의 처남을 사냥하려고 한건 부당하다네요."

집사는 우리 앞에 아주 창백한 얼굴로, 하지만 아주 침착한 표정으로 서 있었다.

"제가 너무 흥분해서 말을 한 게 아닌지 모르겠습니다." 그가 말했다. "그랬다면 사과드립니다. 한편으로 저는 오늘 아침 밖에서 돌아오신 두 분이 셀던을 추격했다는 것을 알고 매우 놀랐습니다. 그불쌍한 친구는 제 고자질로 추격자가 늘어나지 않아도 충분히 힘들게 싸우고 있습니다."

"만약 당신이 자발적으로 이야기를 했다면 상황이 달랐을 거요." 준남작이 말했다. "당신은, 아니 당신 아내는 당신이 들켜서 어쩔 수

없는 상황이 되니까 그제야 이야기를 했소."

"그걸 이용하실 거라고는 생각 못했습니다, 헨리 경. 정말이지 생각도 못했어요."

"그자는 공공의 위험이오. 황야에는 외딴집이 여러 채 있어요. 그는 누구라도 찌를 수 있는 자고. 그건 누구나 단박에 알 수 있는 사실이오. 예를 들어 스테이플턴 씨네 집을 생각해보시오. 그자를 막을 수 있는 사람이라고는 스테이플턴 씨밖에 없어요. 그자가 감옥에 들어가 있지 않는 이상 누구도 안전하다고 할 수 없소."

"그 친구는 어떤 집에도 침입하지 않을 겁니다. 제가 약속드릴 수 있습니다. 그리고 이 나라에서 누구도 다시는 괴롭히지 않을 거고요. 장담합니다, 헨리 경. 며칠이면 필요한 것들이 다 마련되어 처남은 남미로 가고 있을 거예요. 제발 그가 아직 황야에 있다는 걸 경찰에 알리지 말아주십시오. 경찰들도 이제는 황야에서의 추적을 포기했습니다. 배가 준비될 때까지 처남은 조용히 있으면 됩니다. 처남을 신고하시면 저와 아내가 곤경에 처할 겁니다. 이렇게 사정컨대, 경찰에는 아무 말 말아주십시오."

"박사님은 어떻게 생각하십니까?"

나는 어깨를 으쓱했다. "그가 안전하게 이 나라를 벗어나기만 한다면 납세자들의 짐을 더는 거지요."

"하지만 떠나기 전에 다른 사람을 괴롭힐 가능성은요?"

"처남은 그렇게까지 미친 짓거리를 하지 않을 거예요. 필요한 건 저희가 뭐든지 대주고 있으니까요. 다시 범죄를 저지르면 자기가 숨어 있는 곳을 노출시키게 되니 말입니다."

"그건 사실이오." 헨리 경이 말했다. "좋소, 배리모어……"

"진심으로 감사드립니다! 처남이 다시 붙잡혔다면 불쌍한 제 아내는 죽고 말았을 겁니다."

"왓슨 씨, 우리가 범죄를 방조하고 있는 것 같지요? 하지만 얘기를 다 듣고 나니 이자를 넘길 수는 없을 것 같습니다. 그러면 끝이죠 뭐. 좋아요, 배리모어. 가보세요."

감사의 말을 떠듬떠듬하더니 집사는 돌아섰다. 하지만 우물쭈물 하더니 다시 돌아왔다.

"경께서는 저희에게 정말 잘해주셨습니다. 그러니 보답으로 제가 할 수 있는 최선을 다해드리고 싶습니다. 헨리 경, 제가 뭘 좀 알고 있습니다. 어쩌면 진작 말했어야 하는 것 같지만, 조사가 끝나고도 한참 있다가 제가 발견한 것이어서요. 살아 있는 사람에게는 아직 한 마디도 뻥긋한 적이 없는 사실입니다. 가엾은 찰스 경의 죽음에 관한 겁니다."

준남작과 나는 자리에서 벌떡 일어났다.

"그분이 어떻게 돌아가셨는지를 아는 거요?"

"아닙니다, 그건 모릅니다."

"그러면 뭐요?"

"저는 그 시각에 그분이 왜 그 문가에 계셨는지를 압니다. 한 여자분을 만나기 위해서였습니다."

"여자를 만나려고? 그분이?"

"네."

"그러면 그 여자의 이름은?"

"이름은 모릅니다. 하지만 이니셜을 알고 있습니다. 이니셜이 L. L.입니다."

"배리모어 당신은 이걸 어떻게 아는 거요?"

"그것이, 헨리 경, 백부님께서는 그날 아침 편지를 한 통 받으셨습니다. 보통 아주 많은 편지를 받으셨지요. 공익을 위한 일을 하시고 후한 성품으로 소문이 나 있었으니까요. 어려움에 처한 사람은 누구나 그분께 의지하려 했지요. 하지만 그날 아침은 우연찮게도 편지가 그것 한 통밖에 없었습니다. 그래서 더 기억을 하게 되었죠. 쿰트레이시에서 온 편지였는데 주소의 필체가 여자의 것이었습니다."

"그런데?"

"그런데 저는 그 편지를 잊고 있었습니다. 제 아내가 아니었다면 다시 기억해낼 일도 없었을 겁니다. 불과 몇 주 전에 아내가 찰스 경의 서재를 청소하던 중이었습니다. 찰스 경이 돌아가신 이래로 아무도 손댄 적이 없었죠. 아내가 창살 뒤쪽에서 타버린 편지의 재를 발견한 겁니다. 대부분 까맣게 타버렸는데 아주 조금, 편지 끝부분이 남아 있어서 글씨를 읽을 수 있었습니다. 검정 바탕에 회색 정도로밖에 안 보였지만요. 저희가 보기에는 편지 끝의 추신 부분인 것 같았습니다. 쓰여 있기를 '부디, 부디 당신이 신사라면 이 편지를 태워버리세요. 그리고 10시에 그 문으로 나와주세요' 라고 되어 있었습니다. 그 아래에 L. L.이라고 이니셜로 서명이 되어 있었고요."

"그 종잇조각을 갖고 있소?"

"아니요. 저희가 건드리자 산산이 부서져버렸어요."

"같은 필체로 전에도 다른 편지를 받은 적이 있었소?"

"글쎄요. 제가 찰스 경의 편지를 그다지 유심히 보지는 않아서요. 그게 우연히 한 통만 온 날이 아니었다면 그 편지도 기억을 못 했을 겁니다."

"L. L.이라는 사람이 누구인지 짐작도 안 가고요?"

"예. 그걸 알 수 없는 건 저도 헨리 경과 마찬가지입니다. 하지만 제 생각으로는 우리가 그 여자분이 누구인지만 알 수 있다면, 찰스 경의 죽음에 대해 더 많이 알 수 있으리라 생각되네요."

"이해를 못하겠군요, 배리모어. 왜 이렇게 중요한 정보를 숨기고 있었던 겁니까?"

"헨리 경, 그게, 저희한테 골칫거리가 생긴 바로 직후였거든요. 그리고 또 저희는 둘 다 찰스 경을 매우 좋아했어요. 그분께서 저희한테 해주신 것들을 생각하면 당연한 일이지요. 이 일을 들먹이는 게 돌아가신 주인님을 도울 수 있는 것도 아니고, 여자분이 관련되어 있는 만큼 신중해야 할 것 같아서요. 암만 좋게 생각해도……."

"그게 찰스 경의 명성에 누가 될 수도 있다고 생각한 거로군요."

"그러니까, 좋을 일은 아니라고 생각했습니다. 그런데 이제 경께서 저희에게 잘해주시니 제가 알고 있는 것을 말씀드리지 않는 것은 옳은 행동이 아니라고 여겨진 겁니다."

"잘했어요, 배리모어. 그만 가보세요."

집사가 나가자 헨리 경은 나를 돌아보았다. "흠, 박사님. 이 새로운 관점을 어떻게 생각하십니까?"

"오히려 더 미궁에 빠지는 것 같은데요."

"저도 그렇게 생각합니다. 하지만 우리가 L. L.을 추적할 수만 있다면 전부 밝혀지겠지요. 우린 이미 많은 것을 알아냈어요. 이제 찾아내기만 하면 사실을 알려줄 수 있는 누군가가 있다는 걸 알게 되었습니다. 어떻게 해야 할까요?"

"즉시 홈즈에게 모든 걸 알려야겠습니다. 그가 찾고 있는 단서가 될 거예요. 이걸 알리면 분명 홈즈도 내려올 겁니다."

나는 곧장 내 방으로 가서 홈즈에게 보내기 위해 아침의 대화 내용에 대한 보고서를 썼다. 최근에 홈즈는 매우 바쁜 것이 분명했다. 베이커 스트리트에서는 연락이 거의 없었고, 연락이 있더라도 편지는 매우 짧았다. 내가 보내준 정보에 대한 언급은 전혀 없었고, 내 임무에 대한 지시 사항도 거의 보기 힘들었다. 그가 몰두하고 있던 협박 편지 관련 사건으로 여력이 없는 것이 분명했다. 그러나 새로운 변수의 출현은 분명 그의 주의를 끌 것이고, 새로이 관심을 불러일으킬 것이다. 그가 지금 여기 있다면 얼마나 좋을까.

10월 17일, 오늘은 하루 종일 비가 퍼부었다. 담쟁이는 계속 사각거리고 처마에서 빗물이 줄줄 흘러내렸다. 나는 비를 피할 곳도 없는 황량하고 추운 황야를 헤매고 있을 죄수를 생각했다. 불쌍한 사람! 그의 죄목이 무엇이든 간에 그만하면 속죄가 될 만큼 고통 받았을 것이다. 그리고 나는 다른 남자를 생각했다. 마차 안의 얼굴, 달빛을 가리고 서 있던 모습. 그 남자도 저 폭우 속에 있을까? 보이지 않는 파수꾼, 어둠의 남자 말이다. 저녁에 나는 우비를 입고 흠뻑 젖은 황야를 꽤 멀리 걸어갔다. 머릿속은 어두운 상상으로 가득 차고 비는 계속 얼굴을 때렸으며 귓가는 바람 소리로 시끄러웠다. 저 거대한 늪에 지금은 헤매는 사람이 없기를. 단단한 위쪽 땅들도 이제는 늪으로 변하고 있었다. 나는 그 고독한 파수꾼을 보았던 블랙 토어에 다다랐다. 험준한 그 꼭대기에 올라서 나도 그가 했던 것처럼 우울한 발아래 세상을 굽어보았다. 비바람이 적갈색 대지를

쓸고 지나가고, 청회색의 짙은 구름이 황야 가까이 떠서 환상적인 언덕의 아랫단을 둥글게 둘러싸며 퍼져 나가고 있었다.

왼쪽 멀리 우묵한 지역은 안개에 반쯤 가려 있었는데 바스커빌 저택의 두 첨탑이 나무들 사이로 솟아 있었다. 그게 내가 발견할 수 있는 유일한 인간의 흔적이었다. 산비탈에 빽빽이 들어찬 선사시대 의 움막들을 제외하면 말이다. 이틀 전 이 자리에서 보았던 그 고독 한 남자의 흔적은 어디에서도 발견할 수 없었다.

돌아오는 길에 나는 모티머 박사와 마주쳤다. 그는 이륜마차를 몰고 거친 황야의 오솔길을 따라오고 있었다. 파울마이어의 농가에 서 오는 길이라고 했다. 그는 우리를 매우 염려해서 하루라도 들러 서 안부를 묻지 않은 날이 없었다. 이때도 마차에 타라고 몇 번을 청해서 기어이 집까지 나를 태워다 주었다. 그는 기르던 스패니얼 이 사라져서 괴로워하고 있었다. 스패니얼은 황야로 나간 후 돌아 오지 않고 있었다. 나는 그에게 위로의 말을 건네면서도 그림펜 늪 에 빠진 조랑말이 생각났다. 그가 개를 다시 볼 수 있을 것 같지는 않았다.

"그건 그렇고, 모티머 박사님." 내가 말했다. 우리는 거친 길 위 에서 덜컹이고 있었다. "여기서 마차로 오갈 수 있는 거리 안에 사 는 사람 가운데 모르는 사람은 없으시죠?"

"아마 없을 거예요."

"그러면 이니셜이 L. L.인 여자를 혹시 아시나요?"

그는 몇 분간 생각에 잠겼다. "아니요." 그가 대답했다. "집시들 몇 명이랑 일꾼들은 제가 장담할 수 없지만 농부나 상류층 중에는 그런 이니셜을 가진 사람이 없습니다. 잠깐만요, 하지만" 그는 잠깐 멈췄다가 덧붙였다. "로라 라이언스라는 여인이 있어요. 그녀의 이니셜이 L. L.이죠. 하지만 그녀는 쿰 트레이시에 살아요."

"어떤 여자인가요?" 내가 물었다.

"프랭클랜드 씨의 딸이에요."

"뭐라고요? 그 괴짜 노인 말인가요?"

"맞습니다. 그녀는 라이언스라는 화가와 결혼했어요. 그자가 황야에 그림을 그리러 왔었죠. 그는 알고 보니 불한당이었고 그녀를 버렸죠. 하지만 제가 듣기로 잘못이 전적으로 한쪽에만 있었던 건 아닙니다. 그녀의 아버지가 연을 끊었어요. 딸이 자신의 동의 없이 결혼했다고요. 다른 이유도 한두 가지 더 있었다고 하고요. 그래서 늙은 악당과 젊은 악당 사이에서 그녀가 고생깨나 했던 모양입니다."

"그녀는 지금 어떻게 사나요?"

"프랭클랜드 영감이 쥐꼬리만큼 생활비를 대주고 있을 겁니다. 영감 책임도 적잖으니까요. 하지만 그것으로는 턱도 없죠. 그게 다 그녀가 자초한 일이라 해도, 속절없이 불행의 구렁텅이에 방치해둘 수만은 없잖아요? 그녀의 이야기가 전해지자 여기 사람들 몇몇이 그녀가 성실하게 벌어먹고 살 수 있게 도와주었어요. 스테이플턴 씨도 도와주고, 찰스 경도 도와주고요. 변변찮지만 저도 좀 도왔고요. 그래서 그녀는 타이피스트가 될 수 있었죠."

모티머는 내 질문의 목적을 알고 싶어 했지만 나는 적당히 둘러

대서 그의 호기심을 잠재웠다. 아무에게도 비밀을 털어놓을 필요가 없기 때문이다. 내일 아침 나는 쿰 트레이시로 갈 것이다. 평판이 어정쩡한 로라 라이언스 부인을 만날 수 있다면 이 일련의 수수께끼 가운데 하나는 깨끗이 밝혀질 것이다. 나는 뱀처럼 교활해지고 있는 중이다. 모티머 박사가 내가 말하기 곤란한 부분을 물어보자 나는 아무렇지도 않게 프랭클랜드의 두개골은 어떤 유형이냐고 그에게 물었고, 그 덕택에 돌아오는 내내 골상학에 대한 얘기밖에 듣지 못했다. 나도 몇 년간 셜록 홈즈와 살면서 배운 게 있는 셈이다.

이렇게 폭풍우로 우울한 오늘, 아직 기록할 사건이 하나 더 남았다. 조금 전 배리모어와 나눈 대화의 내용이다. 당분간 내가 쓸 수 있는 강력한 카드가 될 것이다.

모티머는 저택에서 저녁 식사를 했다. 그와 준남작은 식사가 끝난 후 에카르테(두 사람이 하는 카드 게임으로, 32매짜리 피케 카드를 사용—옮긴이)를 했다. 집사는 내가 있는 서재로 커피를 가져다주었다. 그래서 그에게 몇 가지 물어볼 기회를 잡을 수 있었다.

"저기" 내가 말했다. "처남은 떠났나요, 아니면 아직 밖에 숨어 있나요?"

"저도 모릅니다만, 그저 떠났기를 바랄 뿐입니다. 여기에 말썽밖에 가져온 게 없으니까요! 지난번 그에게 음식을 남겨두고 온 뒤로 들은 바가 없습니다. 사흘 전이었죠."

"그때 그를 보았나요?"

"아니요. 다음번에 그 길로 지날 때 보니 음식은 사라졌더군요."

"그러면 분명히 거기 있었겠군요?"

"그렇다고 할 수 있겠죠. 다른 사람이 가져간 게 아니라면 말입니다."

나는 커피 잔을 입으로 가져가려다 말고 배리모어를 쳐다보았다.

"그러면 다른 사람이 또 있다는 말씀인가요?"

"네. 황야에 다른 남자가 한 명 더 있습니다."

"그를 본 적이 있고요?"

"아니요."

"그러면 그를 어떻게 아십니까?"

"셀던이 제게 얘기해주었습니다. 일주일쯤 전에요. 그 남자도 숨어 있는데 제가 알기론 죄수가 아닙니다. 그게 마음에 걸려요, 왓슨 박사님. 솔직히 마음이 놓이지 않습니다." 그가 갑자기 열띤 어조로 말했다.

"배리모어 씨, 내 말을 잘 들으세요! 나는 당신 주인이 관련되지 않는 한 이 문제에 관여할 생각이 없어요. 내가 여기에 와 있는 유일한 목적이 헨리 경을 돕는 거니까요. 솔직히 말씀해보세요. 뭐가 마음에 걸린다는 건가요?"

배리모어는 잠깐 주저했다. 아마 자기의 발언을 후회하거나 아니면 자기 감정을 말로 표현하기가 어려운 모양이었다.

"일어나고 있는 이 모든 일이 마음에 걸립니다!" 그는 마침내 소리를 치더니 비가 들이치고 있는 황야로 향한 창문을 손으로 가리켰다. "어디선가 부정한 일이 벌어지고 있어요. 어두운 악행이 준비되고 있어요. 장담할 수 있습니다! 헨리 경이 런던으로 다시 돌아가신다면 정말 기쁘겠어요!"

"하지만 뭣 때문에 걱정이 되는 건가요?"

"찰스 경의 죽음을 보세요! 그것만 해도 충분한 불운 아닌가요? 검시관이 한 얘기도 그렇고요. 밤에 황야에서 나는 소리를 좀 들어보세요. 누구라도 해가 진 다음에는 황야를 건너려고 하지 않을 겁니다. 저 밖에 숨어 있는 그 이방인도 그래요. 지켜보며 기다리고 있다고요! 그자가 뭘 기다리겠어요? 그게 무슨 뜻이겠냐고요? 바스커빌이라는 성씨를 가진 사람에게 좋은 일일 리가 없어요. 헨리 경의 새 가솔들이 저택을 돌볼 준비가 되어서, 이 모든 것에서 벗어날 수만 있다면 저는 정말 기쁘겠어요."

"그런데 그 이방인에 대해 뭐든 아는 게 없나요?" 내가 말했다. "셀던이 그 이방인의 은신처를 찾았나요? 혹은 그자가 뭘 하는지 아나요?"

"셀던은 그자를 한두 번 보았다고 했어요. 하지만 조심스러운 자라서 한 번도 자기를 드러낸 적이 없다고요. 처음에 셀던은 그자가 경찰인 줄 알았는데 알고 보니 자기 볼일이 따로 있는 사람이라고 해요. 겉보기에 신사이기는 한데 하는 일은 알 수가 없다고요."

"그자가 어디 산다고 하던가요?"

"언덕에 있는 오래된 집들 중 하나에요. 돌로 지은 움막이죠. 옛날 사람들이 살았던."

"그는 음식을 어떻게 구한답니까?"

"셀던이 발견한 바로는 그자한테 꼬마가 하나 있어서 그를 위해 일도 하고 필요한 것들을 가져다준다고 합니다. 제 생각엔 그자가 쿰 트레이시에 가서 필요한 걸 구해 올 듯하네요."

"좋습니다, 배리모어. 이 얘기는 다음에 더 하기로 하지요."

집사가 가버리고 나는 컴컴한 창으로 걸어가서 흐릿한 유리창을 통해 밖을 내다보았다. 구름이 몰려가고 바람에 휩쓸린 나무들이 흔들리고 있었다. 실내에 있어도 밤의 야성이 느껴진다. 대체 황야의 돌 움막에서는 어느 정도일까? 도대체 어떤 증오이기에 한 사람을 이런 날씨에 그런 장소에 숨어 있도록 만드는 것일까? 얼마나 간절한 이유이기에 그런 시도가 필요한 일을 하고 있을까? 황야의 움막 속에 아마도 나를 이렇게 성가시게 만드는 그 질문의 핵심이 놓여 있을 것이다. 기필코 내일은 이 수수께끼의 핵심을 파헤치기 위해 사람이 할 수 있는 모든 일을 다 해보리라.

The Man on the Tor

제11장 바위산 위의 남자

내 일기에서 발췌한 앞 장의 내용은 10월 18일까지의 이야기다. 그때부터 이 이상한 사건들은 끔찍한 결론을 향해 빠르게 달려가고 있었다. 그다음 며칠간의 일들은 내 기억 속에 지울 수 없도록 새겨져 있어서, 나는 당시에 써둔 기록을 참조하지 않고도 그때의 일들을 이야기할 수 있다.

내가 중요한 사실 두 가지를 알게 된 다음 날부터의 이야기를 시작하겠다. 즉 그 전날 나는 쿰 트레이시의 로라 라이언스 부인이 찰스 바스커빌 경에게 편지를 썼고, 그가 죽음을 맞은 바로 그 장소 그 시각에 그와 만나기로 약속이 되어 있었다는 것을 알았다. 그리고 또 하나, 황야에서 숨어 지내는 남자가 산비탈의 돌 움막에 있다는 것을 알았다.

이 두 사실을 손에 쥐고도 어두운 음모에 대해 좀 더 밝혀낼 수 없다면 나란 사람은 아마 멍청이거나 겁쟁이일 거라는 생각이 들었다.

나는 전날 저녁 라이언스 부인에 대해 알게 된 사실을 준남작에게 이야기할 틈이 없었다. 모티머 박사가 밤늦게까지 남아 준남작과 카드 게임을 했기 때문이다. 하지만 아침 식사 때 나는 준남작에게 내가 발견한 것을 알려주고 쿰 트레이시까지 함께 가겠는지 물었다. 처음에 그는 매우 가고 싶어 했지만, 우리 둘 다 다시 생각해 보니 내가 혼자서 가는 편이 결과가 좋을 것 같았다. 방문이 공식적인 것이 될수록 정보는 더 적게 얻을 것이기 때문이었다. 그래서 나는 헨리 경을 뒤에 남겨두고, 꺼림칙한 마음이 없지 않았지만, 새로운 조사를 위해 마차를 출발시켰다.

쿰 트레이시에 도착했을 때 나는 퍼킨스에게 말을 세워두라고 이야기하고 조사해야 할 여자를 찾기 시작했다. 그녀의 집을 찾는 일은 어렵지 않았다. 중심가에 있는 시설 좋은 집이었으니까. 하녀가 격식을 따지지 않고 나를 들여보내주었고, 내가 거실에 들어서자 레밍턴 타자기 앞에 앉아 있던 한 여인이 기쁜 환영의 미소를 띠고 자리에서 일어났다. 하지만 그녀는 내가 낯선 사람이라는 것을 보고는 고개를 떨어뜨렸다. 그리고 다시 자리에 앉아 내가 방문한 목적을 물었다.

라이언스 부인에 대한 첫인상은 매우 미인이라는 것이었다. 두 눈과 머리칼은 모두 짙은 적갈색이었다. 볼에 약간의 주근깨가 있기는 했지만 머리색과 가장 잘 어울리는 앙증맞은 장밋빛 홍조가 떠올라 있었다.

거듭 말하지만 첫인상은 탄복할 만했다. 하지만 다시 보니 결점이 드러났다. 얼굴에 뭔가 미묘하게 어긋난 것이 있었다. 표정의 조야함, 눈에 어린 약간의 매정함, 그리고 다소 느슨한 입매도 완벽한 아름다움을 망쳐놓고 있었다.

하지만 이런 건 나중에야 생각한 것들이다. 당시에는 그냥 아주 예쁜 여자와 마주하고 있다는 생각만 들었다. 그리고 그 여자가 나에게 방문 목적을 묻고 있었다. 그 순간이 되어서야 나는 내 임무가 얼마나 민감한 것인지를 깨달았다.

"저는 그쪽 부친과 잘 아는 사이입니다." 내가 말했다.

어설픈 소개였고, 여인도 내게 그걸 일깨워주었다.

"제 아버지와 저는 전혀 공통점이 없습니다." 그녀가 말했다. "빚진 것도 없고, 아버지의 친구는 제 친구가 아닙니다. 돌아가신 찰스 바스커빌 경이나 다른 몇몇 친절한 분들이 없었다면 아버지 때문에 저는 굶어 죽었을 겁니다."

"제가 여기 온 것은 돌아가신 찰스 바스커빌 경에 관한 일 때문입니다."

여인의 얼굴에서 주근깨가 더욱 도드라졌다.

"제가 그분에 대해 무슨 말을 하겠습니까?" 그녀는 이렇게 묻더니 손가락을 신경질적으로 타자기의 스톱 위에서 움직였다.

"그분과 잘 아는 사이였죠?"

"그분의 친절에 큰 신세를 졌다고 제가 이미 말했을 텐데요. 제가 스스로를 부양할 수 있게 된 것은 많은 부분 그분께서 저의 불행한 처지에 관심을 가져주신 덕분입니다."

"편지를 주고받으셨습니까?"

그녀는 적갈색 눈에 분노의 빛을 띠며 잠깐 올려다보았다.

"이런 질문의 목적이 뭔가요?" 그녀가 날카롭게 물었다.

"공공연한 스캔들을 피하려는 게 목적이지요. 그 일이 우리의 통제를 벗어나는 것보다는 제가 여기서 묻는 편이 더 나을 겁니다."

그녀는 침묵했고 얼굴이 심하게 창백해졌다. 그러더니 마침내 뭔가 거칠게 항의하는 듯한 태도로 올려다보았다.

"그래요, 대답하지요." 그녀가 말했다. "질문이 뭔가요?"

"찰스 경과 편지를 주고받으셨습니까?"

"그분의 배려와 관대함에 감사를 표하기 위해 분명 한두 번 편지를 썼습니다."

"편지를 쓴 날짜를 기억하고 계십니까?"

"아니요."

"그분을 만난 적이 있습니까?"

"네, 한두 번. 그분이 쿰 트레이시에 오셨을 때요. 찰스 경은 완전히 은퇴한 분이시라 몰래 선행을 하고 다니는 것을 좋아하셨죠."

"하지만 그분을 별로 본 적도 없고 편지도 많이 안 했다면, 찰스 경이 어떻게 당신의 사정을 알고 당신이 말한 그런 일들을 도와줄 수 있었던 겁니까?"

곤란한 내 질문에도 그녀는 완벽하게 준비가 되어 있었다.

"저의 슬픈 일들을 알고 도와주기 위해 힘을 합치셨던 신사분이 몇 분 계셨습니다. 그중 한 분은 찰스 경의 이웃이자 친한 친구인 스테이플턴 씨였고요. 스테이플턴 씨는 매우 친절한 분이어서 찰스 경에게 저의 일에 대해 이야기해주셨습니다."

나는 찰스 바스커빌 경이 몇몇 경우에 스테이플턴을 아머너(빈민 구호품을 모아 가난한 이들에게 나누어 주는 사람—옮긴이)로 세워 자선을 베풀었다는 사실을 알고 있었고, 이 여인의 진술 또한 진실이라는 인상을 주었다.

"찰스 경에게 만나달라고 편지를 쓰신 적이 있습니까?" 나는 계속했다.

라이언스 부인은 분노로 다시 얼굴이 달아올랐다.

"정말이지, 선생님, 이건 아주 말도 안 되는 질문이군요."

"죄송합니다, 부인. 하지만 다시 물을 수밖에 없습니다."

"그러면 대답해드리지요. 분명히 없습니다."

"찰스 경이 돌아가신 바로 그날에도요?"

순식간에 얼굴의 핏기가 가시고 죽은 사람 같은 얼굴이 내 앞에 있었다. 그녀는 입술이 말라서 "아니요"라는 말도 제대로 못했다. 나는 대답을 들었다기보다 보았다고 해야 했다.

"분명히 기억에 잘못이 있으신 것 같군요." 내가 말했다. "저는 부인의 편지 구절을 인용할 수도 있습니다. '부디, 부디 당신이 신사라면 이 편지를 태워버리세요. 그리고 10시에 그 문으로 나와주세요'라고 하셨지요."

나는 그녀가 기절하는 줄 알았다. 하지만 그녀는 안간힘을 쓰며 버티고 있었다.

"세상에, 신사가 다 사라졌나요?" 그녀가 겨우 내뱉었다.

"찰스 경을 그렇게 판단하지 마십시오. 그분은 정말로 그 편지를 태웠습니다. 하지만 가끔 타버린 편지도 읽을 수 있을 때가 있지요. 이제 부인께서 그 편지를 썼다는 것을 인정하시는 겁니까?"

"네, 제가 썼어요!" 그녀가 외쳤다. 그리고 정신없이 말을 쏟아냈다. "제가 썼어요. 제가 왜 부정해야 하나요? 제가 그걸 부끄러워해야 할 이유는 하나도 없어요. 그분께서 저를 도와주셨으면 했던 것뿐이에요. 저는 제가 직접 이야기를 하면 도움을 받을 수 있을 거라고 믿었어요. 그래서 만나달라고 부탁했고요."

"하지만 왜 그렇게 늦은 시각입니까?"

"왜냐하면 그분이 다음 날 런던으로 떠나서 몇 달간 안 계실 거라는 얘기를 그때 막 들었기 때문이죠. 더 빨리 그곳에 도착할 수 없었던 데는 여러 이유가 있었고요."

"하지만 왜 집으로 방문하지 않고 정원에서 보자고 한 겁니까?"

"여자가 그 시각에 독신남의 집에 혼자 갈 수 있다고 생각하시나요?"

"글쎄요, 실제로 도착하신 다음에는 무슨 일이 벌어진 겁니까?"

"저는 가지 않았어요."

"라이언스 부인!"

"아니요, 신 앞에 맹세할 수 있어요. 절대로 가지 않았어요. 다른 일이 생겨서 갈 수가 없었어요."

"그게 무슨 일이었는데요?"

"사적인 일이에요. 말할 수 없어요."

"그러면 부인은 찰스 경이 돌아가신 날 그 시각, 그 장소에서 찰스 경과 만나기로 약속했다는 것은 인정하시는 거군요. 하지만 약속을 지켰다는 것은 부인하시고요?"

"그게 사실이에요."

재차 삼차 그녀를 추궁했지만 그 이상을 알아낼 수는 없었다.

"라이언스 부인." 이 길고 아무 결론 없는 면담을 끝내면서 내가 말했다. "부인께서는 아는 것을 다 털어놓지 않으셨으니 스스로 무거운 책임을 지게 될 겁니다. 불리한 처지를 자초하는 거고요. 만약 제가 경찰의 도움을 요청하게 된다면, 그쪽이 얼마나 심각한 위험에 처했는지 알게 되실 겁니다. 결백하시다면 왜 처음에는 그날 찰스 경에게 편지를 썼다는 사실을 부인하신 겁니까?"

"엉뚱한 오해를 살까 두려웠기 때문이에요. 스캔들에 연루될까 걱정도 되었고요."

"그러면 왜 찰스 경에게 편지를 없애라고 그렇게 강하게 요청하신 겁니까?"

"편지를 읽으셨다면 아실 텐데요."

"제가 편지를 전부 다 읽었다고는 이야기하지 않았습니다."

"일부를 인용하셨잖아요."

"추신 부분을 인용했습니다. 말씀드렸듯이 편지가 타버려서 모두 읽을 수는 없었어요. 다시 묻겠습니다. 왜 찰스 경이 죽었던 날 받은 편지에서 편지를 없애라고 그렇게 강하게 요구하셨나요?"

"아주 사적인 문제예요."

"그렇다면 더욱더 공식적인 조사를 피하셔야 할 텐데요."

"그러면 말씀드리지요. 저의 불행한 지난날에 대해 들은 적이 있으시다면 제가 무모한 결혼을 한 후 후회했다는 것을 아실 겁니다."

"그렇게 들었습니다."

"저는 혐오스러운 남편에게 끊임없이 학대를 당했어요. 하지만 법은 그의 편이어서 그가 함께 살자고 강요할 가능성을 매일 염두에 두고 살아야 했어요. 찰스 경에게 그 편지를 쓸 즈음에 저는 비용을 마련할 수만 있다면 다시 자유를 얻을 가능성도 있다는 걸 알게 되었어요. 저에게는 무척이나 절실한 문제였어요. 마음의 평화를 얻고 다시 행복과 자존심을 되찾을 수 있는 기회였죠. 저는 찰스 경이 매우 관대한 분이라는 것을 알고 있었고, 그래서 그분이 제가 직접 이야기하는 것을 들으신다면 저를 도와주실 거라고 생각했던 거죠."

"그런데 왜 가지 않으신 겁니까?"

"왜냐면 그사이 다른 분이 저를 도와주셨기 때문이에요."

"그러면 왜 찰스 경에게 다시 편지를 써서 상황을 설명하지 않으셨습니까?"

"다음 날 아침 신문에서 그의 죽음에 대한 기사를 보지 못했다면 그렇게 했을 거예요."

여인의 이야기는 앞뒤가 일관되게 들어맞았다. 무슨 질문을 해도 흔들리지 않았다. 더구나 나중에 보니 그 비극적인 사건이 벌어진 시기에 그녀가 실제로 남편에 대한 이혼 절차를 시작했다는 것을 확인할 수 있었다.

그녀가 바스커빌 저택에 실제로 갔었다면, 지금 갔던 적이 없다고 감히 거짓말을 할 것 같지는 않았다. 그녀가 거기에 가려면 마차가 필요했을 것이고, 아마도 아침 이른 시각까지 쿰 트레이시로 돌아올 수는 없었을 것이다. 그런 여행이 비밀로 유지될 수는 없는 일이다. 그러니 그녀는 진실을 말하고 있거나, 아니면 최소한 일부는 진실을 말하고 있을 가능성이 컸다. 나는 미궁에 빠진 채 낙담하여 돌아왔다. 또 한 번 나는 막다른 골목에 이르고 말았다. 내가 임무를 수행하기 위해서 시도하는 모든 경로에 벽이 놓여 있는 것 같았다. 그리고 그녀의 얼굴과 태도를 다시 생각해볼수록 뭔가를 숨기고 있다는 느낌이 들었다.

그녀가 그렇게 하얗게 질릴 까닭이 무엇인가? 그녀는 왜 모든 걸 끝까지 인정하지 않으려고 애쓰는 것일까? 비극이 일어났을 때 그녀는 왜 그렇게 침묵하고 있었을까? 분명히 이 모든 질문에 대한 진실은 그녀가 내게 믿어주길 바라는 것처럼 그렇게 순수한 이유는 아닐 것이다. 그 방향으로는 더 이상 나아갈 수 없었기 때문에 나는 다른 실마리로 방향을 틀어야 했다. 황야의 돌 움막에서 실마리를 찾을 수 있을 것이다.

그런데 돌아오는 길에 나는 그 방향이 아주 불명확하다는 것을 깨달았다. 언덕 하나하나마다 고대인들의 자취가 있었던 것이 생각났다. 배리모어가 알려준 것이라고는 그 이방인이 버려진 움막들 중 하나에 살고 있다는 것밖에 없었다. 그리고 황야를 따라서 수백 개의 그런 움막들이 흩어져 있는 것이다.

하지만 내게는 지침이 될 수 있는 경험이 있었다. 바로 그 남자가 거기 블랙 토어 꼭대기에 서 있는 것을 본 적이 있는 것이다. 그렇다면 바로 그곳을 중심으로 찾아 나서면 된다. 거기서부터 황야에 있는 움막이란 움막은 다 뒤지고 다닐 것이다. 찾고자 하는 그 움막을 찾을 때까지.

만약 이 남자가 움막 안에 있다면 나는 그의 입으로 자신이 누구이고, 또 왜 그렇게 오랫동안 우리 뒤를 밟고 있는 것인지 말하게 할 작정이다. 필요하다면 내 리볼버를 사용해서라도. 번잡한 리전트 스트리트에서는 우리 손아귀를 빠져나갈 수 있었을지 몰라도 이 외로운 황야에서는 그게 쉽지 않을 것이다. 그런데 그 움막을 찾았는데 주인이 안에 없다면 나는 그 안에서 기다려야 한다. 밤을 새워

The Hound of the Baskervilles

서라도 그가 돌아올 때까지 기다려야 한다. 홈즈는 런던에서 그자를 놓쳤다. 나의 스승도 실패했는데 내가 그를 여우 굴로 몰아 잡아낼 수 있다면 나에게는 정말 큰 쾌거가 될 것이다.

이번 조사에서 행운은 자꾸만 우리를 비껴갔다. 하지만 이제 마침내 운이 나를 도우려는 것이다. 행운의 메신저는 다름 아닌 프랭클랜드 씨였다. 회색 구레나룻에 붉은 얼굴을 하고 그는 자기 정원 입구 밖에 서 있었다. 그 입구는 내가 지나가는 도로를 향해 있었다.

"안녕하세요, 왓슨 박사!" 그가 외쳤다. 평소와는 달리 기분이 좋아 보였다. "말들을 좀 쉬게 하셔야지요. 들어와서 포도주 한잔하면서 날 좀 축하해주시구려."

그가 딸을 어떻게 대했는지 들은 후로 나는 그를 좋게 생각하지 않았으나, 퍼킨스와 마차를 집으로 돌려보낼 좋은 기회였다. 나는 마차에서 내려, 헨리 경에게는 저녁 식사 시간에 맞춰 걸어서 돌아가겠다고 하더라고 전하라고 했다. 그리고 프랭클랜드 씨를 따라서 그의 식당으로 들어갔다.

"오늘은 나에게 정말 멋진 하루예요, 박사. 내 인생에서 기억할 만한 날이지요." 그는 계속 낄낄대면서 우렁차게 말했다. "두 가지 일을 한 번에 해냈죠. 법은 법이라는 걸 그놈들에게 가르쳐주기도 했고, 또 법을 적용하는 데 겁내지 않는 사람이 있다는 것도 가르쳐줬지요. 미들턴 영감의 정원을 가로질러서 길을 낼 수 있는 권리를 확보했답니다. 그의 현관문에서 100미터도 안 되는 정원 한복판으로 말이죠. 어떻습니까? 이런 거물들도 서민의 권리를 짓밟을 수 없다는 걸 가르쳐주는 겁니다. 나쁜 놈들! 또 저는 펜워디 사람들이 소풍을 가던 숲을 폐쇄했답니다. 이 지긋지긋한 인간들이 사유권이라는 것도 모르고, 아무 데나 몰려가서 빈 병이나 휴지 따위를 버려놓아도 되는 줄 알더라고요. 두 건 다 해결되었다오, 왓슨 박사. 둘 다 제가 이겼답니다. 존 몰런드 경을 무단 침입으로 잡은 이래로 이렇게 좋은 날은 없었지요."

"대체 어떻게 그렇게 하셨나요?"

"그 책을 한번 펴보세요, 읽을 만할 겁니다.「프랭클랜드 대 몰런드 사건」이라고 고등법원 사건이랍니다. 200파운드나 들었지만 원하는 결정을 얻어냈지요."

"뭐 이득을 보신 게 있습니까?"

"전혀요, 전혀. 자랑스럽게 말씀드리지만 나와는 이해관계가 전혀 없는 일이었지요. 나는 전적으로 공적 의무감에서 그 일을 한 겁니다. 아마 펜워디 사람들은 오늘 밤에도 내 인형을 만들어서 불에 태우고 있을 거예요. 지난번에 그들이 그런 짓을 했을 때 경찰에게 그들이 그런 부끄러운 짓거리를 하지 못하게 해달라고 말했지요. 이 지역 경찰은 형편없는 상황이라 내가 마땅히 받아야 할 보호를 못 해주고 있는 실정이에요. 아마 프랭클랜드 대 국가 소송을 일으키면 이 문제에 많은 사람이 관심을 갖게 될 겁니다. 나를 이런 식으로 대접했다가는 후회할 일이 생길 거라고 말했었죠. 그런데 벌써 내 말은 현실이 되고 있답니다."

"어떻게요?" 내가 물었다.

이 영감은 다 안다는 듯이 거들먹거리는 표정을 지었다.

"나는 그들이 죽도록 알고 싶어 하는 걸 알려줄 수 있거든요. 하지만 아무리 날 구슬려도 그 악당들을 도와주지 않을 겁니다."

나는 그의 수다를 벗어날 핑계를 이리저리 찾던 중이었지만 이제 이야기를 더 듣고 싶어졌다. 나는 늙은 악한들의 청개구리 심보를 익히 잘 알고 있었다. 내가 강한 관심을 보인다면 그는 오히려 입을 다물어버릴 것이다.

"밀렵 사건 같은 거 말이시죠?" 나는 무심한 척 말했다.

"하하, 그것보다 훨씬 중대한 사안이랍니다. 황야에 있는 죄수 얘기 같은 거랄까?"

나는 흠칫 놀랐다. "그가 어디 있는지 안다는 얘기는 아니시죠?" 내가 말했다.

"정확히 어디 있는지는 모른다고 할 수도 있지만, 경찰이 그를 잡을 수 있게 도와줄 수는 있다고 장담하지요. 그놈을 잡으려면 그가 음식을 어디서 구하는지 알아내서 거꾸로 추적하면 된다는 생각 혹시 못해보셨나요?"

불안하게도 그는 분명 진실에 상당히 가까이 접근한 것 같았다. "분명히 그렇겠지요." 내가 말했다. "하지만 그가 황야에 있다는 것을 어떻게 안단 말입니까?"

"그놈에게 음식을 가져다주는 배달부를 내 두 눈으로 봤으니까 알지요."

나는 배리모어를 생각하고는 가슴이 덜컥했다. 이런 사악하고 늙은 참견꾼의 손아귀에 떨어진다는 건 심각한 문제였다. 하지만 그의 다음 발언에 마음이 가뿐해졌다.

"어린애 한 명이 그에게 음식을 가져다준다는 얘기를 들으면 놀라실 겁니다. 나는 지붕에 있는 망원경으로 매일 그 아이를 본답니다. 그 아이는 매일 같은 시간에 같은 길을 지나갑니다. 그 죄수가 아니라면 누구에게 가는 거겠습니까?"

이런 게 행운이로구나! 그래도 나는 관심을 드러내지 않으려고 애썼다. 아이라! 우리의 이방인이 꼬마를 통해서 음식을 얻는다고 배리모어가 이야기했었다. 프랭클랜드가 뒷걸음치다가 잡은 것은 죄수가 아니라 이방인의 흔적이었다. 프랭클랜드가 아는 걸 알아낼 수만 있다면 길고 힘든 사냥 시간을 아낄 수 있을 것이었다. 하지만 분명히 못 믿는 척, 관심 없는 척하는 것이 최선의 대처였다.

"황야에 있는 어느 양치기네 아들이 아비에게 식사를 갖다 주는 거라는 게 훨씬 말이 될 것 같은데요?"

살짝 반박하는 듯한 나의 태도는 이 늙은 폭군의 가슴에 불을 질렀다. 그의 두 눈이 아주 사납게 나를 본다 싶더니 그의 회색 구레나룻이 성난 고양이처럼 쭈뼛 섰다.

"정말이오, 박사!" 그가 드넓은 황야를 손가락으로 가리키며 말했다. "저기 저 블랙 토어 보이죠? 그 너머로 가시나무 덤불에 덮인 낮은 언덕이 보이나요? 거기가 황야 중에서도 가장 돌이 많은 곳이오. 양치기가 저런 곳에다 자리를 잡을 것처럼 보이나요? 박사의 생각은 얼토당토않아요."

그런 것들을 잘 몰라서 한 말이라고 온순하게 대꾸하자, 내 순순한 태도가 그를 기쁘게 했는지 그는 술술 털어놓았다.

"내가 의견을 내놓는다면 그건 탄탄한 증거가 있기 때문입니다. 나는 그 아이가 짐 꾸러미를 들고 가는 것을 몇 차례 보았어요. 아니, 잠깐! 내 눈이 어떻게 된 건가요, 아니면 바로 지금 저기 언덕에서 뭔가 움직이고 있는 건가요?"

몇 킬로미터나 떨어진 거리였지만 칙칙한 녹색과 회색 배경 속의 조그만 검은 점이 내 눈에도 분명히 보였다.

"왓슨 박사, 나를 따라와요!" 프랭클랜드 씨가 2층으로 달려가면서 외쳤다. "직접 눈으로 보고 판단하세요."

삼발이 위에 올려진 굉장한 망원경이 납작한 납판 위에 버티고 있었다.

프랭클랜드는 망원경에 대고 눈을 깜박이더니 만족한 함성을 질렀다.

"빨리요, 왓슨 박사, 빨리. 저 언덕을 지나가버리기 전에요!"

거기에 분명 그 아이가 있었다. 조그만 꼬마가 어

깨에 꾸러미를 메고 힘겹게 언덕을 오르고 있었다. 아이가 산마루에 다다랐을 때 푸르고 차가운 하늘을 배경으로 남루하고 투박해 보이는 한 남자의 윤곽이 잠시 나타났다. 그는 주위를 둘러보았는데 뭔가 몰래 숨어 있는 듯한 분위기가 마치 추격을 두려워하는 사람처럼 느껴졌다. 그리고 바로 언덕 뒤로 사라졌다.

"어때요! 내 말이 맞죠?"

"그러네요. 비밀스러운 심부름을 하는 듯한 아이가 있군요."

"그리고 그 심부름이 무엇일지는 지역 경찰도 맞힐 수 있을 거요. 하지만 그들은 나한테서 한 마디도 못 들을 겁니다. 왓슨 박사도 비밀을 지켜주셔야 합니다. 한 마디도 안 돼요! 아시겠지요?"

"잘 알겠습니다."

"그들은 나에게 창피를 줬어요, 창피를. 프랭클랜드 대 국가 소송에서 사실이 밝혀지면 온 나라에 분노의 물결이 일 거예요. 어쨌거나 나는 절대로 경찰을 도와주지 않을 겁니다. 경찰은 그 악당들이 태운 게 인형이 아니라 진짜 나이기를 바랐다니까요. 절대로 안 할 겁니다! 이 운 좋은 밤에 포도주 병을 다 비울 수 있게 도와주십시오!"

하지만 나는 그의 온갖 간청을 뿌리치고 굳이 집까지 따라 걸어가주겠다는 것도 만류하는 데 성공했다. 나는 그의 눈에 보이는 데까지만 그 길을 따라서 걷다가 황야로 빠져들었다. 그리고 소년이 사라진 돌투성이 언덕으로 향했다. 모든 게 순조롭게 진행되고 있었다. 행운이 가져다준 기회를 체력이나 끈기의 부족으로 놓쳐버릴 수는 없었다.

내가 그 언덕 꼭대기에 도착했을 때는 벌써 해가 떨어지고 있었다. 내 아래쪽의 긴 비탈 한쪽은 황록색이었고 다른 쪽에는 회색 그림자가 졌다. 멀리 지평선에서 아지랑이가 낮게 피어오르고 있었고, 그 위로 환상적인 모양의 벨리버와 빅슨 토어가 솟아 있었다.

광활한 땅 위에 아무런 소리도 움직임도 없었다. 커다란 회색 새 한 마리가, 갈매기인지 마도요인지, 푸른 하늘 높이 솟아올랐다. 광활한 하늘과 그 아래 사막 사이에 살아 있는 것이라고는 그 새와 나뿐인 것 같았다. 그 황량한 풍경이, 고독한 느낌이, 그리고 의문에 싸인 내 임무의 긴박함이 가슴을 서늘하게 만들었다. 그 소년은 어디에도 보이지 않았다.

그렇지만 저 아래쪽 언덕들 사이에 오래된 돌 움막들이 있었다. 그 한복판에 비바람을 막기에 충분한 지붕이 남아 있는 움막이 한 채 있었다. 그것을 발견하자 내 심장은 요동치기 시작했다. 분명 그 이방인이 숨어 있는 장소일 것이다. 마침내 나는 은신처의 입구에 섰다. 그의 비밀이 내 손안에 들어왔다.

나는 앉아 있는 나비를 잡기 위해서 망을 들고 접근하는 스테이플턴처럼 조심조심 걸어서 그 움막에 접근했다. 그리고 그곳에 실제로 누군가 살고 있다는 것을 발견하고 안도했다. 문 역할을 하고 있는 허물어진 입구까지 바위 무더기 사이로 어렴풋이 좁은 길이 나 있었다. 안쪽은 아주 조용했다. 수수께끼 남자는 안에서 숨어 있을 수도 있고, 황야를 돌아다니고 있을 수도 있었다. 모험을 한다는 생각에 조마조마해졌다. 담배를 던져버리고 손을 엉덩이에 있는 리볼버에 갖다 댔다. 그리고 잽싸게 문으로 걸어가 안을 들여다보았다. 그곳은 비어 있었다.

그러나 내가 장소를 잘못 찾은 것이 아니라는 사실은 충분히 알 수 있었다. 분명히 여기가 바로 그 남자가 사는 곳이었다. 언젠가 신석기시대 사람이 잠을 잤을 바로 그 석판 위에 방수 침낭과 담요가 말려 있었다. 불을 피우고 남은 재가 대충 만든 난로 안에 쌓여 있었다. 그 옆에는 조리 도구 몇 개와 반쯤 물이 차 있는 양동이가 있었다.

빈 깡통이 여러 개 있는 것으로 보아 여기에 한동안 사람이 살았다는 것을 알 수 있었다. 쩍쩍 갈라진 지붕 틈으로 들어온 빛에 눈이 좀 익숙해지니 양재기 하나와 반쯤 차 있는 술병이 한쪽 구석에 놓여 있는 게 보였다. 움막의 한가운데에는 평평한 돌 하나가 탁자 노릇을 하고 있었고, 그 위에는 천으로 된 작은 꾸러미가 놓여 있었다. 틀림없이 내가 망원경으로 보았을 때 소년의 어깨 위에 있던 그 꾸러미였다. 그 안에는 빵 한 덩이, 고기 통조림 하나, 복숭아 통조림 두 개가 들어 있었다.

그것들을 살피고 나서 다시 넣어두다가 나는 그 아래에 글씨가 쓰인 종이쪽지 한 장이 있는 것을 보았다. 가슴이 방망이질 치기 시작했다. 그것을 들어 올려보니 거칠게 연필로 휘갈겨 쓴 글씨로 이렇게 적혀 있었다.

왓슨 박사가 쿰 트레이시에 갔음.

잠깐 동안 나는 종이를 손에 든 채 이 짤막한 메시지의 의미가
뭔지 생각하며 서 있었다. 그렇다면 뒤를 밟힌 것은 헨리 경이 아니
라 나였다. 그자는 나를 직접 따라오지는 않았지만 내가 가는 길에
수하를 배치해둔 것이다. 아마도 그 소년이겠지. 그리고 이것은 그
소년의 보고서일 것이다.

내가 황야에 발을 들여놓을 때마다 누군가 지켜보고 있었을 수
도 있다. 나는 언제나 뭔가 보이지 않는 기운 같은 것을 느꼈었다.
마치 고도의 솜씨로 섬세하게 짜놓은 촘촘한 그물이 우리 주위에
드리워져 있는 것 같은. 하지만 그 그물이 너무나 가벼워서 실제로
그 안에 있는 사람은 그물이 있다는 것조차 알기가 힘든 그런 그물
말이다.

보고서 한 장이 있다면 더 있을 수도 있다. 나는 그것들을 찾으
려고 움막을 둘러보았다. 하지만 그런 것은 흔적도 찾아볼 수 없었
다. 그뿐만 아니라 이 이상한 장소에 살고 있는 남자의 정체나 의도
를 알아낼 수 있는 그 어떤 표식도 없었다. 다만 이 남자는 스파르
타식 습성을 가져서, 생활의 안락함에 전혀 신경을 안 쓰는 사람이
라는 것만 말해줄 뿐이었다.

억수같이 내린 비와 쩍쩍 갈라진 이 지붕을 생각해보면 그의 목
적이라는 것이 얼마나 강하고 확고한 것인지 알 수 있었다. 그런 목
적이 아니고서야 그를 이렇게 불편한 거처에 잡아둘 수는 없을 것

이다. 그는 악의에 찬 적일까, 아니면 혹시 우리의 수호천사일까? 알아내기 전에는 이 움막을 떠나지 않으리라.

밖에서는 해가 낮게 떨어져가고 서쪽이 주황색과 금빛으로 불타오르고 있었다. 그리고 그 빛은 멀리 그림펜 늪의 한가운데에 있는 작은 연못을 붉게 물들이며 반사되고 있었다. 바스커빌 저택의 두 탑도 보였다. 또 멀리 희미하게 번지고 있는 연기는 그림펜 마을을 표시해주고 있었다. 그 둘 사이 언덕 뒤편이 머리핏 하우스였다.

금빛 저녁 햇살 속에서는 모든 게 달콤하고 부드럽고 평화롭게 보였다. 하지만 그것들을 바라보고 있는 내 영혼은 자연의 평화로움을 조금도 즐길 수 없었다. 오직 시시각각으로 다가오고 있는 그자와의 대면에 대한 막연한 두려움으로 떨릴 뿐이었다.

조마조마했지만 뚜렷한 목적을 되새기며 나는 움막의 어두운 구석에 앉아 주인이 오기만을 초조하게 기다렸다.

그리고 바로 그때 그자의 소리를 들을 수 있었다. 저 멀리서 구두가 돌에 부딪치는 날카로운 소리가 들렸다. 또 한 번, 또 한 번 점점 가까워지고 있었다. 나는 가장 어두운 구석에서 몸을 움츠린 채 주머니에 있는 리볼버의 공이치기를 젖혔다. 그자의 모습이 보이기 전에는 내 모습을 드러내지 않을 작정이었다.

한동안 발소리가 들리지 않았다. 그가 멈췄다는 뜻이었다. 그러고는 다시 발걸음이 가까워왔고 움막 입구에 그림자가 드리워졌다.

"멋진 저녁이군, 왓슨 이 친구야." 익숙한 음성이 말했다. "거기보다는 바깥이 편하지 않겠어?"

Death on the Moor

제12장 황야에서의 죽음

잠시 나는 숨을 쉴 수 없었다. 내 귀를 의심했다. 곧 정신이 들었고 순식간에 책임감이 산산조각 나서 내 영혼을 떠나가는 게 느껴졌다. 저렇게 냉철하고 기민하고 아이러니한 목소리를 가진 사람은 이 세상에 한 명밖에 없었다.

"홈즈!" 나는 소리쳤다. "홈즈!"

"나와." 그가 말했다. "그 권총 조심하고."

나는 고개를 숙이고 허름한 입구를 나왔다. 거기 밖에 있는 돌 위에 홈즈가 앉아 있었다. 놀라 자빠질 듯한 내 모습을 보고 그의 회색빛 두 눈은 아주 즐거워하는 것 같았다. 그는 더 마르고 지쳐 보였지만 한편으로 더 냉철하고 기민해 보였다. 날카로운 그의 얼굴은 햇볕에 그을고 바람에 거칠어져 있었다. 트위드 양복을 입고 천으로 된 모자를 쓴 그는 황야에서 흔히 보이는 관광객들과 별반 다를 게 없어 보였다. 홈즈는 자신의 특징 중 하나인 고양이처럼 청결 떠는 성격을 용케도 포기하지 않을 수 있었나 보다. 턱은 매끈했고 셔츠는 마치 베이커 스트리트에 있을 때처럼 깨끗했다.

"내 평생 누구를 보고 이렇게 반갑기는 처음이야." 나는 그의 손을 부르쥐고 말했다.

"그리고 이렇게 놀란 적도 없고 말이지, 응?"

"그러게, 부인할 수 없군."

"자네만 놀란 건 아냐, 진짜야. 내가 종종 와 있는 곳을 자네가 찾아낼 줄은 꿈에도 몰랐어. 더구나 그 안에 있을 줄이야. 문에서 스무 걸음쯤 되는 곳에 와서야 알았어."

"내 발자국 때문에?"

"아니, 왓슨. 세상의 수많은 발자국 중에서 자네 발자국을 구별할 수 있을 정도는 아냐. 자네가 진짜로 나를 속이고 싶으면 담배 가게부터 바꿔야 할 거야. 옥스퍼드 스트리트의 브래들리네 마크가 찍힌 담배꽁초를 보고 내 친구 왓슨이 근처에 있다는 걸 알았지. 저기 길 옆에 있어. 자네가 버린 게 틀림없지. 움막에 들어가기 직전에 말이야."

"맞아."

"잠깐 생각해봤어. 자네는 끈기 하나는 대단한 사람이니 분명히 매복을 하고 있을 거라고 생각했지. 무기에 손을 올려놓고 주인이 돌아오기를 기다리고 있겠지. 그래, 자네는 진짜 내가 그 범죄자일 거라고 생각한 거야?"

"자네가 누군지는 몰랐어. 하지만 꼭 알아낼 작정이었지."

"훌륭하다니까, 왓슨! 그런데 내가 있는 위치는 어떻게 알았어? 아마 그날 탈옥수를 쫓아가면서 날 봤겠지? 그날 내 뒤에 달이 뜬

것도 잊어버린 건 정말 내가 경솔했어."

"응, 그때 봤지."

"틀림없이 이 움막을 찾을 때까지 여기 있는 움막을 모조리 다 찾아본 거지?"

"아니, 자네가 고용한 소년을 봤어. 그래서 어디를 찾아봐야 할지 알았지."

"그 망원경 가진 영감이구먼. 틀림없어. 렌즈에 빛이 반사돼서 번쩍할 때까지 몰랐다니까." 그는 일어나서 움막 안을 들여다보았다. "하, 카트라이트가 음식을 가져다 놓았군. 이 종이는 뭐야? 자네, 쿰 트레이시에 다녀왔군그래, 맞아?"

"응."

"로라 라이언스 부인을 만나러?"

"그래."

"잘했는걸! 같은 방향으로 조사를 하고 있었군. 조사 결과를 합치면 이번 사건에 대해 꽤 많은 정보를 알게 되겠어."

"자네가 여기 있어서 무척이나 기쁘지만, 정말이지 수수께끼 같은 일들과 임무가 나한테는 너무나 버거웠어. 도대체 어떻게 여기 있는 거야? 뭘 하던 중인 거야? 난 자네가 베이커 스트리트에서 협박 편지 사건을 조사하고 있는 줄 알았어."

"자네가 그렇게 생각하길 바랐지."

"그럼 날 이용해먹은 거군. 그리고 날 믿지도 못하고!" 나는 씁쓸해져서 이렇게 외쳤다. "자네한테 내가 그것보단 나은 대접을 받

아야 하는 거 아냐, 홈즈?"

"이 친구야, 다른 사건들처럼 이 사건에서도 자네 역할이 얼마나 컸는지 알아? 그러니 자네를 좀 속인 것 정도는 부디 용서해줘. 사실 내가 그렇게 한 이유 가운데 일부는 자네를 위해서였다고. 자네가 위험에 처했다고 느꼈기 때문에 여기까지 내려와서 직접 조사하게 되었다니까. 내가 만약 자네와 헨리 경과 함께 있었다면 내 관점도 다를 바가 없었을 게 분명해. 그리고 우리의 사악한 적들도 더 경계했을 거고. 실제로 저택에서 지냈다면 못했을 일들을 그동안 많이 할 수 있었어. 그리고 알려지지 않은 변수로 남아 있다가 결정적인 순간에 짠 하고 나타날 수도 있잖아."

"그런데 왜 나한테까지 알리지 않은 거야?"

"자네가 아는 게 도움이 안 됐을 테니까. 내가 노출될 염려도 있고. 자네가 나한테 뭔가를 얘기해주고 싶었을 수도 있고, 또 날 편하게 해주려고 뭔가를 가져다준다든가 아무튼 불필요한 위험을 감수하게 되잖아. 나는 카트라이트를 데려왔어. 디스트릭트 메신저에 있던 조그만 녀석 기억나지? 그 애가 나한테 필요한 자잘한 것들을 모두 구해다 줬지. 빵이며 깨끗한 셔츠며, 그 밖에 뭐가 더 필요하겠어? 녀석 덕분에 눈도 두 개가 더 늘었고 걸음도 잰 아이니까 도움이 많이 되었어."

"그러면 내 보고서들은 전부 쓰레기통으로 갔겠군!" 나는 보고서를 쓸 때 품었던 자부심과 갖은 고생이 생각나서 목소리가 떨려 나왔다.

홈즈는 주머니에서 종이 뭉치를 꺼냈다.

"자네 보고서는 여기 있어, 이 친구야. 진짜 아주 여러 번 읽어봤어. 내가 연락책을 잘 만들어놔서 나한테 오는 데 하루밖에 더 걸리지 않았어. 자네가 보여준 열정과 영민함은 정말이지 칭찬을 안 할 수가 없어. 특히나 이렇게 어려운 사건인데 말이야."

그가 나를 속였다는 생각에 아직 마음이 풀리지 않았지만 따뜻하게 칭찬을 해주니 화가 가라앉았다. 그리고 마음속으로는 그가 한 말이 맞는 말이라고 느꼈다. 그가 황야에 있다는 것을 내가 모르는 편이 우리 목적에는 최선이었다.

"한결 낫구먼." 내 얼굴에서 그늘이 지워지는 걸 보며 홈즈가 말했다. "그러면 이제 로라 라이언스 부인을 방문한 결과가 어땠는지 좀 이야기해봐. 자네가 그녀를 만나러 갔다는 건 쉽게 추측할 수 있어. 왜냐면 쿰 트레이시에서 이 사건과 관련해 우리에게 도움이 될 만한 사람은 라이언스 부인뿐이라는 걸 알고 있었거든. 사실은 오늘 자네가 가지 않았다면 아마 내가 내일 갔을 거야."

해가 지고 땅거미가 황야에 깔리고 있었다. 공기는 차갑게 변했고 우리는 온기를 찾아 움막 안으로 들어갔다. 거기서 황혼 속에 둘이 앉아서 나는 홈즈에게 그 부인과 나눈 대화 내용을 이야기해주었다. 홈즈는 매우 흥미를 보여서 몇 군데는 그가 만족할 때까지 두 번씩 얘기를 해줘야 했다.

"이 얘기는 정말 중요해." 내가 말을 마쳤을 때 홈즈가 말했다. "이 복잡한 사건에서 내가 연결 지을 수 없었던 부분을 메워주는군.

이 부인과 스테이플턴 사이에 긴밀한 관계가 있다는 건 자네도 알 겠지?"

"긴밀한 관계는 몰랐는걸?"

"의심의 여지가 없어. 그들이 만나서 함께 편지를 썼어. 서로 완 전히 내통하고 있었던 거지. 이제 이걸 알았으니 우리는 강력한 무 기를 손에 쥐게 된 거야. 이걸 이용해서 그의 부인을 떼어놓을 수만 있다면……."

"그의 부인?"

"이제는 좀 알려줄게. 자네가 이렇게까지 해주었으니까. 스테이 플턴 양이라고 불리는 그 여자는 사실 그의 부인이야."

"세상에나, 홈즈! 확실한 거야? 어떻게 스테이플턴은 헨리 경이 자기 부인과 사랑에 빠지는 걸 두고 볼 수 있는 거지?"

"헨리 경이 사랑에 빠진 건 헨리 경 자신에게만 해가 될 뿐, 다른 사람들에게는 아무런 해가 되지 않아. 자네도 관찰했던 것처럼 스 테이플턴은 헨리 경이 자기 부인이랑 단둘이 있지 못하게 하려고 엄청 조심하니까. 다시 말하지만 그녀는 그의 부인이지 여동생이 아냐."

"그런데 왜 그렇게까지 애써서 속이는 거야?"

"왜냐면 스테이플턴은 그녀가 자유로운 여자일 때 자기에게 훨 씬 더 소용이 된다는 걸 알았거든."

밖으로 표시하지는 않았지만 본능적으로 내가 희미하게 느끼고 있었던 의혹들이 갑자기 구체적인 모습을 갖추고 그 박물학자에게 집중되었다. 밀짚모자에 포충망을 들고 무표정, 무채색으로 일관하는 그 남자가 나는 왠지 무서운 면모를 갖고 있을 것만 같았다. 표정은 웃고 있지만 가공할 인내심과 술수를 갖추고 있는 살인자의 심장을 가진 괴물 말이다.

"그러면 그가 우리의 적인 거야? 런던에서 우리 뒤를 밟은 것도 그자고?"

"내가 풀어낸 바로는 그래."

"그리고 그 경고는 틀림없이 그녀가 보낸 거겠군!"

"바로 그렇지."

그토록 오랫동안 나를 둘러싸고 있었던 어둠을 뚫고 괴물 같은 악한의 모습이 반쯤 드러났다.

"그런데 이거 확실한 거야, 홈즈? 그 여자가 아내인지 어떻게 알았지?"

"스테이플턴이 그동안 자기 자신을 너무 잊고 살아서 자네를 처음 만났을 때 실제의 자기 과거를 일부 말해버린 거야. 아마 그래놓고 엄청 후회했을걸. 스테이플턴은 전에 실제로 북잉글랜드에서 교사로 일했어. 학교 선생님처럼 추적하기 쉬운 사람이 또 어딨겠어. 교육계에 종사했던 사람이라면 누구나 확인해볼 수 있는 기관들이 있단 말이지. 조사를 조금 해보니 끔찍한 상황으로 문을 닫은 학교가 하나 있더라고. 이름은 스테이플턴이 아니었지만 그 교장은 부인과 함께 사라졌고 말이야. 설명이 일치했어. 사라진 교사가 곤충학에 조예가 깊었다고 하니 확인은 끝난 거지."

어둠은 걷히고 있었으나 아직 많은 부분이 그늘에 가려져 있었다.

"그 여자가 정말 그의 아내라면 로라 라이언스 부인은 뭐야?" 내가 물었다.

"그게 바로 자네 조사가 빛을 발한 부분인 거지. 자네가 그 부인이랑 나눈 대화가 많은 걸 정리해줬어. 나는 그녀가 남편과 이혼을 준비 중인지 몰랐거든. 그렇다면 그녀는 스테이플턴을 미혼남이라고 생각하고 그의 부인이 될 수 있다고 믿어 의심치 않았을 거야."

"하지만 그게 아니라는 걸 알게 되면?"

"그러면 그 부인은 우리에게 도움이 되는 거지. 우리가 가장 먼저 해야 할 일이 그녀를 만나는 거야. 내일 같이 만나러 가보자고. 그나저나 왓슨, 자네 임무에서 너무 오랫동안 벗어나 있는 거 아냐? 자네는 바스커빌 저택에 있어야 하잖아."

마지막 남은 붉은 빛줄기도 서쪽으로 사라지고 황야에는 밤이 내려와 있었다. 새까만 하늘에 희미한 별 몇 개가 빛나고 있었다.

"마지막으로 질문 하나만 더, 홈즈." 내가 일어서며 말했다. "자네랑 나 사이에 비밀은 필요 없잖아. 이게 모두 무슨 사건인 거야? 그가 노리는 게 뭐지?"

대답하는 홈즈의 목소리가 가라앉았다. "왓슨, 그건 살인이야. 정교하고 냉혹하고 의도된 살인. 자세한 건 묻지 말아줘. 내 그물로 그를 옭죄어가는 중이니까. 그의 그물이 헨리 경을 죄어가는 중이기는 하지만, 자네가 도와준다면 그는 내 수중에 있는 거나 마찬가지야. 하지만 위협이 되는 위험 요인이 하나 있어. 우리가 먼저 치기 전에 그가 공격할 수도 있다는 거야. 길어야 하루 이틀이면 사건이 종료될 수 있어. 하지만 그때까지는 자네 담당에 바싹 붙어서 애정 어린 엄마가 아픈 아이를 돌보듯이 지켜봐야 해. 오늘 자네가 한 일은 충분히 가치가 있었지만 그래도 자네가 헨리 경 옆에 있었으면 더 좋았다고 생각할 정도야…… 들어봐!"

끔찍한 비명 소리가, 공포와 분노에 찬 긴 비명이 황야의 침묵을 뚫고 터져 나왔다. 그 소름 끼치는 외침에 나는 온몸의 혈관이 다 얼어붙는 것 같았다.

"아, 어쩌지!" 나는 숨이 턱 막혔다. "저게 뭐야? 무슨 소리야?"

홈즈도 튕기듯이 일어섰다. 움막 입구에 있는 그의 탄탄한 체형이 실루엣으로 보였다. 그는 구부정하니 서서 머리를 내밀고 어둠 속을 응시했다.

"쉿!" 홈즈가 속삭였다. "조용!"

그 비명은 너무 격해서 더 크게 들렸지만 어두운 평원 저 멀리 어디에선가 들려온 것이었다. 이제 소리는 점점 더 가깝고 더 크고 더 절박해졌다.

"어디서 나는 거야?" 홈즈가 속삭였다. 그의 목소리가 떨리는 것을 느끼고 나는 이 강철 같은 남자가 내심 흔들리고 있다는 것을 알았다. "어디야, 왓슨?"

"저쪽인 거 같아." 내가 어둠 속을 가리켰다.

"아냐, 저쪽!"

또 한 번 고통에 찬 울음이 괴괴한 밤을 휩쓸고 지나갔다. 이번에는 훨씬 더 크고 가깝게 들렸다. 그리고 뭔가 다른 소리가 섞여 들렸다. 중얼거리는 듯한 낮은 소리가 노래하듯이, 그러나 위협적으로 오르내렸다. 마치 끝없이 계속되는 바다의 낮은 속삭임 같았다.

"그 사냥개!" 홈즈가 외쳤다. "왓슨, 이리 와, 이리! 젠장, 우리가 너무 늦었어!"

그는 황야 위를 나는 듯 달리기 시작했다. 나도 그 뒤를 바싹 뒤쫓았다. 하지만 그때 우리 바로 앞의 갈라진 땅 사이 어디선가 최후의 절망적인 절규가 들려왔다. 그러고는 둔탁하고 무겁게 쿵! 하는 소리가 났다. 우리는 멈춰 서서 귀를 기울였다. 바람도 없는 밤의 무거운 침묵을 깨는 소리는 다시 들려오지 않았다.

나는 홈즈가 한 손을 이마에 가져다 대는 것을 보았다. 심란한 듯했다. 홈즈는 땅에 대고 발을 굴렀다.

"그자가 우리를 엿 먹인 거야, 왓슨. 우리가 너무 늦었어."

"아냐, 아냐, 그럴 리가 없어!"

"잠자코 있었던 내가 바보야. 그리고 왓슨, 이제 자네가 책임을 다하지 않으면 어떤 일이 벌어지는지 알겠지! 하지만 맹세코 최악의 일이 벌어졌다면 우리가 복수를 하고야 말 거야!"

우리는 앞이 보이지 않는 어둠 속을 달려갔다. 바위에 부딪치고 가시덤불 속을 헤치면서도 계속 나아갔다. 헐떡이며 언덕을 오르고 내려가면서 오직 그 끔찍한 소리가 들려왔던 곳을 향해 달음질했다. 구릉에 오를 때마다 홈즈는 열심히 주변을 돌아보았지만 황야

위는 어둠이 짙었고, 그 황량한 지표면에서 움직이는 것은 아무것도 없었다.

"뭐 보여?"

"아무것도."

"그런데 들어봐, 저게 무슨 소리지?"

굵직한 신음 소리가 우리 귀에 들려왔다. 우리 왼편에서 그 소리가 다시 났다! 그쪽은 바위 산등성이로 그 끝은 깎아지른 절벽이었다. 아래로는 돌투성이 비탈이 있었다. 그 울퉁불퉁한 표면 위에 뭔가 어둡고 불규칙한 물체가 사지를 벌린 채 널브러져 있었다. 그쪽으로 달려가자 희미한 윤곽이 차츰 하나의 모양이 되었다. 그것은 얼굴을 아래로 향하고 땅바닥에 엎어져 있는 남자였다. 머리가 몸 아래로 끔찍한 각도로 접혀 있고 어깨는 움츠리고 몸을 웅크리고 있어서 마치 공중제비의 한 동작 같았다. 그 자세가 몹시도 기괴해서 나는 앞서의 신음 소리가 그의 영혼이 빠져나가는 소리였다는 것을 잠시 잊고 있었다. 우리가 내려다보고 있는 그 어두운 형체에서는 더 이상 그 어떤 소리도, 바스락거림조차 들리지 않았다. 홈즈는 그에게 손을 뻗었다가 두려운 듯 신음 소리를 내며 다시 손을 움츠렸다. 홈즈가 켠 성냥불은 희생자의 엉겨 붙은 손가락과 그의 깨진 두개골에서부터 점점 넓어지고 있는 끔찍한 웅덩이를 비추었다. 그리고 촛불이 다른 것을 비추자 우리는 선 채로 심장이 멎는 것만 같았다. 헨리 바스커빌 경의 시체였다!

홈즈나 나나 그 특이한 붉은색 트위드 양복을 잊을 수 없었다.

우리가 베이커 스트리트에서 처음 만났을 때 그가 입고 있었던 바로 그 옷이었기 때문이다. 아주 짧은 순간 우리가 그것을 보고 나서 바로 성냥불이 깜박거리더니 꺼져버렸다. 마치 우리의 영혼에서 희망이 사라지듯이. 홈즈는 끙! 하는 소리를 냈다. 어둠 속에서 그의 얼굴이 하얗게 비쳤다.

"그 짐승! 그 짐승이!" 나는 주먹을 불끈 쥐고 외쳤다. "아, 홈즈, 나는 헨리 경을 혼자 남겨두었던 나 자신을 결코 용서하지 않을 거야."

"자네보다 내가 비난을 받아야 마땅하지, 왓슨. 사건을 내 마음대로 다듬어서 완성하려고 의뢰인의 생명을 희생한 거야. 이 일을 하면서 나에게 닥친 가장 큰 타격이야. 하지만 내가 어떻게 알 수 있었겠어, 어떻게. 내가 그렇게 경고했는데도 헨리 경이 목숨을 걸고 황야에 혼자 나올 줄이야."

"그의 비명 소리를 들어야 했다니……. 신이시여, 그 비명들! 그러고도 그를 구할 수 없었다니! 헨리 경을 죽음으로 몰아간 이놈의 사냥개는 어디 있는 거야? 지금도 이 바위들 사이에 숨어 있을지 몰라. 그리고 스테이플턴은, 이자는 어디 있는 거야? 이런 짓을 한 책임을 져야 해."

"책임지고말고. 내가 그렇게 만들 거야. 백부와 조카가 살해당했어. 한 명은 그 짐승의 모습만 보고도 겁에 질려 죽음에 이르렀어. 초자연적인 거라고 생각했으니까. 다른 한 명은 그 짐승에서 벗어나려고 발버둥 치다가 최후를 맞았고. 하지만 이제 우리는 그 짐승과 그 남자 사이의 연관을 증명해야 해. 우리가 들은 것을 빼면 그 남자가 여기 있었다고 단언할 수는 없어. 헨리 경은 떨어져 죽은 게 명명백백하니까. 하지만 하늘에 맹세컨대 그자가 아무리 교활해도 하루가 지나기 전에 내게 걸려들고야 말 거야!"

우리는 쓰라린 심정으로 엉망이 된 시체의 양쪽에 서 있었다. 우리의 길고 고된 노력을 너무나 비통한 결말로 이끈 이 급작스럽고 되돌릴 수 없는 재앙에 넋이 나갔던 것이다. 그때 달이 떠올랐고, 우리는 우리의 불쌍한 친구가 떨어진 바위 위로 올라가서 어둠이 내린 황야를 바라보았다. 반쯤은 은빛이고 반쯤은 어두웠다. 멀리 그림펜 방향으로 몇 킬로미터 밖에 꺼지지 않는 노란 불빛이 반짝이고 있었다. 외따로 살고 있는 스테이플턴 부부의 집일 수밖에 없었다. 그걸 노려보면서 나는 욕설을 내뱉으며 주먹을 흔들었다.

"그냥 바로 가서 잡으면 안 돼?"

"사건이 완전하지가 않아. 이놈은 극히 조심스럽고 교활한 인간이잖아. 우리가 아는 게 중요한 게 아냐. 우리가 증명할 수 있느냐가 중요하지. 자칫 잘못 움직였다간 이 악당이 빠져나갈 수도 있어."

"이제 어떡하지?"

"내일이면 우리가 할 일이 산더미처럼 많을 거야. 오늘 밤엔 불쌍한 우리 친구를 수습이나 하는 수밖에."

우리는 다시 깎아지른 듯한 비탈을 내려가 시체로 다가갔다. 시체는 은빛 돌들을 배경으로 선명하고 검게 보였다. 그의 뒤틀린 사지가 보여주는 고통에 나는 갑자기 가슴이 먹먹해져 두 눈이 눈물로 흐려졌다.

"도움을 청해야겠어, 홈즈! 우리 둘이서 저택까지 운반할 수는 없을 것 같아. 세상에, 자네 미쳤어?"

그는 외마디 소리를 지르더니 시체 위로 몸을 숙였다. 그러고는 춤을 추고 웃어대며 내 손을 꽉 쥐는 것이었다. 이게 근엄하고 자제력 강한 내 친구 맞나? 이런 광기가 숨어 있었다니!

"턱수염 봐! 턱수염! 이 사람은 턱수염이 있어!"

"턱수염?"

"준남작이 아냐. 이건, 이자는, 나랑 같이 황야에 살던 탈옥수라

고!"

나는 흥분해서 허겁지겁 시체를 뒤집었다. 피가 뚝뚝 떨어지는
수염이 차갑고 맑은 달빛에 두드러져 보였다. 돌출한 눈썹과 푹 들
어간 짐승 같은 눈, 이것은 절대로 준남작일 수가 없었다. 그러고
보니 정말로 바위 너머 촛불 속에서 나를 쏘아보던 것과 같은 얼굴
이었다. 그 범죄자, 셀던의 얼굴이었다.

순식간에 모든 게 이해가 갔다. 준남작이 자기가 옛날에 입던 옷
들을 배리모어에게 주게 된 사연을 말해준 것이 기억났다. 배리모
어는 셀던이 탈출하는 것을 도와주려고 그 옷을 다시 셀던에게 넘

긴 것이다. 신발, 셔츠, 모자까지 모두 헨리 경의 것들이었다. 비극이 참혹하기는 마찬가지였지만 최소한 이 남자는 자기 나라 법에 의해 사형을 받을 만한 사람이었다. 나는 홈즈에게 어떻게 된 일인지 설명했다. 내 가슴은 감사와 기쁨으로 차올랐다.

"그러면 옷 때문에 이 불쌍한 친구가 죽게 된 거로군." 홈즈가 말했다. "그 사냥개한테 헨리 경의 물건 냄새를 맡게 한 다음에 풀어놓은 게 분명해. 십중팔구 호텔에서 가져간 구두를 사용했겠지. 그래서 이 남자한테 덤벼든 거야. 그런데 한 가지가 이상해. 셀던은 이 어둠 속에서 그 사냥개가 자기를 따라오는 걸 어떻게 알았을까?"

"사냥개 소리를 들은 거지."

"황야에서 사냥개 한 마리 소리를 들었다고 해서 이 탈옥수처럼 겁 없는 사람이 그렇게 놀라 까무러치지는 않았을 거야. 그렇게 크게 살려달라고 외쳤다가는 다시 잡혀갈지도 모르는데 말이야. 그 절규를 생각해보면 이자는 그 짐승이 따라온다는 걸 안 다음부터 꽤 먼 거리를 달렸어. 어떻게 알았을까?"

"우리 짐작이 모두 옳다고 본다면 더욱 알 수 없는 게 있어. 왜 이 사냥개가……."

"나는 짐작 같은 건 하지 않아."

"그래, 아무튼 왜 이 사냥개가 오늘 풀려나야 했을까. 이 개가 항상 황야에 풀리는 건 아니잖아. 스테이플턴은 헨리 경이 여기 있을 거라고 믿을 만한 이유가 없다면 개를 풀지 않았을 거야."

"둘 중에 내 질문이 훨씬 어려운걸. 자네 의문은 금방 설명을 들

게 될 테지만 내 의문은 영원히 수수께끼로 남을 수도 있어. 지금 중요한 건 이 불쌍한 인간의 시체를 어떻게 하느냐군. 여기 여우들과 까마귀들 사이에 남겨두고 갈 수는 없잖아."

"경찰에 연락이 닿을 때까지 우선 움막에 넣어두면 어떨까."

"그래. 자네랑 내가 거기까지는 옮길 수 있겠지. 워, 왓슨, 이게 누구야? 당사자가 납셨군. 정말 대담하고 멋져! 의심하는 티를 내면 안 돼, 한 마디도. 그랬다가는 내 계획이 물거품이 되니까."

황야를 가로질러 한 사람이 다가오고 있었다. 시가가 타고 있는 불빛이 흐리게 보였다. 그 남자 위로 달빛이 비쳤고, 나는 그 말쑥한 차림과 경쾌한 걸음으로 박물학자라는 것을 알아보았다. 그는 우리를 보고 멈췄다가 다시 걸어왔다.

"이런, 왓슨 박사님이신가요, 맞죠? 이 밤에 여기 황야에서 박사님을 보게 될 줄은 꿈에도 생각 못했군요. 그런데, 오 이런, 이게 뭔가요? 누가 다쳤나요? 저게 우리 친구 헨리 경은 아니죠!"

그는 급히 나를 제치며 죽은 사람을 들여다보았다. 나는 날카롭게 들이쉬는 그의 숨소리를 들었다. 그리고 그의 손가락에 있던 시가가 바닥에 떨어졌다.

"이게…… 이게 누군가요?" 그는 말을 더듬거렸다.

"셀던이에요. 프린스타운에서 도망친."

스테이플턴은 창백하게 우리를 돌아보았지만 안간힘을 다해 놀란 마음과 실망감을 수습한 후였다. 그는 날카로운 시선으로 홈즈를 한 번 보고는 나를 보았다.

"이런! 이렇게 충격적인 일이! 어떻게 죽은 건가요?"

"저 위에서 떨어져 목이 부러진 채로 발견되었어요. 제 친구와 제가 황야를 거닐다 비명을 들었습니다."

"저도 비명 소리를 들었어요. 그래서 밖으로 나와본 거지요. 헨리 경이 걱정되었거든요."

"특별히 헨리 경이 걱정된 이유라도 있습니까?" 나는 질문을 참기가 힘들었다.

"그가 건너올 거라고 생각했거든요. 그가 오지 않아서 놀랐어요. 그리고 황야에서 비명이 들리니 자연히 그의 안전이 덜컥 걱정된 거지요. 그건 그렇고," 그의 두 눈이 내 얼굴을 떠나 홈즈에게 꽂혔다. "비명 말고 다른 소리는 전혀 못 들으셨나요?"

"아니요." 홈즈가 말했다. "들으신 게 있나요?"

"아뇨."

"그러면 왜 그러시는지?"

"왜 그런 얘기 못 들으셨나요? 농부들이 유령 사냥개니 어쩌니 하지 않습니까. 밤에 황야에서 소리가 난다고들 하니까요. 오늘 밤에도 혹시 그런 소리가 났나 궁금했어요."

"그런 소리는 전혀 못 들었어요." 내가 말했다.

"그러면 이 불쌍한 친구가 어떻게 죽었다고 생각하시는지요?"

"사람들 눈에 띌지 모른다는 불안감 때문에 죽음으로 내몰렸다고 봅니다. 그는 미친 상태로 황야를 질주하다가 결국 여기서 떨어져 목이 부러진 거지요."

The Hound of the Baskervilles

"그게 가장 그럴듯하네요." 스테이플턴이 말했다. 그러고는 한숨을 쉬는 것이, 안도하는 것 같았다. "셜록 홈즈 씨는 어떻게 생각하시나요?"

홈즈는 칭찬의 의미로 고개를 까딱거렸다.

"사람을 금방 알아보시는군요." 홈즈가 말했다.

"저희는 왓슨 박사님이 오신 이후로 홈즈 씨가 언제 오시나 기다리고 있었지요. 때맞춰 오셔서 비극을 보시는군요."

"네, 그렇습니다. 제 친구 설명이 분명 사실일 거라고 생각됩니다. 내일 런던에 갈 때 즐겁지 않은 기억을 가져가게 되었군요."

"내일 돌아가세요?"

"그럴 생각입니다."

"저희를 어리둥절하게 만든 이 사건들을 밝혀내신 거겠지요?"

홈즈는 어깨를 으쓱했다. "바라는 대로 항상 다 성공할 수는 없는 노릇이지요. 조사자에게는 사실이 필요합니다. 전설이나 소문으로는 안 되고요. 그런 면에서 이번 사건은 만족스럽지가 못하군요."

내 친구는 아주 솔직하고 무심한 태도로 말했다. 스테이플턴은 홈즈를 유심히 바라보았다. 그러고는 내 쪽을 돌아보았다.

"이 불쌍한 친구를 저희 집으로 데려가고 싶습니다만 그랬다가는 제 여동생이 너무 놀랄 것 같아서 안 되겠네요. 얼굴에 뭐라도 덮어놓으면 아침까지는 아무 일 없을 겁니다."

그래서 시체는 그런 식으로 정리가 되었다. 묵고 가라는 스테이플턴의 권유에도 홈즈와 나는 바스커빌 저택으로 향했고, 박물학자는 혼자서 집으로 돌아갔다. 뒤를 돌아보니 스테이플턴이 드넓은 황야 위로 천천히 멀어져가는 것이 보였고, 그 뒤로 은빛 비탈에 검은 자국이 하나 보였다. 끔찍한 최후를 마친 자가 누워 있는 곳이었다.

"이제 거의 다 잡았어." 홈즈가 말했다. 우리는 함께 황야를 가로질러 걷고 있었다. "그렇게 태연할 수 있다니! 본인의 음모에 다른 사람이 희생되었다는 걸 알아챘을 때는 분명 엄청난 충격을 받았을 텐데도 표정 관리를 저렇게 해내다니 말이야. 왓슨, 내가 런던에서도 얘기했지만 다시 한 번 얘기할게. 우리한테 이런 적수는 처음이야. 마음 단단히 먹어야 해."

"그가 자네를 보게 되어서 유감이야."

"처음엔 나도 그랬지. 하지만 불가피한 일이었어."

"이제 자네가 여기 있다는 걸 스테이플턴이 알게 된 게 어떤 영향을 끼칠 거 같아?"

"아마 더 조심하겠지. 아니면 즉각 필사적인 수단을 동원할 수도 있고. 똑똑한 범죄자들이 그렇듯이 스테이플턴도 자신의 영리함에 자만해서 자기가 우리를 완전히 속여 넘겼다고 생각할지 몰라."

"그를 바로 체포하면 왜 안 되지?"

"이 친구야, 자넨 역시 타고난 활동가야. 자네는 항상 뭔가 활기찬 일을 하려고 하지. 그렇지만 오늘 밤에 우리가 그를 체포했다고 생각해봐. 그냥 가정만 해보자고. 우리한테 좋을 게 뭐 있어? 우리는 그의 유죄를 전혀 입증할 수 없었을 거야. 교활한 악마 같다니까! 하수인이 사람이라면 우리도 뭔가 증거를 찾을 수가 있을 거야.

하지만 이 대단한 개를 대낮에 끌어낸다고 해도 우리가 그 주인에게 쇠고랑을 채우는 데는 아무 도움이 안 될 거야."

"그래도 벌어진 사건이 있는데."

"전혀. 사건의 그림자, 그 죽음과 추측이 있을 뿐이지. 우리가 이런 얘기와 이런 증거만 가지고 법정에 선다면 비웃음만 살걸."

"찰스 경의 죽음이 있잖아."

"찰스 경 위에 발자국이 있었던 건 아니잖아. 찰스 경이 순전히 공포 때문에 죽었다는 건 자네나 나나 아는 일이고, 뭐가 그를 공포로 몰아갔는지 우리는 알고 있지만 무슨 수로 둔감한 배심원 열두 명을 납득시키겠어? 사냥개라는 표식이 어디 있냐고. 사냥개 송곳니 자국이 어디 있느냔 말이야. 사냥개가 시체를 물었을 리도 없고, 사냥개가 덮치기도 전에 찰스 경은 죽어버렸잖아. 그런데 이것들을 모두 '증명'해내야 하지. 우리는 아직 그럴 수 있는 상황이 아니야."

"뭐, 그러면 오늘 밤은?"

"오늘 밤도 사정이 나을 게 없어. 오늘도 이 남자의 죽음과 사냥개 사이에 직접적인 연결점은 없어. 우리도 사냥개를 보지는 못했잖아. 개 소리를 듣기는 했지만 그게 이 남자를 쫓아오던 중이었다는 걸 증명할 방도가 없어. 동기도 전혀 없고. 안 돼, 이 친구야. 지금 당장에는 승산이 없다는 걸 받아들여야 해. 그러나 승산을 높이기 위해 위험을 무릅쓸 가치가 있어."

"그래서 어떻게 하려고?"

"일이 어떻게 돌아가고 있는가를 로라 라이언스 부인이 알게 되면 우리에게 과연 어떤 도움을 줄지 기대가 커. 또 내가 따로 세운 계획도 있어. 내일이면 분명히 밝혀지겠지만 나는 하루가 더 지나기 전에 마침내 우리가 승기를 잡기를 바라고 있어."

홈즈에게서 그 이상의 얘기를 들을 수는 없었다. 그는 생각에 빠져서 바스커빌 정문까지 걷기만 했다.

"들어갈 거야?"

"응. 더 이상 숨을 필요가 없어. 하지만 왓슨, 마지막으로 당부할 게 있어. 헨리 경한테는 그 사냥개에 대해 일절 얘기하지 마. 스테이플턴이 우리가 믿기를 원하는 그대로 헨리 경이 생각하게 만들어야 해. 그래야 내일 상황에 더 잘 대처할 수 있을 거야. 내 기억이 맞는다면 내일 이 사람들이랑 저녁 식사를 하기로 되어 있다고 자네가 보고서에 썼잖아."

"응, 나도 같이 먹기로 되어 있어."

"그러면 자네는 핑계를 대고 빠져야 해. 헨리 경은 꼭 가야 하고. 어렵지 않을 거야. 일단 지금은 저녁 식사 시간에 너무 늦었다면 야참이라도 먹자고."

Fixing the Nets

제13장 그물 치기

헨리 경은 셜록 홈즈를 보고 놀라기보다는 기뻐했다. 왜냐하면 최근에 벌어진 사건들로 홈즈가 런던에서 내려오지 않을까 하고 며칠간이나 기다리던 참이었기 때문이다. 하지만 내 친구 손에 아무 짐도 없고, 또 왜 짐이 없는지 설명도 하지 않는 것을 보고는 놀란 눈치였다. 우리끼리 홈즈가 필요로 하는 것들을 준비해주고는, 늦은 저녁을 먹으면서 준남작에게 오늘 우리가 겪은 일들 중 그가 알아야 할 만한 것들을 이야기해주었다. 그러나 먼저 나에게는 셀던이 죽었다는 갑작스러운 소식을 배리모어와 그 부인에게 알려주어야 하는 난감한 임무가 있었다. 배리모어에게는 이 소식이 순전히 안도감을 가져다줄 뿐이었지만, 그의 아내는 앞치마를 붙잡고 서럽게 울었다. 세상 사람 모두에게 셀던은 반쯤은 짐승이고 반쯤은 악마인 폭력적인 사내일 뿐이었지만, 그녀에게 셀던은 언제나 소녀 시절 손을 잡고 다니던 고집 센 꼬마로 남아 있었다.

진짜 악마는 자신을 위해 울어줄 여자가 한 명도 없는 사람일 것이다.

"아침에 왔슨 박사님이 나가버리고 나서 하루 종일 집에서 침울하게 있던 중입니다." 준남작이 말했다. "제가 약속을 지킨 것에 대해서는 좀 칭찬을 들어도 되지 않을까 싶습니다. 혼자서 돌아다니지 않겠다고 맹세만 하지 않았어도 아마 더 활기 넘치는 저녁을 보냈을 겁니다. 스테이플턴에게서 건너오라는 전갈을 받았거든요."

"경이 더 활기찬 저녁을 보냈으리라고 저도 믿어 의심치 않습니다." 홈즈가 건조하게 말했다. "그건 그렇고, 저희가 목이 부러진 경 앞에서 애도하고 있었다고 해서 고마워해주지는 않으시겠지요?"

헨리 경은 눈을 크게 떴다. "어떻게 그런 일이?"

"그 불쌍한 친구는 경의 옷을 입고 있더군요. 그 옷을 건네준 경의 하인이 경찰에게 곤란을 겪지 않을까 걱정이 됩니다."

"그렇지는 않을 겁니다. 옷에 아무 표시도 없으니까요. 제가 아는 한은요."

"그 사람에게는 다행이네요. 사실 여러분 모두에게 다행이라고 해야겠군요. 이 문제에 관련해서는 여러분 모두 법적으로 불리한 위치에 있으니까요. 양심적인 탐정으로서 맨 먼저 여기 식구들 모두를 체포해야 하는 건 아닌지 모르겠습니다. 왓슨의 보고서를 보면 이보다 더 유죄일 수는 없으니까요."

"그런데 사건은 어떻게 되고 있습니까?" 준남작이 물었다. "엉킨 실마리는 좀 푸셨나요? 왓슨 박사님과 제가 내려온 후에도 별로 더 알아낸 것은 없는 듯합니다만."

"머지않아 경에게 상황을 더 분명하게 알려드릴 수 있게 될 겁니다. 지극히 어렵고 매우 복잡한 사건이었어요. 아직 밝혀내야 할 부분이 몇 가지 있습니다. 하지만 곧 밝혀질 겁니다."

"저희가 겪은 일이 있어요. 왓슨 박사님이 분명 이야기하셨겠지만, 황야에서 사냥개 소리를 들었답니다. 그러니 맹세코 이 모든 게 실체 없는 미신은 아니라고 말씀드릴 수 있습니다. 제가 서부에 있을 때 개와 관련된 일을 한 적이 있어서 개 짖는 소리에 대해 잘 압니다. 홈즈 씨께서 이 개에 입마개를 씌워 묶어 오실 수 있다면 저는 홈즈 씨가 사상 최고의 탐정이라고 얘기할 겁니다."

"경께서 도와주신다면 그 개에 입마개를 씌우고 묶을 수 있을 듯하군요."

"뭐든지 하라시는 대로 하겠습니다."

"좋습니다. 그리고 무조건 따라주십사 부탁드릴 겁니다. 이유를 묻지 마시고요."

"원하시는 대로요."

"경께서 이걸 해주신다면 우리의 작은 문제점은 곧 해결될 것 같군요. 분명히……."

홈즈는 갑자기 말을 멈추고 내 머리 위에 있는 허공에서 눈을 떼지 못했다. 램프의 불빛이 그의 얼굴을 비추었는데 너무 골똘한 나머지 변화가 없어서 잘 다듬어진 전통 조각상이라고 해도 될 지경이었다. 기민하면서도 기대에 찬 모습이었다.

"뭔데 그래?"

"왜 그러십니까?" 우리는 동시에 소리쳤다.

홈즈가 시선을 내릴 때 나는 그가 내면의 감정을 억제하고 있다는 것을 알 수 있었다. 홈즈는 침착함을 유지하고 있었지만 두 눈에서는 의기양양하게 기쁜 기색이 비쳤다.

"예술적인 안목에 잠깐 감탄하던 중입니다." 홈즈는 이렇게 말하며 손을 들어 반대편 벽을 덮고 있는 한 줄의 초상화들을 가리켰다. "왓슨은 제가 예술에 대해 뭣도 모른다고 합니다만 질투가 나서 그러는 거죠. 주제에 대한 관점이 다른 것뿐이거든요. 그런데 이건 정말 훌륭한 초상화 모음이군요."

"아, 그렇게 말씀해주시니 기쁘군요." 이렇게 말하며 헨리 경은 다소 놀란 듯 내 친구를 흘깃 보았다. "저는 이런 걸 아는 체하지 않는 편입니다. 그림보다는 말이나 소를 더 잘 식별하는 편이지요. 그런 것에도 관심이 있으신 줄 몰랐군요."

"저는 훌륭한 작품을 보면 아는데, 지금 바로 앞에 있군요. 단언컨대 저건 넬러의 작품입니다. 이쪽의 푸른색 실크를 입은 여자분 말입니다. 그리고 가발을 쓰고 있는 뚱뚱한 신사분은 레이놀즈의 작품인 게 분명하고요. 모두 가족 초상화겠지요?"

"모두요."

"이름들을 아시나요?"

"배리모어가 알려주고 있던 참입니다. 아마 배운 대로 잘 기억하고 있지 싶습니다."

"망원경을 들고 있는 신사는 누군가요?"

"그분은 해군 소장 바스커빌입니다. 서인도에서 로드니 장군 밑에서 일하셨죠. 파란색 코트를 입고 두루마리 종이를 들고 계신 분은 윌리엄 바스커빌 경입니다. 피트 하원에서 의장 대행으로 봉직하셨고요."

"그러면 제 맞은편의 이 왕당파는요? 검정색 벨벳과 레이스가 달린 옷을 입은 분요."

"아, 그분은 홈즈 씨도 아실 만하지요. 이 모든 불운의 시조인, 사악한 휴고입니다. 바스커빌 씨네 사냥개 전설을 만들었죠. 우리가 그분을 잊기는 힘들 겁니다."

나는 흥미롭게, 약간은 놀라면서 그 초상화를 바라보았다.

"이런 세상에!" 홈즈가 말했다. "조용하고 온화해 보이는데 말이죠. 하지만 그 두 눈에는 악마가 도사리고 있었을 테지요. 더 우람하고 악랄해 보일 줄 알았는데."

"그분이 확실합니다. 이름과 1647이라는 연도가 캔버스 뒤에 적혀 있거든요."

홈즈는 다른 이야기를 더 했지만 그 늙은 무뢰한의 그림이 그를 사로잡은 모양이었다. 홈즈의 두 눈은 저녁 식사 내내 그 그림 위에 고정되어 있었다. 나중에 헨리 경이 자기 방으로 가버리고 나서야 나는 그의 생각을 따라갈 수 있었다. 홈즈는 나를 다시 식당으로 데리고 가서 자기 방에서 가져온 촛불을 한 손에 들고 벽 위의 오래된 초상화 위를 비추었다.

"뭐 보이는 거 없어?"

나는 깃털 장식이 있는 넓은 모자와 곱실거리는 러블록(관자놀이나 귀 앞쪽으로 고정하거나 해서 어깨까지 늘어뜨린 머리카락—옮긴이), 흰색 레이스 칼라, 그 사이의 준엄한 얼굴을 바라보았다. 잔혹해 보이는 얼굴은 아니었다. 하지만 꼭 다문 얇은 입술과 차갑고 편협해 보이는 눈은 어쩐지 꼼꼼하고 매정하며 가차 없어 보였다.

"누구 아는 사람 같지 않아?"

"턱이 헨리 경과 닮은 구석이 있는 것 같아."

"약간 그럴 수도. 하지만 기다려봐!"

홈즈는 의자 위에 올라가더니 불을 왼손에 들고 오른팔을 구부려서 넓은 모자와 긴 머리칼을 가렸다.

"세상에!" 나는 깜짝 놀라서 소리쳤다.

스테이플턴의 얼굴이 캔버스에서 튀어나왔다.

"하, 자네도 이제 보이는군. 내 눈은 각종 치장이 아닌 얼굴을 보는 데 단련되어 있지. 범죄 수사관의 첫 번째 덕목이라고. 변장한 놈들을 알아봐야 하니 말이야."

"그렇지만 이건 정말 놀라워. 스테이플턴의 초상화라고 해도 믿겠어."

"그렇지. 격세유전의 재미있는 사례야. 아마 겉모습뿐 아니라 정신적으로도 닮은 것 같아. 한 가계의 초상화를 연구해보면 환생 이론을 믿게 될 정도라고. 그자도 바스커빌 후손이야. 확실해."

"재산 승계에 야심이 있었던 거군."

"그렇지. 이 그림을 보니 우리가 놓치고 있던 가장 중요한 연결고리가 만들어지는군. 잡았어, 왓슨, 잡았어. 그리고 감히 말하지만 내일 밤이 오기 전에 그자는 우리가 쳐놓은 그물 안에서 무력하게 퍼덕이게 될 거야. 그자가 수집한 나비들처럼 말이야. 핀이랑 코르크, 카드를 준비해가지고 베이커 스트리트 수집 목록에다 추가하자고!"

홈즈는 그림에서 떨어지면서 좀처럼 잘 내보이지 않는 웃음을 터트렸다. 나는 홈즈가 웃는 것을 자주 보지 못했는데 그가 웃을 때면 항상 누군가에게는 좋지 못한 징조였다.

나는 아침에 일찍 일어났는데 홈즈는 나보다 더 먼저 일어났는지, 옷을 입고 있으려니 홈즈가 진입로를 올라오는 게 보였다.

"우린 오늘 빡빡한 하루를 보내게 될 거야." 홈즈가 말했다. 그러고는 기쁜 듯 손을 비볐다. "그물은 모두 제자리에 있고 이제 끌어들이기 시작할 거야. 오늘이 다 가기 전에 우리가 이 턱이 홀쭉한 대어를 낚았는지, 아니면 그물 사이로 놓쳐버렸는지 알게 될 테지."

"벌써 황야에 나갔다 오는 거야?"

"셀던의 죽음에 대해 그림펜에서 프린스타운으로 보고서를 보냈어. 자네나 여기 사람들 누구도 곤란을 겪지 않도록 할 수 있을 거 같아. 또 충직한 카트라이트한테도 연락을 했지. 내가 안전하다고 알려주지 않으면 아마 그 애는 죽은 주인의 무덤에서 개들이 그러는 것처럼 내 움막 문 앞에서 통곡하고 있을걸."

"다음 조치는 뭐야?"

"헨리 경을 만나야지. 아, 여기 오네!"

"잘 주무셨습니까, 홈즈 씨." 준남작이 말했다. "부관과 함께 전장을 준비 중인 장군처럼 보이십니다그려."

"바로 보셨습니다. 왓슨이 명령만 기다리고 있었지요."

"저도 그렇습니다만."

"좋습니다. 그러면 참여하시는 걸로 알겠습니다. 오늘 밤에 스테이플턴 씨네와 함께 저녁을 드시는 걸로요."

"홈즈 씨도 함께 가시면 하고 바라던 중입니다. 손님을 좋아하는 사람들이니 홈즈 씨를 보면 아주 좋아할 겁니다."

"죄송하지만 왓슨과 저는 런던으로 가야 할 것 같군요."

"런던으로요?"

"네, 이 시점에서는 저희가 런던에 있는 편이 더 도움이 될 것 같습니다."

준남작의 얼굴이 눈에 띄게 침울해졌다. "사건이 끝날 때까지 저와 함께 있어주실 줄 알았는데요. 저택이나 황야나 혼자 있기에 유쾌한 장소는 아니니까요."

"헨리 경, 부디 저를 무조건 믿고 시키는 그대로 해주셔야 합니다. 친구분들에게는 저희가 기꺼이 경과 함께 가려고 했었으나 급한 일이 생겨 런던으로 가야 했다고 말씀해주십시오. 데번셔로 금방 돌아올 생각입니다. 그들에게 그 메시지를 전하는 것을 기억하실 수 있겠습니까?"

"꼭 그렇게 하라고 하신다면야."

"분명히 말씀드리지만 다른 방도는 없습니다."

준남작의 구름 낀 얼굴을 보고, 우리가 자신을 버렸다고 생각하여 깊이 상처 받았다는 것을 알 수 있었다.

"언제 가길 원하십니까?" 준남작이 차갑게 물었다.

"아침 식사 후에 즉시요. 저희는 쿰 트레이시까지 마차를 몰고 갈 겁니다. 하지만 왓슨은 경에게 돌아온다는 약속으로 자기 물건을 여기 남겨두고 갈 겁니다. 왓슨, 스테이플턴에게 전갈을 보내서 자네가 갈 수 없어 유감이라고 얘기해주겠나?"

"저는 홈즈 씨와 함께 기꺼이 런던에 갈 마음이 있습니다." 준남작이 말했다. "왜 저 혼자 여기 남아야 합니까?"

"그게 경의 역할이기 때문입니다. 제가 요구하는 그대로 하겠다고 저에게 약속하지 않으셨습니까. 저는 그 요구를 하고 있는 겁니다."

"그러면 좋습니다. 남겠습니다."

"지시 사항 하나 더! 머리핏 하우스까지 마차를 타고 가신 후 마차를 돌려보내십시오. 하지만 경은 집까지 걸어서 돌아갈 예정이라는 것을 그들이 알도록 해주십시오."

"황야를 가로질러 걷는다고요?"

"네."

"하지만 그거야말로 홈즈 씨가 절대 그러지 말라고 저에게 여러 번 주의를 주셨던 사항 아닙니까?"

"이번에는 안전할 겁니다. 경의 기지와 용기로 충분히 해낼 수 있다고 자신하지 못했다면 제가 이런 것을 부탁드리지도 않았을 겁니다. 하지만 이번에는 그렇게 해주시는 것이 꼭 필요합니다."

"그렇다면 그대로 하겠습니다."

"그리고 목숨을 지키고 싶으시다면 황야를 지날 때 반드시 똑바로 가셔야 합니다. 머리핏 하우스에서 그림펜 대로로 이어진 길을 따라 곧장 가세요. 원래 집으로 가시는 길 말입니다."

"시키시는 대로 하겠습니다."

"좋습니다. 저는 아침 식사가 끝나는 대로 바로 떠나겠습니다. 그러면 오후에는 런던에 닿을 수 있을 겁니다."

비록 어젯밤 홈즈가 스테이플턴을 만났을 때 다음 날 돌아갈 거라고 말한 것을 기억하고 있었지만 나는 이 계획이 무척 놀라웠다. 나는 홈즈가 나에게 같이 가자고 할 줄은 꿈에도 몰랐고, 또 홈즈 스스로 매우 중요한 시기라고 말했던 이 시점에 어떻게 우리 둘 다 자리를 비울 수 있는지 이해할 수가 없었다. 하지만 무조건 따르는 수밖에 없었다.

우리는 아쉬워하는 준남작에게 작별을 고하고, 몇 시간 후 쿰 트레이시 기차역에 서 있었다. 마차를 왔던 길로 돌려보내고 나니 작은 소년이 플랫폼에서 우리를 기다리고 있었다.

"시키실 일은요, 선생님?"

"카트라이트, 이 기차를 타고 런던으로 가도록 해. 도착하는 대로 헨리 바스커빌 경에게 내 이름으로 전보를 쳐서, 혹시 내가 두고 온 책을 찾게 되면 베이커 스트리트에 있는 우편함으로 보내달라고 해."

"네, 선생님."

"그리고 역 사무소에 가서 나한테 온 메시지가 있는지 알아봐 줘."

소년은 전보를 하나 가지고 왔다. 홈즈가 내게 건네준 그 전보에는 다음과 같이 쓰여 있었다.

전보 받았음. 서명하지 않은 영장 갖고 가겠음. 5시 45분 도착 예정.

— 레스트레이드

"오늘 아침에 내가 보낸 전보에 대한 답이야. 레스트레이드가 경찰들 중에서는 가장 나은 것 같아. 그의 도움이 필요할지도 모르거든. 자, 왓슨, 이제 자네의 지인 로라 라이언스 부인을 방문하는 게 가장 시간을 잘 보내는 방법이 아닐까."

홈즈의 작전이 시작되고 있는 게 틀림없었다. 홈즈는 스테이플턴이 우리가 정말 가버렸다고 믿게 하기 위해 준남작을 이용할 계획이었다. 한편 우리는 필요하다고 여겨지는 순간, 실제로 즉시 돌아가야 했다. 헨리 경이 런던에서 보내는 그 전보를 스테이플턴에게 언급한다면 그들은 마지막 의심조차 거두게 될 것이다. 나는 벌써부터 우리의 그물이 그 턱이 홀쭉한 녀석 가까이 드리워지고 있는 것을 보는 것 같았다.

로라 라이언스 부인은 사무실에 있었다. 홈즈가 솔직하고 직선적으로 말문을 열자 그녀는 상당히 놀란 것 같았다.

"저는 고 찰스 바스커빌 경의 죽음과 관련한 상황을 조사하고 있습니다." 홈즈가 말했다. "여기 있는 제 친구 왓슨 박사가 부인이 이야기한 것을 저에게 전해주었습니다. 또한 그 문제에 관련하여 부인이 이야기하지 않고 있는 부분도요."

"제가 뭘 얘기하지 않았다는 거죠?" 그녀가 도전적으로 반문했다.

"부인은 찰스 경에게 10시에 그 문 앞으로 와달라고 부탁했다는 것을 고백했습니다. 그게 찰스 경이 죽은 시각과 장소라는 것을 우리는 알고 있습니다. 이 두 일 사이에 어떤 연관이 있는지에 대해 부인은 입을 다물고 있습니다."

"연관이 없으니까요."

"그렇다면 아주 특이한 우연의 일치가 될 겁니다. 하지만 제 생각에는 저희가 연관을 찾아내는 데 성공할 것 같군요. 아주 솔직히 말씀드리겠습니다, 라이언스 부인. 우리는 이 사건이 살인이라고 보고 있습니다. 이 살인에는 당신 친구인 스테이플턴 씨뿐만 아니라 그의 부인도 연루되었을 수 있습니다."

여인이 의자에서 벌떡 일어났다. "그의 부인이라고요!" 그녀가

소리쳤다.

"이건 더 이상 비밀이 아닙니다. 그의 여동생으로 통하는 사람은 사실 그의 아내입니다."

라이언스 부인은 다시 의자에 앉았다. 그녀의 두 손은 의자 팔걸이를 잡고 있었는데, 손톱이 분홍색에서 흰색으로 바뀌어가는 것을 보고 나는 그녀가 손에 힘을 꽉 주고 있다는 것을 알 수 있었다.

"그의 부인이라고요?" 그녀는 다시 말했다. "부인이라니! 그는 결혼한 사람이 아니에요."

셜록 홈즈는 어깨를 으쓱해 보였다.

"증명해보세요! 증명을! 만약 당신이 증명할 수 있다면……!"

그녀의 핏발 선 눈이 다른 어떤 말보다 많은 것을 이야기하고 있었다.

"그러려고 준비해 왔습니다." 홈즈가 말했다. 홈즈는 주머니에서 종이 몇 장을 꺼냈다. "여기 그 부부가 4년 전 요크에서 찍은 사진이 있습니다. 뒷면에는 '밴들러 부부'라고 쓰여 있습니다. 하지만 부인은 그를 쉽게 알아볼 수 있겠지요. 그리고 옆의 여자도 쉽게 알아볼 수 있을 겁니다. 이건 밴들러 부부를 아는 믿을 만한 세 사람의 증언입니다. 밴들러 부부는 당시 세인트올리버 사립학교를 운영하고 있었습니다. 읽어보세요. 그러고도 이 사람들의 정체에 의문의 여지가 있는지."

그녀는 그 서류를 흘끗 보고는 절망에 빠진 여자의 단호하고 경직된 표정으로 우리를 올려다보았다.

"홈즈 씨." 그녀가 말했다. "이 남자는 제가 남편과 이혼만 하면 저와 결혼하겠다고 제안했어요. 그는, 이 악당은 온갖 방식으로 저에게 거짓말을 했어요. 거짓이 아닌 말은 한 마디도 없었어요. 그리고 왜…… 왜 그랬을까요? 저는 그 모든 게 저를 위한 거라고 상상했어요. 하지만 이제는 제가 그저 그 사람 손에 놀아난 바보 외에 아무것도 아니었다는 것을 알겠어요. 저에게 아무 약속도 안 지킨 남자를 위해서 제가 왜 의리를 지키겠습니까? 그 사람의 사악한 행동에서 나온 결과에 대해 제가 왜 바람막이를 해주겠습니까? 원하는 걸 물어보세요. 아무것도 숨기지 않겠습니다. 한 가지는 맹세합니다. 제가 그 편지를 썼을 당시에 저는 그 늙은 신사분에게 어떤 해가 될 거라고는 꿈에도 생각하지 못했다는 것을요. 그분은 저의 가장 너그러운 친구셨으니까요."

"전적으로 부인의 말을 믿습니다." 셜록 홈즈가 말했다. "이 사건을 다시 설명하는 것이 부인께는 매우 고통스러운 일일 것입니다. 제가 어떤 일이 벌어졌는지를 얘기할 테니 하나라도 잘못된 점이 있으면 부인이 말씀해주시는 편이 더 쉽겠군요. 이 편지를 쓴 것은 스테이플턴이 제안한 거죠?"

"그가 부르는 대로 받아썼어요."

"스테이플턴은 이런 핑계를 댔을 겁니다. 편지를 쓰면 찰스 경이 부인의 이혼 비용을 대줄 거라고 말입니다."

"맞아요."

"그러고 나서 부인이 편지를 보낸 다음에 스테이플턴은 부인에게 약속을 지키지 말라고 다시 설득했죠?"

"스테이플턴은 그런 일 때문에 다른 사람에게서 돈을 받는다면 자존심이 상할 것 같다고 하더군요. 그래서 자신은 가난한 사람이지만 우리 사이를 갈라놓고 있는 장애물을 없애기 위해 자신의 마지막 한 푼까지 쓰겠다고 했어요."

"그는 아주 일관된 사람처럼 보이지요. 그러고 나서 부인은 신문에서 그 사망 기사를 읽을 때까지 스테이플턴으로부터 아무 소식도 못 들으셨죠?"

"네."

"또 그는 부인께 찰스 경과의 약속에 대해 일절 입 밖에 내지 말라고 맹세를 시켰죠?"

"그랬어요. 그게 아주 이상한 사건이어서, 사실이 새어 나가면 제가 의심을 받게 될 거라고요. 제가 아무 말도 못하도록 겁을 주었어요."

"제 생각에는 대체로 부인이 운 좋게 빠져나온 것 같군요." 홈즈가 말했다. "부인은 그에게 영향력을 갖고 있고, 그자도 그걸 아는데 부인이 아직 살아 있으니 말입니다. 몇 달 동안 부인은 벼랑 끝을 따라 걷고 있었어요. 이만 인사를 드려야겠습니다, 라이언스 부인. 아마 금방 저희로부터 다시 소식을 듣게 되실 겁니다."

"사건이 착착 마무리되고 있어. 산 너머 산도 슬슬 끝을 보이고 말이야." 런던에서 오는 급행열차를 기다리면서 홈즈가 말했다. "현대 들어서 가장 독특하고 세상을 놀랠 만한 이 범죄를 이제 곧 하나의 이야기로 연결시킬 수 있을 거야. 범죄학을 공부한 사람이라면 1866년에 리틀러시아 그로드노에서 발생한 사건을 기억하겠지. 물론 노스캐롤라이나에서 발생한 앤더슨 살인 사건도 있고. 하지만 이번 사건에는 완전히 독창적인 특징이 몇 가지 있어. 심지어 우린 아직도 이 교활하기 이를 데 없는 인간을 잡아넣을 수 있을 만큼 뚜렷하게 사건을 구성하지는 못했으니까. 하지만 오늘 밤 잠자러 가기 전에는 무슨 일이 있어도 끝장을 보고야 말 거야."

런던발 급행열차가 경적을 울리며 역사로 들어왔다. 작고 마른 체구에 강단 있어 보이는 불도그 같은 사내가 일등칸에서 뛰어내렸다. 우리 셋은 서로 악수를 나누었다. 내 일행을 향한 레스트레이드의 눈빛에 경외심이 가득한 것을 보니, 그들이 처음 함께 일한 이래

로 그가 홈즈에게 많은 것을 배웠다는 사실을 알 수 있었다. 추론가의 이론들은 실용적인 사람에게 조소를 사곤 한다는 것을 잘 기억하고 있는데 말이다.

"무슨 좋은 일이 있으십니까?" 레스트레이드가 물었다.

"요 몇 년 사이에 있었던 사건 중 가장 큰 사건입니다." 홈즈가 말했다. "출발하기 전에 두 시간 정도 여유가 있어요. 그동안 저녁이나 먹으면 좋겠군요. 그러고 나서 다트무어의 순수한 밤공기를 들이마시면 레스트레이드 씨의 목구멍에 남아 있는 런던의 안개가

다 사라질 겁니다. 가보신 적 없나요? 아, 그러면 첫 방문을 잊지
못하게 될 겁니다."

The Hound of the Baskervilles

제14장 바스커빌 씨네 사냥개

홈즈의 결점 가운데 하나는—정말이지 누군가 그 걸 결점이라고 부를 수 있다면—계획이 실행되기 전에는 누구에게 도 자신의 전체 계획을 얘기하는 것을 극도로 꺼린다는 점이다. 부분 적으로는 홈즈의 오만한 성격 탓임을 부인할 수 없다. 그는 주변 사 람들 위에 군림하면서 사람을 깜짝 놀라게 하는 걸 매우 좋아하기 때 문이다. 또 한편으로는 어떤 위험도 차단하려는 그의 직업적 조심성 이 그렇게 만들기도 했다. 어쨌든 그 결과, 그의 현장 요원이나 보조 자로 활동하는 사람들은 매우 괴롭다. 나도 그 때문에 가슴을 태운 적이 많았다. 하지만 그날 밤 어둠 속을 달렸던 그 긴 마차 여행만큼 속을 태운 적은 없다. 거대한 시련이 우리 앞에 있었다. 마침내 우리 는 막바지 작업만을 남겨놓고 있었다. 그런데도 홈즈는 아직 아무 말 이 없었다. 그가 어떤 식으로 행동할지 나는 그저 추측만 할 수 있을 뿐이었다. 얼굴을 스치는 차가운 바람과 좁다란 길 양옆으로 성큼 다 가온 어둡고 텅 빈 공간이 우리가 다시 황야로 돌아왔다는 것을 말해 주었을 때 내 온몸은 기대감으로 전율했다. 말들이 한 발씩 내디딜 때마다, 마차의 바퀴가 한 바퀴씩 돌 때마다, 우리가 경험하게 될 굉장한 모험은 점점 더 가까워지고 있었다.

빌린 마차의 마부 때문에 우리는 마음껏 대화할 수 없었다. 그래서 어쩔 수 없이 시시껄렁한 얘기나 늘어놓고 있었다. 여러 감정과 예측으로 신경이 곤두서 있으면서도 말이다. 부자연스럽게 말을 삼가고 있다가, 마침내 프랭클랜드의 집을 지나 바스커빌 저택에 가까워지자 나는 활동이 개시될 장소에 다가선다는 마음에 오히려 안도가 되었다. 우리는 현관까지 올라가지 않고 진입로 문 앞에서 내렸다. 마부에게는 돈을 지불하고 곧장 쿰 트레이시로 돌아가도록 지시했다. 우리는 머리핏 하우스를 향해 걷기 시작했다.

"총 가져왔나요, 레스트레이드?"

그 조그만 형사가 웃음을 지었다. "바지를 입는 한 뒷주머니가 있게 마련이고, 뒷주머니가 있는 한 그 안에 뭔가 넣어가지고 다니지요."

"좋아요! 내 친구랑 나도 긴급 상황에 준비가 되어 있어요."

"엄청 조심하시는군요, 홈즈 씨. 이제 어쩌죠?"

"기다리는 거죠."

"아이고, 기다리기 좋은 장소 같지는 않은데요." 형사가 말했다. 그는 부르르 떨면서 주위 언덕의 음울한 비탈과 그림펜 늪 위로 어룽거리는 거대한 안개 호수를 둘러보았다. "우리 앞쪽에 집에서 나온 불빛이 보이네요."

"거기가 머리핏 하우스고, 우리의 목적지입니다. 이제부터 살금

살금 걷고 말소리도 최대한 낮춰야 합니다."

우리는 조심조심 길을 따라 나아갔고 그 집으로 가는 줄 알았다. 하지만 집에서 200미터 정도 떨어진 곳에 왔을 때 홈즈는 우리를 멈춰 세웠다.

"이 정도면 될 겁니다." 홈즈가 말했다. "오른편의 이 바위들이 잘 가려줄 것 같군요."

"여기서 기다리는 건가요?"

"네, 여기서 매복하는 거지요. 여기 움푹 파인 데로 들어가세요, 레스트레이드. 자네는 집 안에 들어가본 적 있지, 왓슨? 방들이 어떻게 배치되어 있는지 좀 알려주겠어? 이쪽 끝의 창살을 댄 창문은 뭐지?"

"부엌 창문일 거야."

"그리고 그 위로 밝게 빛나는 창은?"

"거긴 식당이 분명해."

"블라인드가 올라가 있어. 자네가 여기 배치를 가장 잘 아니까 조용히 다가가서 그들이 뭘 하는지 좀 알아봐. 하지만 절대로 우리가 그들을 보고 있다는 걸 들켜서는 안 돼."

나는 까치발로 오솔길을 걸어가서 키 작은 과수원을 둘러싼 낮은 담벼락 뒤에 몸을 숨겼다. 그 그늘을 따라 살금살금 걸어가서 커튼이 쳐지지 않은 창 안을 똑바로 볼 수 있는 위치에 도착했다.

방에는 두 남자밖에 없었다. 헨리 경과 스테이플턴이었다. 그들은 둥근 테이블을 사이에 두고 내 쪽으로 옆모습을 보이며 앉아 있

었다. 둘 다 시가를 피우
고 있었고 커피와 포도주
가 앞에 놓여 있었다. 스
테이플턴은 손짓을 하며
이야기를 하고 있었는데,
준남작은 안색이 창백하
고 넋이 나가 보였다. 아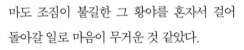
마도 조짐이 불길한 그 황야를 혼자서 걸어
돌아갈 일로 마음이 무거운 것 같았다.

　내가 보고 있는 동안 스테이플턴이 일어나
방을 나갔다. 헨리 경은 잔을 다시 채우고 의
자 뒤로 몸을 기대며 시가를 뻐끔거렸다. 끽,
하고 문 열리는 소리가 나더니 자갈에 신발
끌리는 소리가 부석부석 들렸다. 발소리는 내가 움츠리고 있는 벽의
반대편에 있는 길을 지나갔다.

　넘겨다보니 박물학자가 과수원 한가운데 있는 바깥채의 문 앞에
서는 게 보였다. 열쇠가 돌아가고 그가 안으로 들어가자 휙휙거리
는 이상한 소리가 안에서 들려왔다. 그는 그 안에서 겨우 1~2분 정
도 있었다. 그리고 다시 열쇠 돌리는 소리가 났고, 그는 내 근처를
지나서 다시 집으로 들어갔다. 그가 다시 손님과 어울리는 게 보였
다. 나는 살금살금 걸어서 일행들이 기다리고 있는 곳으로 돌아와
내가 본 것을 이야기해주었다.

"왓슨, 여자는 안에 없다고?" 내 말이 끝나자 홈즈가 물었다.

"없어."

"그러면 그녀는 어디 있는 걸까? 부엌 말고는 불이 켜진 방이 없잖아?"

"그녀가 어디 있는지는 모르겠어."

앞에서 그림펜 늪 위에 두터운 흰 안개가 끼어 있다고 얘기했는데, 이제 안개가 우리 쪽으로 서서히 움직이고 있었다. 우리 쪽으로 벽처럼 자욱하게 깔린 안개는 야트막하지만 두텁고 경계가 뚜렷했다. 달빛이 그 위를 비추니 안개 자체가 커다란 얼음 벌판처럼 보였다. 멀리 있는 바위산의 꼭대기는 마치 얼음판 위에 있는 돌멩이 같았다. 홈즈의 얼굴은 그쪽을 향하고 있었다. 홈즈는 느릿느릿 움직이는 안개를 보며 참지 못하고 중얼거렸다.

"왓슨, 저게 우리 쪽으로 오고 있어."

"심각한 거야?"

"심각하고말고. 사실 지구상에 있는 것들 중에 유일하게 내 계획을 망칠 수 있는 것이지. 헨리 경이 늦지는 않을 거야. 벌써 10시니까. 안개가 오솔길을 덮기 전에 그가 나오느냐 마느냐에 우리의 성공만이 아니라 그의 목숨까지 달려 있을 수도 있어."

머리 위의 밤하늘은 맑고 선명했다. 별들은 밝고 차갑게 빛나고 있었고, 반달은 한쪽에서 이 풍경 전체를 부드럽고 희미한 빛으로 감싸고 있었다. 우리 앞에는 육중한 집이 어둡게 자리 잡고 있었고, 울퉁불퉁한 지붕과 꼿꼿이 솟은 굴뚝의 실루엣이 은색으로 빛나는 하늘을 배경으로 또렷이 보였다. 그 아래 창들에서 나오는 금빛 광선들은 과수원과 황야에까지 빛을 드리우고 있었다. 그 광선들 중 하나가 갑자기 꺼졌다. 하인들이 부엌을 떠났다. 두 남자가 있던 식당에만 불이 아직 켜져 있었다. 살인자 주인과 아무것도 모르는 손님은 여전히 시가를 피우며 대화를 나누고 있었다.

황야의 절반을 덮고 있는 하얀색 솜털 같은 안개 벌판은 시시각각 집 쪽으로 조금씩조금씩 다가오고 있었다. 벌써 선두의 안개 한 자락은 불 켜진 네모난 금빛 창을 감싸 돌고 있었다. 저편 과수원 담은 어느덧 눈에 보이지 않게 되었고 나무들도 물방울의 소용돌이에 포위되어 있었다. 우리가 지켜보는 동안 안개 고리는 집의 양쪽 모서리로 낮게 포복하며 다가오더니 계속 뭉쳐서 빽빽한 둑을 이루었다. 그 둑 위로 2층과 지붕이 마치 어두운 바다 위의 유령선처럼 둥둥 떠 있었다. 홈즈는 우리 앞에 있는 바위를 손으로 탁탁 치더니, 참지 못하고 발까지 동동 굴렀다.

"헨리 경이 15분 내로 안 나오면 오솔길이 안개로 모두 덮여버릴 거야. 30분만 지나면 우리 손도 눈에 안 보일 거라고."

"위로 좀 더 올라설까?"

"응, 그게 좋겠군."

안개의 둑이 전진함에 따라 우리도 안개 앞으로 계속 나아갔고, 어느덧 우리는 집에서 50미터 떨어진 곳까지 왔다. 그래도 하얗고 빽빽한 안개 바다는 달빛에 맨 위 가장자리를 반짝이며 천천히 그리고 가차 없이 전진하는 중이었다.

"우리 너무 많이 왔어." 홈즈가 말했다. "그가 우리 쪽에 닿기도 전에 추월당하면 안 돼. 무슨 일이 있어도 지금 이 자리를 고수해야 해." 홈즈는 무릎을 꿇고 귀를 바닥에 대었다. "다행이야! 그가 오고 있는 것 같아."

빠른 발소리가 황야의 적막을 깼다. 바위들 사이에 움츠린 채 우리는 가장자리가 은빛으로 빛나는 안개의 둑을 뚫어져라 바라보았다. 발소리는 점점 커지더니 마치 커튼을 젖히듯이 안개를 뚫고 우리가 기다리던 그 남자가 걸어 나왔다. 별이 맑게 빛나는 곳으로 나오자 그는 놀라서 주변을 두리번거렸다. 그러고는 길을 따라 재게 발걸음을 옮겼다. 우리가 있는 곳 바로 옆을 지나서 뒤로 길게 나 있는 비탈을 계속해서 걸어갔다.

도중에 그는 어디가 불편한 사람처럼 끊임없이 뒤를 흘끔거렸다.

"쉿!" 홈즈가 외쳤다. 그리고 공이치기를 딸깍 젖히는 소리가 들렸다. "조심해! 그게 오고 있어!"

천천히 움직이는 안개의 둑 한복판 어디에선가 가늘게 바스락거리며 타닥타닥 발소리가 계속 들려오고 있었다. 안개의 둑은 우리가 있는 곳 50미터 이내에 있었다. 우리 셋은 모두 그곳을 노려보았다. 그 안에서 어떤 무서운 일이 일어날지 알 수 없었다. 홈즈가 팔꿈치로 나를 찔렀다. 나는 잠깐 홈즈의 얼굴을 보았다. 창백했지만 의기양양한 표정이었고 달빛에 그의 눈이 밝게 빛났다. 그러다 갑자기 그 눈들은 경직되어 한곳을 응시하기 시작했다. 놀라서 홈즈의 입이 벌어졌다. 같은 순간 레스트레이드가 놀라서 고함을 지르더니 땅바닥으로 몸을 던져 엎어졌다. 나는 벌떡 일어섰다. 안개의 어둠을 뚫고 우리 앞으로 튀어나온 그 무시무시한 모습에 넋이 나가 권총을 쥔 손에 힘을 줄 수 없었다. 그것은 사냥개, 칠흑같이 까만색의 사냥개, 그러나 세상 누구도 본 적이 없을 그런 사냥개였다. 벌어진 입에서 불이 뿜어져 나왔고, 두 눈이 잉걸불처럼 이글거렸다. 일렁이는 그 불빛에 놈의 주둥이와 곤추선 목털과 늘어진 군턱의 윤곽이 보였다. 아무리 머릿속이 엉망진창이 되어서 헛꿈을 꾼다고 해도 이렇게 사납고 오싹하고 지옥에서 온 것 같은 존재를 생각해낼 수 있을 것 같지는 않았다. 그렇게 사나운 얼굴을 한 검은 물체가 안개 벽을 뚫고 우리 쪽으로 튀어나왔다.

그 거대한 검은 동물은 껑충 뛰더니 우리 친구의 발자국을 따라 쫓아 내려갔다. 그 유령에 완전히 마비가 되어버린 우리들이 미처 정신을 차리기도 전에 그 물체는 우리를 지나쳐버리고 말았다. 그

러고 나서야 홈즈와 내가 동시에 발포를 했다. 그 물체가 끔찍하게 울부짖었다. 아마 둘 중에 하나는 그놈을 맞힌 모양이었다. 그러나 놈은 멈추지 않고 앞으로 펄쩍 뛰었다. 저 멀리 길 위에서 헨리 경이 뒤를 돌아보는 것이 보였다. 달빛에 보니 그의 얼굴은 하얗게 질려 있었고, 공포에 사로잡혀 두 손을 쳐든 채 자신을 잡으러 오는 그 공포스러운 물체를 무력하게 쳐다보고 있었다.

하지만 그 사냥개의 고통에 찬 울부짖음에 우리의 공포는 바람처럼 날아가버렸다. 그놈이 다칠 수 있다는 건 생물이라는 얘기고, 우리가 그놈을 다치게 할 수 있다는 건 죽일 수도 있다는 뜻이었다. 그날 밤 홈즈가 뛰었던 것처럼 빠르게 뛰는 남자를 나는 아직도 본 적이 없다. 나도 발이 빠르다고 자부하지만 내가 그 작은 체구의 경찰을 앞지른 것만큼이나 멀리 홈즈는 나를 앞질러 갔다. 우리가 길 위로 올라갔을 때 앞쪽에서 헨리 경의 비명이 잇달아 들려왔고, 사냥개가 낮게 으르렁거리는 소리도 들렸다. 내가 놈을 포착한 순간, 그 짐승은 자신의 제물 위로 뛰어오르고 있었고, 제물을 땅바닥에 쓰러뜨리고 목을 노리고 있었다. 바로 그 순간 홈즈가 자신의 리볼버에서 다섯 발을 쏘았고, 총알은 그 짐승의 옆구리를 파고들었다. 고통스러운 마지막 비명과 함께 공중에서 우지끈하는 소리가 들리더니 짐승은 옆으로 쓰러지며 배를 드러냈다. 광폭하게 네발을 휘젓다가 이내 축 늘어뜨렸다. 나는 헐떡거리면서 몸을 구부려 희미하게 빛을 내고 있는 무시무시한 그놈의 머리를 총으로 눌러보았다. 하지만 총을 더 쏠 필요는 없었다. 거대한 사냥개는 죽어 있었다.

　헨리 경은 쓰러졌던 곳에 그대로 누워 있었다. 우리는 그의 칼라를 찢어버렸다.

　상처의 흔적이 없고 제때 구조한 것을 알게 되자 홈즈는 감사의 기도를 내뱉었다. 벌써 우리 친구의 눈꺼풀이 떨리더니 움직이려는 미미한 시도가 보였다. 레스트레이드는 브랜디 술병 주둥이를 준남작의 이 사이로 밀어 넣었다. 그러자 놀란 두 눈이 우리를 올려다보았다. "하느님 맙소사!" 그가 중얼거렸다. "그게 뭐였나요? 도대체, 뭐였죠?"

　"죽었습니다. 뭐였든 간에." 홈즈가 말했다. "우리가 바스커빌 집안의 유령을 완전히 끝장낸 겁니다."

우리 앞에 뻗어 있는 것은 크기와 힘만으로도 끔찍한 짐승이었다. 블러드하운드도 아니고 마스티프도 아니었다. 그 둘의 잡종으로 보였다. 비쩍 마르고 사납고, 작은 암사자만큼이나 컸다. 죽어서 꼼짝 않고 있는 이 순간에도 거대한 턱으로 푸르스름한 불꽃을 떨어뜨리고 있는 것 같았다. 깊숙이 자리한 작고 잔인한 두 눈가에도 불이 붙어 있었다. 나는 빛을 내고 있는 주둥이 위에 손을 가져다 대었다. 손을 들어 올리자 내 손가락들도 어둠 속에서 이글이글 빛을 발했다.

"인燐이야." 내가 말했다.

"교활하게 준비한 거지." 홈즈가 말하면서 죽은 동물에 코를 대고 킁킁거렸다. "인은 냄새가 안 나니 이놈이 다른 냄새를 맡는 데는 지장이 없었겠지. 깊은 사과를 드립니다, 헨리 경. 이런 공포를 겪게 만들어서요. 사냥개에는 대비를 하고 있었는데 이런 짐승일 줄은 미처 몰랐어요. 또 안개 때문에 이놈을 맞이할 시간이 부족했고요."

"제 목숨을 구해주셨습니다."

"먼저 위험에 빠뜨린 다음인걸요. 일어날 수 있으시겠습니까?"

"그 브랜디 한 모금만 더 주시면 뭐든 할 수 있을 겁니다. 자! 이제 일으켜주십시오. 지금부터 어떻게 하실 겁니까?"

헨리 경은 비틀거리면서 자기 발로 섰지만, 얼굴이 지독히 창백했고 사지는 사정없이 떨리고 있었다. 우리는 그를 바위에 앉혔다.

그는 두 손에 얼굴을 묻고 덜덜 떨었다.

"여기 잠시 계셔야겠습니다." 홈즈가 말했다. "남은 일도 끝내야 하니까요. 1초, 1초가 아주 중요합니다. 승기를 잡았으니, 이제 놈만 잡으면 돼요."

"집에서 그를 찾을 가능성은 거의 없어요."

홈즈는 빠르게 길을 되돌아가면서 말을 이었다.

"총소리가 스테이플턴에게 게임이 끝났다는 걸 알려줬을 겁니다."

"거리가 꽤 있었어. 이 안개 때문에 소리도 좀 죽었을 거고."

"스테이플턴은 개를 불러들이려고 따라왔어. 분명해. 아냐, 아냐, 그는 벌써 사라졌을 거야! 그래도 집을 수색해서 확실히 하자고."

앞문은 열려 있었다. 그래서 우리는 우르르 몰려 들어가서 이 방저 방 바쁘게 돌아다녔다. 복도에서 우리와 마주친 늙은 하인은 놀라서 비척거렸다. 식당을 제외하고는 불이 켜진 곳이 없었다. 하지만 홈즈는 램프를 들고 집 안을 구석구석 뒤졌다. 우리가 쫓고 있는 남자의 기척은 없었다. 하지만 2층 침실 중 하나가 잠겨 있었다.

"이 안에 사람이 있어요!" 레스트레이드가 소리쳤다. "움직이는 소리가 들려요. 이 문을 열어요!"

안에서 희미한 신음 소리와 바스락거리는 소리가 들렸다. 홈즈가 구둣발로 문의 자물쇠 부분을 차자 문이 휙 열렸다. 권총을 손에 쥐고 우리 셋 다 방으로 뛰어 들어갔다.

하지만 우리가 기대한 것과 달리, 필사적으로 저항하는 악당의 모습은 전혀 보이지 않았다. 대신에 너무 뜻밖의 이상한 물체가 앞에 있어서 우리는 놀란 나머지 잠깐 동안 그것을 쳐다보고 서 있었다.

그 방은 작은 박물관처럼 꾸며져 있었고, 벽에는 유리 뚜껑이 달린 많은 진열장이 줄지어 놓여 있었다. 이 복잡하고 위험한 남자의 휴식이 되었던 나비와 나방 수집품이었다. 그 방 한가운데에 기둥이 하나 똑바로 서 있었는데, 낡고 벌레 먹은 지붕 목재들을 받치기 위해 예전에 설치된 것이었다. 이 기둥에 한 사람이 묶여 있었는데 침대보로 머리까지 둘둘 감싸놓아서 남자인지 여자인지조차 알 수 없었다. 목에도 수건이 둘러져 있고 베개가 받쳐져 있었다. 다른 수건 한 장이 얼굴 아랫부분을 가리고 있었는데, 그 위로 검은 두 눈이 슬픔과 수치와 강렬한 의혹을 품은 채 우리를 마주 쏘아보고 있었다.

잠시 후 우리는 재갈을 떼어내고 휘감은 천을 벗겨냈다. 스테이플턴 부인이 우리 앞에서 바닥으로 무너져 내렸다. 그녀의 아름다운 머리가 앞으로 푹 숙여질 때 나는 그녀의 목 위로 선명한 채찍 자국이 나 있는 것을 보았다.

"짐승 같은 놈!" 홈즈가 외쳤다. "레스트레이드, 브랜디 좀 줘요! 의자에 앉혀요! 학대를 당하고 탈진해서 기절했어."

그녀가 다시 눈을 떴다. "그는 무사한가요?" 그녀가 물었다. "달아났어요?"

"그는 우리에게서 달아날 수 없습니다, 부인."

"아뇨, 아뇨, 제 남편을 말하는 게 아니에요. 헨리 경 말이에요. 무사한가요?"

"네."

"그러면 사냥개는?"

"죽었어요."

그녀는 만족한 긴 한숨을 내쉬었다. "다행이에요! 정말 다행입니다! 아, 그 악당! 그가 저를 어떻게 했는지 보이시나요?" 그녀는 소매 밖으로 팔을 내밀었다. 온통 얼룩덜룩한 멍 자국에 우리는 경악했다. "하지만 이건 아무것도 아니에요. 아무것도! 그가 고문하고 더럽힌 것은 나의 정신과 영혼이에요. 모두 다 견딜 수 있었어요. 학대도, 외로움도, 기만적인 생활도, 전부 다. 최소한 그가 나를 사랑한다는 희망에 매달릴 수 있을 때까지는 견딜 수 있었어요. 하지만 이제 알아요. 여기서 나는 그저 그의 바람잡이고 도구일 뿐이라는 걸."

그녀는 말을 하다가 격하게 울음을 터트렸다.

"부인, 이제 그에게 아무런 미련이 없으시겠군요." 홈즈가 말했다. "그렇다면 말해주세요, 그를 어디서 찾을 수 있는지. 그를 도와 나쁜 일을 한 적이 있다면 이제 저희를 도와서 속죄하도록 하세요."

"그가 숨을 수 있는 곳은 한 군데밖에 없어요." 그녀가 대답했다. "그 늪 한가운데에 있는 섬에 오래된 주석 광산이 있어요. 사냥개를 숨겨둔 곳도 거기였어요. 피난처로 사용하려고 준비도 해두었고요. 거기로 갔을 거예요."

안개의 둑이 하얀 양털처럼 창문을 뒤덮고 있었다. 홈즈가 안개를 향해 램프를 들었다.

"보이시죠." 그가 말했다. "오늘 밤에는 누구도 그림펜 늪 안으로 들어가는 길을 찾을 수 없을 거예요."

그녀가 소리를 내며 웃더니 손뼉을 쳤다. 그녀의 두 눈과 이가 사나운 흥분으로 반짝거렸다.

"그이는 들어가는 길을 찾을 수 있을지도 모르죠. 하지만 절대 나올 수는 없을걸요." 그녀가 외쳤다. "오늘 같은 밤에 무슨 수로 표지 막대기를 볼 수 있겠어요? 우리는 늪 안으로 들어가는 길을 표시하려고 함께 표지 막대를 꽂아두었어요. 아, 오늘 내가 그 막대기들을 뽑을 수만 있다면! 그렇다면 그가 당신들 손아귀에 떨어질 텐데."

안개가 걷힐 때까지는 아무리 추격을 해봐야 소용이 없을 게 분명했다. 레스트레이드에게 그 집을 맡겨두고 홈즈와 나는 준남작과 함께 바스커빌 저택으로 돌아갔다. 스테이플턴 부부의 이야기를 더 이상 준남작에게 숨길 이유가 없었다. 그는 자신이 사랑했던 여인의 진실에 대해 듣고서도 그 충격을 대담하게 받아들였다. 하지만 그날 밤 모험의 충격은 그의 정신을 뒤흔들어놓았다. 아침이 되기 전에 그는 고열로 쓰러져서 헛소리를 해댔고, 모티머 박사의 간호를 받았다. 그 후 그 둘은 함께 세계를 일주했다. 그러고 나서야 헨리 경은 그 저주받은 재산의 주인이 되기 전처럼 다시 활기차고 따뜻한 사람이 될 수 있었다.

이제 이 희한한 이야기의 결론을 빠르게 이야기하겠다. 이 사건은 우리의 일상에 그토록 오랫동안 어두운 공포와 무성한 추측을 던져주었고, 극히 비극적인 방식으로 끝을 맺었다. 나는 독자들이 그 공포와 추측을 함께 느낄 수 있게 하려고 노력했다. 사냥개가 죽은 다음 날 아침 안개가 걷히고, 우리는 스테이플턴 부인의 도움을 받아, 그들 부부가 발견한 늪 길이 있는 곳으로 갔다. 그녀는 열정을 가지고 기쁜 마음으로 남편이 다니던 길을 우리에게 안내해주었다. 그것을 보니 이 여인의 인생이 얼마나 공포에 차 있었는지를 깨달을 수 있었다. 우리는 넓게 펼쳐진 늪의 한쪽으로 삐죽이 나와 있

는, 흙이 단단한 곳에 그녀를 세워두었다. 그 끝에서부터 작은 막대기들이 여기저기 세워져서 지그재그로 나 있는 길을 보여주었다. 길은 낯선 이들의 출입을 차단하는 녹색 거품이 이는 구덩이들과 더러운 진창들 사이에 있는 골풀 더미에서 더미로 이어지면서 나 있었다. 무성한 갈대와 우거진 끈적끈적한 수초들이 썩는 냄새와 불결한 독기를 우리 얼굴에 뿜어내고 있었다. 한 발만 잘못 디디면 허벅지까지 빠져버릴 어두운 늪이 우리 발 주위로 몇 미터씩 펼쳐져 잔잔한 파도처럼 출렁이고 있었다. 걸을 때마다 늪이 끈질기게 발꿈치를 물고 늘어졌고, 발이 늪으로 가라앉을 때는 마치 어떤 사악한 손이 저 깊고 추악한 곳으로 우리를 잡아당기는 것 같았다. 우리를 움켜쥐는 느낌은 그 정도로 음침하고 집요했다. 우리 앞에 놓인 이 위험한 길을 누군가 지나간 흔적을 단 한 번 발견했다. 뭔가 끈적이는 검은 물체가 황새풀 더미 한복판에 삐쭉 나 있었다. 홈즈가 그것을 잡으려고 길을 벗어나자 순식간에 허리까지 빠져버리고 말았다. 우리가 그 자리에 없었다면 그는 다시는 단단한 땅을 밟지 못했을 것이다. 홈즈는 오래된 검정 부츠를 높이 들어 올렸다. "마이어스, 토론토." 가죽 안쪽에 그렇게 새겨져 있었다.

"진흙으로 목욕할 만한 가치가 있었어." 홈즈가 말했다. "우리 친구 헨리 경이 잃어버린 구두야."

"스테이플턴이 도망치면서 내버렸겠군."

"맞아, 사냥개를 풀어줄 때 이것을 이용하고도 계속 지니고 있었어. 게임이 끝났다는 걸 알았을 때 도망을 쳤는데 그때까지도 이걸

갖고 있었지. 도망치다가 여기 와서야 비로소 내버렸어. 그렇 다면 적어도 그가 여기까지는 안전하게 왔다는 얘기지."

그러나 그 이상은 알아낼 수 없었다. 추측할 수 있는 건 많았 지만 말이다. 늪에서 발자국을 찾을 가능성은 없었다. 밟힌 진흙 은 바로 원상 복구가 되었기 때문이 다. 늪을 지나서 마침내 우리는 좀 더 단단한 땅에 닿았고, 발자국을 찾으려고 열 심히 둘러보았다. 하지만 아주 희미한 흔적조차 눈에 띄지 않았다. 땅이 진실을 말해주고 있는 거라면, 스테이플턴은 지난밤 안개 속에 서 사투하며 나아갔지만 피난처가 있는 섬까지 도착하지 못한 것이 었다. 그림펜 늪의 심장 한가운데 어딘가 거대한 펄 속에, 차갑고 잔 인한 이 남자가 영원히 묻히고 만 것이다.

그가 자신의 사나운 동료를 숨겨두었던 늪으로 둘러싸인 섬에서 우리는 그의 흔적을 많이 찾을 수 있었다. 커다란 수레바퀴와 쓰레 기로 반쯤 차 있는 갱도는 버려진 광산이었다는 것을 보여주었다. 그 옆을 둘러싼 늪지에서 올라오는 지독한 악취를 피해 멀찍이, 허 물어져가는 광부들의 오두막 잔해가 널려 있었다. 그중 한 곳에 고 리가 달린 쇠사슬 목줄과 함께 갉아 먹은 뼈다귀가 수북이 쌓여 있는 것을 보니, 거기에 개가 묶여 있었다는 것을 알 수 있었다. 갈색 털이 엉켜 붙어 있는 두개골이 그 쓰레기들 사이에 놓여 있었다.

"개!" 홈즈가 말했다. "저런, 곱슬 털의 스패니얼이잖아. 불쌍한 모티머 박사는 다시는 자기 개를 못 보겠군. 아무튼 여기에 우리가 짐작 못한 다른 비밀이 있을 것 같지는 않아. 스테이플턴은 사냥개를 숨길 수는 있었지만 개의 소리는 없앨 수 없었지. 그래서 낮에도 듣기 불쾌한 그 울음소리가 들려왔던 거야. 급할 때는 사냥개를 머리핏 하우스 별채에 숨길 수 있었지만 항상 위험이 따랐어. 그래서 언제나 마지막 순간에만 데려왔던 거지. 자신의 모든 노력이 이제 결말을 지을 때가 되었다고 생각해서 일을 감행한 거야. 여기 깡통에 있는 풀은 의심할 여지없이 그 짐승에게 발랐던 발광 물질이군. 물론 가문의 전설인 지옥의 개에서 실마리를 얻어서 찰스 경을 놀래 죽이는 데 사용했을 거고. 그 악마 같은 탈옥수가 비명을 지르며 도망친 것도 당연해. 우리 친구도 황야의 어둠 속에서 그런 짐승이 뒤쫓아 뛰어오는 걸 봤으니 그럴 수밖에. 아마 우리라도 그랬을 거야. 희생자를 죽음으로 몰아갈 수 있다는 것 말고도 교활한 목적을 지닌 계책이었어. 황야에서 많은 사람들이 그랬듯이, 그 짐승을 보더라도 어느 농부가 가까이 다가가서 알아보려고 하겠어? 왓슨, 내가 런던에서도 한 말이지만 다시 생각해봐도 저기 묻힌 사람보다 더 위험한 사람을 잡은 적은 없는 것 같아." 그러면서 홈즈는 황야의 적갈색 비탈에 닿을 때까지 멀리 초록 반점처럼 펼쳐져 있는 거대한 늪지대를 향해 긴 팔을 쭉 뻗었다.

A Retrospection

제15장 회상

11월의 끝자락이었다. 안개 낀 몹시 추운 밤, 홈즈와 나는 베이커 스트리트의 우리 거실에서 이글거리는 벽난로를 앞에 두고 앉아 있었다. 데번셔에서의 비극적 결말 이후 홈즈는 아주 중요한 두 가지 사건으로 바빴다. 하나는 업우드 대령이 유명한 난퍼렐 클럽 카드 스캔들과 관련해 저지른 극악무도한 행위를 폭로한 것이었다. 두 번째는 불운하게도 의붓딸 카레르 양의 죽음과 관련해 살인 혐의를 받고 있던 몽팽지에 부인을 변호한 것이었다. 카레르는 6개월 후 살아 있다는 것이 밝혀졌는데 뉴욕에서 결혼해 살고 있었다. 내 친구가 어렵고 중요한 사건들을 잇달아 성공시켜서 기분이 아주 좋은 상태였기 때문에 나는 그를 구슬려 바스커빌 사건의 세부 사항들을 털어놓게 할 수 있었다. 나는 그동안 인내심을 가지고 기회를 엿보고 있었다. 홈즈가 절대로 사건이 겹치도록 하지 않는다는 것을 알고 있었기 때문이다. 그는 당면한 사건을 처리해야 하는 논리적이고 맑은 정신이, 지나간 사건을 기억하느라 교란되는 것을 원치 않았다. 하지만 때마침 헨리 경과 모티머 박사가 런던에 있었다. 헨리 경

이 신경쇠약을 치유하기 위해 권고받은 대로 두 사람이 함께 긴 여행을 떠날 예정이었다.

그들이 그날 오후 우리를 방문했고, 따라서 자연히 그 주제가 화제에 올랐다.

"사건의 전체 추이는" 하고 홈즈가 말문을 열었다. "스테이플턴이라고 자칭한 사람 입장에서 보자면 간단하고 명료했어. 우리 입장에서야 처음에 그의 동기를 알 길이 없고, 부분적인 사실들만 알았으니 몹시도 복잡해 보였지만 말이야. 스테이플턴 부인과 두 번 이야기를 나눈 게 도움이 되었어. 사건은 이제 완전히 밝혀져서 우리가 모르는 게 거의 없다고 봐도 돼. 내 사건 색인집 B항목에 보면 그 문제에 대한 메모들을 찾을 수 있을 거야."

"자네가 기억나는 대로 사건의 개요를 좀 친절하게 그려줄 수 있을까?"

"물론이지. 그런데 알고 있는 걸 다 말할 수 있을지 보장은 못하겠어. 현재에 집중을 하면 신기하게도 지난 일들이 가물가물해진단 말이야. 자기 사건에 정통해서 전문가와 논쟁을 벌일 수 있는 변호사라도 재판이 끝나고 한두 주만 지나면 그 사건이 머리에서 완전히 사라져버리잖아. 나도 새로운 사건이 언제나 그 전의 사건을 대체해버리거든. 카레르 양이 바스커빌 저택에 대한 기억을 많이 지워버렸어. 내일은 또 다른 작은 문제들이 내 주의를 끌고, 그 아름다운 프랑스 여인과 악명 높은 업우드를 지워버리겠지. 그러니 사냥개 사건에 대해서는 기억이 나는 데까지 최대한 사건의 경과를 알려줄게. 내가 잊어버린 게 있으면 뭐든지 얘기해줘.

내가 조사한 바에 따르면 가족 초상화가 거짓말을 한 게 아니라는 데 의심의 여지가 없어. 그자는 정말로 바스커빌의 후손이거든. 그는 찰스 경의 동생인 로저 바스커빌의 아들이야. 로저 바스커빌은 평판이 나쁜 자였는데 남아메리카로 도망가서 독신으로 죽은 걸로 되어 있지. 하지만 사실 그는 결혼을 했었고 자녀도 한 명 있었는데 그게 그자였던 거야. 진짜 이름은 아버지 이름과 동일하지. 그는 베릴 가르시아라는 코스타리카 출신의 미녀와 결혼했고, 상당한 금액의 공금을 횡령하고는 이름을 밴들러로 바꾸었어. 그리고 영국으로 도망 와서 요크셔 동부에 학교를 세웠지. 그가 이 특수한 사업에 뛰어든 이유는 영국으로 돌아오던 배에서 폐결핵에 걸린 교사를 알게 되었기 때문이었어. 그 교사의 능력을 이용해서 성공을 거두었지. 그런데 프레이저라는 그 교사는 죽어버렸고 잘될 것 같던 학교도 계속 평판을 잃게 된 거야. 밴들러 부부는 이름을 스테이플턴으로 바꾸는 게 편하다는 걸 알게 되었어. 그리고 남은 재산과 미래에 대한 계략, 곤충학에 대한 관심을 지니고 영국 남부로 오게 되지. 영국박물관에 확인해보니 그는 곤충학에 관한 한 알아주는 권위자였어. 심지어 요크셔에 살 때 그가 처음 기술한 어느 나방에는 영구적으로 밴들러라는 이름이 붙여졌더라고.

이제 그의 인생 중에서 우리가 아주 관심을 갖고 있는 대목에 이르렀군. 그자는 가문에 대한 조사를 한 게 분명해. 그리고 자신이 엄청난 재산을 상속받는 데 방해가 되는 게 단 두 사람뿐이라는 걸 알게 되었지. 내 생각엔 그가 데번셔에 갔을 때는 계획이 아주 막연했어. 하지만 자기 아내를 여동생이라고 소개한 걸 보면 처음부터 악의가 있었지. 처음부터 그녀를 미끼로 사용할 생각이 있었던 거야. 그걸 자세하게 어떻게 사용하겠다는 구체적인 계획은 아직 세워지지 않았지만 말이야. 결국에 가서는 재산을 차지하기 위해서 수단 방법을 가리지 않고 어떤 위험도 감수할 각오를 하게 되었어. 그의 첫 번째 행동은 가문의 저택과 가장 가까운 곳에 자리를 잡는 거였지. 두 번째는 찰스 바스커빌 경과 우애를 쌓고 다른 이웃들과도 좋은 관계를 맺는 거였어.

찰스 경 자신이 스테이플턴에게 가문의 사냥개 전설을 이야기해 줌으로써 죽음을 재촉하는 결과가 되었지. 스테이플턴은, 그냥 계속 이 이름으로 부를게. 그는 그 늙은이의 심장이 약하니까 한 번만 충격을 주면 그를 죽일 수 있다는 걸 알았어. 아마 그건 모티머 박사에게서 전해 들었겠지. 또 스테이플턴은 찰스 경이 미신에 약해서 이 음산한 전설을 아주 진지하게 받아들인다는 얘기를 들었던 거지. 기발한 머리를 가진 스테이플턴은 이 방법으로 찰스 경을 죽일 수 있겠다고 생각한 거야. 그리고 이렇게 하면 진짜 살인자가 드러날 가능성은 거의 없었어.

그 계획을 생각해내고 나서 그는 아주 조심스럽게 실행에 들어가기 시작했어. 평범한 사람이 계략을 짰다면 그냥 사나운 사냥개 한 마리를 사용하는 걸로 만족했을 거야. 그 짐승이 악마처럼 보이도록 인공적인 수단을 사용한 데서 그의 천재성이 빛을 발하지. 그

개는 런던에서 샀는데, 풀럼 로드에 있는 개 거래상인 로스 앤드 맹글스 말이야, 그놈이 거기서 가장 힘세고 사나운 물건이었지. 스테이플턴은 노스데번 노선을 이용해서 그 개를 가져와서는 황야 위로 엄청난 거리를 걸어갔어. 남들 눈에 띄지 않고 집으로 가져가려고 말이야. 스테이플턴은 곤충채집을 하는 과정에서 그림펜 늪을 통과하는 법을 이미 터득한 후라, 그 짐승을 안전하게 숨겨놓을 장소를 이미 알고 있었던 거지. 거기서 개를 키우면서 기회가 오기를 기다린 거야.

하지만 시간이 걸렸어. 그 노신사를 밤에는 집 밖으로 꾀어낼 수가 없었거든. 스테이플턴은 몇 번이나 개를 데리고 숨어 있었지만 허사였지. 농부들 눈에 띈 것도 이렇게 몇 번 그가, 아니 그의 개가 허탕을 치다가 그런 거야. 덕분에 악마 개의 전설은 확실한 목격담을 얻게 된 거지. 스테이플턴은 자기 아내가 찰스 경을 꾀어낼 수 있기를 바랐지만 그 역시 허사였어. 알고 보니 뜻밖에도 그녀는 의존적인 여자가 아니었던 거야. 노신사를 적에게 넘겨주게 될 그런 유혹을 하는 일에 그녀는 열심이질 않았어. 협박을 하고, 유감스럽게도 때리기까지 했지만 그녀를 움직일 수 없었지. 그녀는 아마 아무 관련이 없을 거야. 한동안 스테이플턴은 교착상태에 빠진 거지.

스테이플턴은 어려움에서 벗어날 다른 방법을 찾아냈어. 찰스 경이 친분이 있던 그에게 불행한 여인인 로라 라이언스 부인을 돕도록 한 거지. 스테이플턴은 독신인 체함으로써 라이언스 부인의 마음을 사로잡았어. 그리고 그녀가 남편과 이혼한다면 자신이 그녀

The Hound of the Baskervilles

와 결혼할 거라고 믿게 만들었지. 찰스 경이 저택을 떠나려고 한다는 것을 알게 되자 스테이플턴은 계획을 서둘러야 했어. 모티머 박사가 찰스 경에게 조언을 할 때는 자신도 동의하는 척했지만 말이야. 스테이플턴은 즉시 실행에 옮겨야 했어. 아니면 자신의 목표가 영영 자기 영향권을 벗어나버릴 테니까. 그래서 라이언스 부인에게 그 편지를 쓰도록 강요한 거야. 찰스 경에게 런던으로 떠나기 전날 밤 한 번만 만나달라고 간청하라고 말이야. 그러고 나서 스테이플턴은 그럴듯한 이유를 대서 그녀가 찰스 경을 만나러 가지 못하게 했지. 기다리던 기회를 잡은 거야.

저녁에 쿰 트레이시에서 마차를 타고 돌아오면서 때맞춰 사냥개를 가져온 다음, 악마 흉내를 낼 수 있는 물감을 칠하고 그 문 근처로 데려왔어. 노신사가 기다리고 있을 거라는 걸 알고 있었으니까. 개는 주인이 시키는 대로 황야 문을 풀쩍 뛰어넘어서 불운한 준남작을 추격하기 시작했지. 찰스 경은 비명을 지르면서 주목나무 길을 달려 내려간 거고. 그 터널 같은 컴컴한 산책로에서 그런 엄청난 검은 짐승을 만났으니 정말로 무서웠을 거야. 게다가 불꽃이 일렁이는 턱이며, 쏘는 듯한 눈을 부릅뜨고 자기를 쫓아오니 오죽했겠어. 주목나무 길 끝에서 찰스 경은 심장병과 공포로 결국 죽고 말았지. 그 사냥개는 찰스 경이 산책로를 따라 달아나는 동안 잔디가 있는 옆쪽으로만 달렸어. 그래서 찰스 경의 발자국밖에 안 보였던 거지. 찰스 경이 가만히 쓰러져 있는 것을 보고 그 짐승은 아마 냄새를 맡으려고 다가갔을 거야. 하지만 죽은 걸 알고 다시 돌아간 거지. 모티머 박사가 발견한 발자국은 그때 생긴 거였어. 주인은 사냥개를 다시 불러들여서 서둘러 그림펜 늪에 있는 개집으로 데려갔지. 그리고 나니 사건은 미궁에 빠져 경찰들이 해결을 못하고, 시골 지역을 두려움에 빠뜨려서 결국 우리한테까지 사건이 오게 된 거야.

찰스 바스커빌 경의 죽음에 대해서는 이쯤 해두자고. 이게 얼마나 악마 같은 계략이었는지 알겠지? 아마 진짜 살인범을 찾는 건 거의 불가능했을 거야. 유일한 공범은 절대로 그에 대해 발설할 수 없는 놈 하나뿐이었으니 말이야.

기괴하고 상상도 하기 힘든 계책을 이용했으니 더 효과적이었지. 사건에 연루된 두 여인 스테이플턴 부인과 로라 라이언스 부인은 모두 스테이플턴을 강하게 의심하고 있었어. 스테이플턴 부인은 남편이 노신사를 상대로 계략을 꾸미고 있었다는 것과 사냥개의 존재를 알고 있었어. 라이언스 부인은 두 가지 사실 모두 몰랐지만 자신이 취소하지 않은 약속 시간에 일어난 사망 사건에 놀랐겠지. 스테이플턴만이 그 약속에 대해 알고 있었는데 말이야. 하지만 두 여자 모두 그의 영향력 아래에 있었으니 스테이플턴은 그들을 겁낼 이유가 없었어. 스테이플턴의 작업 계획 중 절반이 성공적으로 완수된 거지. 하지만 더 어려운 절반이 남아 있었어.

캐나다에 있는 상속자의 존재를 스테이플턴이 몰랐을 수도 있어. 어느 쪽이 되었건 스테이플턴은 모티머 박사를 통해서 그 사실을 금방 알게 되었을 거야. 그리고 헨리 바스커빌 경이 도착한다는 얘기도 모티머 박사로부터 자세하게 들었겠지.

처음에 스테이플턴은 캐나다에서 온 젊은 이방인을 런던에서 죽일 수도 있겠다고 생각했어. 데번셔까지 내려올 필요도 없이 말이야. 찰스 경에게 덫을 놓을 때 아내가 돕기를 거절했기 때문에 그 이후로 스테이플턴은 아내를 불신했어. 그래서 그녀에 대한 영향력을 잃을까 봐 그녀를 장시간 눈 밖에 두기가 두려웠지. 런던에 가면서 그녀를 데려간 것도 그래서야. 알아보니까 그들은 크레이븐 스트리트에 있는 멕스버러 프라이빗 호텔(예약객 위주로 운영하는 민박 형태의 고급 하숙집─옮긴이)에 짐을 풀었더라고. 사실 증거 수집을 할 때 내가 보낸 사람이 방문했던 호텔 중 하나야. 스테이플턴은 여기서 아내를 방에 감금해두고 자신은 턱수염을 붙이고 모티머 박사를 따라서 베이커 스트리트며 기차역, 노섬벌랜드 호텔까지 갔지. 스테이플턴의 아내는 그의 계획을 어느 정도 눈치챘지만 남편을 위낙 무서워해서─그렇게 무자비하게 대했으니 무서워하는 것도 당연하지─한 사람이 위험에 처해 있다는 걸 알면서도 감히 경고 편지를 쓸 수가 없었어. 그 편지가 스테이플턴의 손에 들어갔다가는 그녀 자신의 생명이 위태로울 테니까. 결국 그녀는 우리가 아는 것처럼 메시지를 만들 수 있는 단어들을 오려내서 필체를 숨긴 채 편지를 보내게 된 거지. 그게 준남작에게 도달해서 처음으로 준남작에게 위험을 경고하게 된 거야.

스테이플턴은 헨리 경의 물품 중에서 하나를 손에 넣는 일이 꼭 필요했어. 개를 사용할 경우 그것만 있으면 언제든 추적을 할 수 있을 테니까 말이야. 스테이플턴은 신속하고 대담한 사람이니 이 모든 걸 한 번에 계획했을 거야. 자기 계획대로 하기 위해 분명히 호텔의 구두닦이랑 방 청소하는 하녀에게 뇌물을 주었겠지. 그런데 우연히도 처음에 입수한 신발이 새것이었던 거야. 그러니 스테이플턴의 목적에는 쓸모가 없었지. 그래서 그걸 되돌려놓고 다른 걸 가져오게 한 거야. 이게 정말 많은 걸 알려줬어. 왜냐하면 이 사건 때문에 우리가 진짜 사냥개를 상대하고 있다는 걸 내가 확신할 수 있었거든. 새 구두는 필요 없고 헌 구두를 꼭 가져가려는 이유가 그것 말고 뭐가 있겠어. 사건이 엉뚱하고 기괴할수록 그만큼 더 조심스럽게 살펴봐야 해. 사건이 복잡해 보이는 바로 그 대목이야말로 비밀을 가장 잘 밝힐 수 있는 대목이기 십상이거든. 충분히 생각하고 과학적으로 다루기만 한다면 말이야.

그러고 나서 우리 친구들이 다음 날 아침에 우리를 방문했잖아. 스테이플턴은 계속 마차로 뒤를 밟고 있었지. 그는 하는 짓이 교묘할 뿐만 아니라, 우리 집의 주소나 내 모습을 알고 있었어. 그걸로 볼 때 그가 저지른 범죄는 바스커빌 사건 하나일 리가 없어. 지난 3년 동안 웨스트컨트리에서는 네 건의 큰 강도 사건이 있었는데 그중 단 한 건도 범인이 체포된 적이 없어. 마지막 사건은 5월에 포크스톤 코트에서 벌어진 사건인데 사환에게 무자비하게 총질을 해댔어. 마스크를 쓴 단독 강도였는데 사환이 강도를 놀라게 만들었던 거지. 나는 스테이플턴이 이런 식으로 줄어드는 재원을 보충해왔다고 생각해. 그러니 수년간 그는 벼랑 끝에 선 위험한 사내였던 거지.

그가 얼마나 준비가 되어 있었는지는 그날 아침 우리를 멋지게 따돌리고 달아났던 것을 생각해보면 잘 알 수 있어. 그는 마부를 통해서 내 이름이 나에게 다시 돌아오도록 할 만큼 대담하기도 했지. 그때부터 그는 내가 런던에서 이 사건을 맡았다는 것을 알고 있었어. 그러니 여기서는 자기에게 승산이 없었던 거지. 그래서 다트무어로 돌아가 준남작이 도착하기를 기다린 거야."

"잠깐!" 내가 말했다. "자네가 사건을 시간 순서대로 정확히 얘기해주긴 했지만 설명 안 한 부분이 하나 있어. 주인이 런던에 있을 때 사냥개는 어떻게 된 거야?"

"나도 그 부분을 생각해봤는데 분명 중요한 부분이야. 스테이플턴에게 공범자가 있었다는 데는 의심의 여지가 없어. 하지만 그가 자신의 모든 계획을 공범자에게 알려주지는 않았을 것 같아. 그렇게 되면 공범자에게 휘둘릴 가능성이 있으니까. 머리핏 하우스에는 앤터니라고, 늙은 하인이 한 명 있었어. 앤터니와 스테이플턴의 관계는 수년 전으로 거슬러 올라가. 학교 선생이던 시절부터 하인이었으니 그는 분명히 스테이플턴 내외가 부부 사이라는 것을 알고 있었음에 틀림없어. 이자는 사라졌는데 외국으로 도망쳤어. 앤터니라는 이름이 영국에서는 흔한 이름이 아니라는 걸 생각해볼 수 있어. 반면에 스페인이나 스페인 계통 남미에서는 안토니오가 흔한 이름이잖아. 앤터니라는 남자는 스테이플턴 부인과 마찬가지로 영어를 훌륭하게 구사하기는 했지만 이상하게 혀 짧은 소리를 냈지. 나는 이 늙은이가 스테이플턴이 표시해놓은 길을 따라서 그림펜 늪을 지나는 걸 본 적이 있어. 그러니 주인이 없을 때는 그가 사냥개

를 돌봤을 거야. 비록 그 짐승을 어디다 쓰려는 것인지는 몰랐을 수
도 있지만 말이야.

스테이플턴 부부는 그러고 나서 데번셔로 갔어. 그리고 곧장 헨
리 경과 자네가 따라간 거지. 내가 그때 어디 있었는지 얘기해줄게.
그 오려진 글자들이 채워진 종이의 비침무늬를 내가 꼼꼼히 봤던 걸
아마 기억할 거야. 눈에 바짝 대고 봤었잖아. 그때 화이트 재스민이
라고 알려진 향이 약간 난다는 것을 알았어. 향수에는 75가지가 있
어. 범죄 전문가라면 그 향들을 구분해낼 수 있는 게 아주 중요해.
내 경험에 의하면 그 향들을 즉시 알아채는 데 수사의 성패가 달려
있는 경우도 있으니까. 그 향이 났다는 건 여자가 관련되어 있다는
의미지. 그래서 나는 진작부터 스테이플턴 오누이를 의심하기 시작
했어. 이런 식으로 웨스트컨트리로 가기 전에 이미 사냥개가 있다는
것을 확신하고, 범죄자가 누구인지도 짐작하고 있었던 거야.

나는 스테이플턴을 지켜보기로 했어. 하지만 내가 자네와 함께
있어서는 그게 가능하지 않을 거라는 게 분명했지. 스테이플턴이
바짝 경계할 테니 말이야. 그래서 나는 자네를 포함한 모든 사람을
속이기로 했어. 런던에 있는 걸로 해두고 몰래 내려간 거지. 그 생
활이 자네가 상상하는 것만큼 그렇게 어렵지는 않았어. 하찮은 일
들로 수사가 방해를 받아서는 안 되니까, 나는 대부분의 시간은 쿰
트레이시에 있었고, 황야에 있는 그 움막은 현장 가까이 있어야 할
때만 이용했어. 카트라이트가 함께 내려가서 시골 소년으로 분장하
고 나를 많이 도와주었지. 음식과 깨끗한 옷은 녀석이 챙겨준 거야.

내가 스테이플턴을 지켜보고 있을 때 카트라이트는 주로 자네를 지켜보고 있었어. 그래야 내가 전체 상황을 관장할 수 있으니까.

자네의 보고서는 베이커 스트리트에서 쿰 트레이시로 곧장 전달되도록 해서 금방 받아볼 수 있었다고 얘기했었지? 그것이 큰 도움이 되었어. 특히 우연히 스테이플턴의 인생의 진실 한 토막을 알게 되었으니까. 그 남녀의 신분을 확인해서 마침내 상황을 알게 된 거지. 이 사건은 그 탈옥수와 배리모어 부부와의 관계 때문에 훨씬 복잡해졌는데, 이 부분도 자네가 아주 효과적으로 밝혀냈지. 물론 나도 내가 관찰한 걸 토대로 같은 결론에 도달했지만.

자네가 황야에서 나를 발견했을 즈음 이미 나는 사건 전체를 완전히 이해하고 있었어. 하지만 배심원들을 설득할 수 있을 정도는 아니었지. 그날 밤 스테이플턴이 헨리 경을 죽이려고 시도했다가 불행히 탈옥수를 죽인 것도 그의 살인을 증명하는 데는 도움이 안 되었어. 현장에서 그를 잡는 것 말고는 방법이 없어 보이더군. 그러려면 헨리 경을 미끼로 사용할 수밖에 없었어. 혼자, 보호받지 못한 상태로 두는 거지. 그렇게 해서 의뢰인에게 심각한 충격을 주는 대가로 우리는 사건을 마무리하고 스테이플턴을 파멸로 몰고 갈 수 있었어. 고백건대 헨리 경이 이런 상황에 노출될 수밖에 없었던 것에 대해서는 내가 사건을 잘못 관리했다는 비난을 받아야 해. 하지만 그 짐승이 그렇게 끔찍하고 무시무시한 상황을 연출하리라고는 미리 알 수 없었잖아. 안개 때문에 놈이 그렇게 빨리 나타나리라고도 예측할 수 없었고, 우리가 거둔 성공은 대가를 치른 셈이지. 전문가나 모티머 박사나 모두 일시적인 충격일 거라고 나를 안심시키긴 했지만 말이야. 긴 여행을 하고 나면 우리 친구는 신경쇠약뿐 아니라 상처 받은 감정도 회복할 수 있을 거야. 그 여인을 향한 그의 사랑은 깊고 진지했잖아. 헨리 경에게는 이 모든 음모 중에서 가장 슬픈 부분이 그녀에게 속았다는 점일 거야.

　그녀가 어떤 역할을 담당했었는지가 남았어. 스테이플턴이 그녀에게 영향력을 행사했다는 데는 의문의 여지가 없어. 그게 사랑이었든 공포였든 간에 말이야. 둘 다였을 수도 있지. 그 두 감정이 양립 불가능한 건 아니니까. 어쨌든 그게 아주 효과적이긴 했어. 스테이플턴의 명령대로 베릴이 여동생 행세를 하는 데 동의했으니 말이야. 하지만 그녀를 직접적인 살인 공범으로 만들려고 애쓰면서 스테이플턴은 그녀에 대한 자신의 영향력에 한계가 있다는 걸 알게 되었지. 그녀는 남편을 연루시키지 않는 한도에서는 얼마든지 헨리 경에게 경고를 해줄 각오가 되어 있었고, 또 계속해서 그러려고 시도했어. 스테이플턴도 질투를 느낄 줄 아는 사람이었지. 그래서 자기 계획의 일부였는데도, 준남작이 아내에게 구애하는 걸 보자 폭발해서 끼어들 수밖에 없었어. 그것 때문에 그동안 자제력을 발휘해 영리하게 숨겨왔던 불같은 성미가 드러나고 말았지. 친밀한 관계를 부추기면서 그는 헨리 경이 머리핏 하우스에 자주 오게 했어. 자신이 노리고 있는 기회가 곧 마련될 참이었지. 하지만 결정적인 날 아내가 그에게 갑자기 등을 돌린 거야. 그녀는 탈옥수의 죽음을 통해 뭔가를 알게 되었어. 그리고 헨리 경이 저녁을 먹으러 오기로 한 날, 사냥개가 집에 있다는 걸 안 거지. 그녀는 남편이 계획적인 범죄를 저지르려 한다고 몰아붙였어. 난폭한 장면이 연출되었지. 그러면서 스테이플턴은 그녀에게 사랑의 라이벌이 있다는 것을 처음으로 내비쳤어. 그녀의 믿음은 순식간에 쓰디쓴 미움으로 바뀌었고, 스테이플턴은 그녀가 자신을 배신할 거라는 걸 알았어. 그래서 헨리 경에게 경고할 수 없게끔 그녀를 기둥에 묶어둔 거야. 그리고 스테이플턴은 아내를 되찾을 수 있기를 바란 게 분명해. 마을 사람들이 준남작의 죽음을 가문의 미신 탓으로 돌릴 게 분명한데, 그렇게만 되면 다 끝난 일을 그녀가 순순히 받아들이고, 자기가 아는 것에 대해서도 입을 다물 거라고 본 거지. 여기서 나는 그가 잘못 생각했다고 봐. 우리가 없었더라도 그는 파멸에 이르렀을 거야. 스페인 혈통을 가진 여성은 그런 상처를 절대로 가볍게 넘어가지 않거든. 왓슨, 이제 노트를 보지 않으면 이 흥미로운 사건에 대해 더 자세한 걸 얘기할 수 없을 것 같아. 핵심적인 건 다 얘기한 듯싶고."

"스테이플턴이 정말 악마의 사냥개를 동원하면 헨리 경을 그의 늙은 백부처럼 공포로 죽일 수 있다고 생각했을까?"

"그 사나운 짐승은 굶주리고 있었으니까. 그 모습만 가지고 희생자를 죽일 수는 없었다 해도 최소한 저항을 못하게, 얼어붙게 만들 수는 있었을 거야."

"물론 그랬겠지. 그러면 이제 난점이 딱 하나 남았군. 스테이플턴이 상속을 하려고 나서게 되면 상속자인 자신이 다른 이름으로 그렇게 가깝게 살고 있었다는 것을 어떻게 설명할 수 있을까? 의심

과 조사를 피하고 상속권을 어떻게 주장하지?"

"아주 어려운 일이지. 자네는 내가 해결해주길 기대하면서 물어보는 게 너무 많다니까. 내 조사의 범위는 과거와 현재까지야. 어떤 사람이 미래에 어떻게 할 것인가는 대답하기 어려운 문제라고. 남편이 그 문제를 의논하는 걸 스테이플턴 부인이 여러 번 들었대. 세가지 방법이 있었다는군. 남미에서 재산권을 주장하는 방법이 있어. 그곳에 있는 영국 대사관에서 자기 신원을 증명해서 영국에 올 필요도 없이 재산을 획득하는 거지. 아니면 런던에 있을 때만 대역을 쓰는 방법이 있어. 또 하나는 증거나 서류와 관련해서 공모자를 하나 만드는 거지. 자신을 상속자로 만들어주고 수입의 일부를 가져가는 방식으로 말이야. 우리가 아는 그를 생각해보면 그는 분명히 방법을 찾아냈을 거야. 그러면 왓슨, 우리 지난 몇 주간 뼈 빠지게 일했으니 오늘 저녁은 좀 재미있는 일을 해보면 어떨까? 〈위그노교도들〉 박스석 티켓이 있어. 드 레슈케 형제들이라고 들어봤지? 30분 안에 준비하라면 힘들까? 가는 길에 마르치니에 들러 저녁을 좀 먹을 수 있게 말이야."

바스커빌 씨네 사냥개

지은이 | 아서 코난 도일
옮긴이 | 인트랜스 번역원
펴낸이 | 양숙진

초판 1쇄 펴낸날 | 2013년 5월 3일

펴낸곳 | ㈜현대문학
등록번호 | 제1-452호
주소 | 137-905 서울시 서초구 잠원동 41-10
전화 | 02-2017-0280
팩스 | 02-516-5433
홈페이지 www.hdmh.co.kr

ISBN 978-89-7275-636-1 04840
ISBN 978-89-7275-563-0 (세트)

* 책값은 뒤표지에 있습니다.